刀と傘

伊吹亜門

JN089825

慶応三年、新政府と旧幕府の対立に揺れる幕末の京都で、若き尾張藩士・鹿野師光は一人の男と邂逅する。名は江藤新平──後に初代司法卿となり、近代日本の司法制度の礎を築く人物である。二人の前には、時代の転換点ゆえに起きる事件が次々に待ち受ける。維新志士の怪死、密室状況で発見される刺殺体、処刑直前に毒殺された囚人──動乱の陰で生まれた不可解な謎から、論理の糸は名もなき人々の悲哀を手繰り寄せる。破格の評価をもって迎えられた第十二回ミステリーズ！新人賞受賞作を含む、連作時代本格推理。第十九回本格ミステリ大賞受賞。

刀と傘

伊吹亜門

創元推理文庫

LE ROUGE ET LE NOIR

by

Amon Ibuki

2018

目次

刀と傘

佐賀から来た男

「福岡黒田《くろだ》藩脱藩の論客、五丁森了介《ごちょうもりりょうすけ》が麩屋町押小路《ふやちょうおしこうじ》下《さが》ルの町屋にて怪死せし一件、屍体はほぼ肉塊が如き一寸刻み五分試しの様相にて、新陰《しんかげ》流《りゅう》免許皆伝の五丁森を斬《か》くの如き目に遭わせし下手人は果たして何人《なんぴと》なるか捜索したる顚末《てんまつ》、以下の如くに御座候」

――「尾張《おわり》藩公用人　鹿野師光《かのもろみつ》報告書」より――

一

雨の小路を一人の男が歩いていた。

町屋が軒《のき》を連ねる通りに人影はなく、寒雨に霞《かす》んだ昼下がり、男の手にした紅色の唐傘《からかさ》だけがゆっくりと動いていた。

男の名は鹿野師光と云う。名古屋《なごや》出身の武家で、藩の公用人として京に於《お》ける政治工作を一手に担っていた。黒縮緬《ちりめん》の羽織に袴《はかま》という出で立ちで、腰には卵殻塗鞘《らんかくぬりさや》の大小二本を差している。手脚は短く背も低く、朴歯《ほおば》の下駄を履いていてもその背は五尺を越すかといったところで、長い刀を揺さぶりながらちょこちょこと進む姿は、どこか森の鴉《からす》を思わせた。

雨脚は徐々に強くなる。師光が百万遍《ひゃくまんべん》にある尾張藩邸を発《た》った時は肩を濡らす程度だったが、それも今では篠突《しのつ》く降り具合となっている。唐傘を叩く雨礫《あめつぶて》は凄まじく、冷たい滴《しずく》は地を跳《は》ねて彼の下駄をしとどに濡らす。

「なかなか止《や》ませんなァ」

傘の端から灰色の空を仰《あお》ぎつつ、師光は白い息を吐いた。

慶応《けいおう》三（一八六七）年、冬。処《ところ》は京都、麩屋町通の一角である。

今から二ヶ月前の十月十四日。十五代将軍徳川慶喜《とくがわよしのぶ》が突如朝廷へ政権を返上して以来、京の都は動乱の最中《さなか》にあった。世に云う大政奉還《たいせいほうかん》である。

幕権に拠《よ》る支配体制の限界を悟った慶喜は、その大任を朝廷に還すという乾坤一擲《けんこんいってき》の策に出た。急に政権を渡されたところで朝廷には何の処理も出来ず、遂には徳川に頼らざるを得まい——そう踏んだのだ。仮令《たとえ》政治が諸侯会同に依拠されたとしても、四百万石の徳川家がその盟主となる事は明らかであり、慶喜はそこに徳川政権存続の道を見出したのである。武力に拠る政権奪取を目論《もくろ》み、密かに討幕の密勅《みっちょく》までも用意していた薩摩《さつま》や長州《ちょうしゅう》などは、当然肩透かしを喰らった形になる。

しかし、完全に慶喜の戦略勝ちだと思われた矢先の十二月九日早朝、突如王政復古の大号令が天下に向けて放たれた。

是が非でも維新の実を結びたい薩長が決行したそれは、「以降は帝《みかど》を中心とした新しい政治を行う」という正式な宣言であった。実質的な政権は徳川に返ってくると信じ切っていた慶喜以下親徳川の諸侯たちにとっては寝耳に水の出来事であり、更には、同日の晩に京都の小御所《こごしょ》にて開かれた第一回目の新政府会議にて慶喜の官位剝奪と領地没収が半《なか》ば強引に決められたというのだから、徳川方の描いた当初の計画は完全に潰《つい》えたと云える。

不要な争いを避けるべく、慶喜は逗留《とうりゆう》していた二条《にじよう》城を出て大坂へと下った。しかし、その程度で薩長が追及の手を休める筈《はず》もなく、京に残った尾張の徳川慶勝《よしかつ》や越前《えちぜん》の松平《まつだいら》春嶽《しゆんがく》ら徳川擁護《ようご》派と、御所に居座る岩倉具視《いわくらともみ》や薩摩の大久保《おおくぼ》一蔵《いちぞう》ら徳川討伐派はまさに一触即発の様相を呈していた。

尾張藩代表の一人として新政府に登用された師光も、武力衝突を避けるため行動を起こしていた。こうして雨のなか出掛けているのも、徳川擁護派の同志と打ち合わせを行うためであった。

歩を進める師光は、ちらりと右へ目を遣《や》った。町屋に挟まれて、小さな路地が口を開けている。師光は傘を差したまま、何気ない態《てい》でそのなかへ滑り込んだ。

石畳の狭い道を師光はさっさと進む。濡れた木の匂いが微《かす》かに強くなった。両脇に立ち並ぶのは、木目の跡も黒々とした高い板壁である。壁に沿ってぽつんと置かれた台の上には、黒い土が詰まっただけの鉢が三個並んでいた。

一町ほど進むと、少し開けた場所へ出た。石畳の道はそこで途切れており、泥濘《ぬかるみ》に踏み出すと下駄の歯が沈む。

正面には古びた町屋が一軒建っていた。何とも荒廃した外観で、格子《こうし》はぐずぐずに腐り、瓦《かわら》の崩れた軒には三味線草が好き放題に伸びている。とてもじゃないが、人の住まう様子には見えない。

足元をぬちょぬちょといわせながら、師光は入口にたどり着いた。握った拳で二、三度戸を叩く。閉じられた板戸は、雨に冷たく濡れている。

路地の奥では、大粒の雨が瓦を叩く音だけが響いていた。師光は傘の心棒を肩に載せると、寒そうに両手を擦《こす》り合わせた。

どれほどそうしていただろうか。いい加減師光が痺《しび》れをきらしかけたところで、戸の向こうから何か外れる音が聞こえた。師光はほっと息を吐き、おれだよと小さく声を掛けた。

がたがたと音をたてて板戸が開く。なかに立っているのは、渋柿色の袴を着けた体格のよい髭面《ひげづら》の男だった。左手には朱鞘《しゅざや》の太刀《たち》を携《たずさ》えている。

「よう。よく来たな」

五丁森了介は笑った。

「すっかり濡れ鼠《ねずみ》じゃないか」

五丁森が一歩身を引いて、師光をなかに招き入れる。

「お前が早よ開けせんからだ」

傘を閉じながら、師光は詰《なじ》るように云った。

「まあそう云うな。用心に越した事はない」

五丁森は戸を閉め、落とし猿の錠を固く下ろした。

師光は傘を片手に携えたまま室内をぐるりと見廻す。黒ずんだ柱や土壁から染み出る古色こそ否《いな》めないものの、外観から思わせるほどに荒れてはいない。多くの町屋がそうであるように、この建家も奥へ奥へと間が続いている。表の戸を入ってすぐがだいどこと呼ばれる狭い土間であり、一段上がったその奥が襖《ふすま》を挟んで座敷という、至って単純な造りとなっていた。

だいどこでは、表の戸から向かって右手に小さな竈《かまど》や調理のための台が、左手に水甕《みずがめ》や戸棚が並んでいる。町屋自体は二階建てだが、土間の上は火袋と呼ばれる吹き抜けになっており、高く見上げた先には、太い梁《はり》が幾本も組まれていた。

傘の頭を上に向けて壁に立て掛けると、師光は濡れた二の字を残しながら土間を横切った。沓脱《くつぬぎ》の石の上には、泥に汚れた二足の草鞋《わらじ》が並んでいる。

「多武峰《とうのみね》と三柳《みやなぎ》の物だ。ついさっき来たばかりでな」

師光の視線に気付いたのか、五丁森は板の間から云った。

「おいお前ら。鹿野先生のご到着だぞ」

襖の向こうは十五畳ほどの座敷になっている。右の壁に沿って置かれた文机《ふづくえ》と行灯《あんどん》を除けば、家具の類《たぐ》いはほぼ見当たらない。左の壁際には二階へ続く階段が備え付けてあり、座敷の奥には小さな潜《くぐ》り戸《ど》と、格子の付いた小窓がある。潜り戸は固く閉じられているが、師光の目の高さにある小窓の障子は、空気を入れ換えるためか半分ほど開けられていた。

座敷のなかでは火鉢を挟んで二人の男が座していた。背の高いがっしりとした体格の武家と、華奢《きやしや》な体つきの学者じみた男。彼らの手には酒杯が収まっている。

「よう師光、久しぶりだな」

胡座《あぐら》をかいたまま、偉丈夫の方が首を曲げた。月代《さかやき》の跡も青々としたこの男、広島藩士の多武峰秋水《しゆうすい》という。

「その様子ですと、いよいよ本降りになってきたようですね」

学者風の男は、ちらりと小窓を見遣った。こちらは師光と同じ惣髪《そうはつ》であり、名は越後新発田《えちごしばた》藩士の三柳北枝《ほくし》といった。

びしょ濡れだわと苦笑しながら、師光は袖《そで》を持ち上げて見せた。

「五丁森がなかなか開けてくれせんかッたでな」

「そう云ってやるな。慶喜公が大坂に下ったとは云っても、五丁森を恨む徳川の残党はまだ少なからず潜んでおるのだ。用心に越したことはない。近江《おうみ》屋の一件はお前も知っているだろう?」

師光は少しだけ遠い目付きになり、頷いた。

大政奉還に一役買った土佐《とさ》の坂本龍馬《さかもとりようま》、中岡慎太郎《なかおかしんたろう》の二名が河原町《かわらまち》の近江屋で斬られたのは前月十五日のこと。未だ下手人は明らかではないが、風聞によると徳川体制の崩壊に貢献した両者を恨む新撰組《しんせんぐみ》の手による犯行だったという。

「まったく、俺たちは徳川を生かすべく奔走しているというのになあ!」

多武峰は苛立たしげに盃《さかずき》を置いた。全くですと呟《つぶや》いて、三柳は酒を口に含んだ。

師光は腰の大小を抜き、三柳の横に腰を下ろす。

「何だ、俺の噂《うわさ》か？」

両手に新しい徳利《とっくり》を下げ、五丁森が襖から半身を覗《のぞ》かせた。

「なに、相変わらず五丁森さんには敵が多いという話です」

師光の盃に酒を注《つ》ぎながら、三柳が云う。五丁森は怪訝《けげん》そうな顔のまま、多武峰の横に腰を下ろした。

「徳川の残党だけでなく、新政府のなかにも依然としてお前を良く思わん輩《やから》がいるそうじゃないか」

「まあな。岩倉公や薩摩の大久保なぞは俺を廟堂《びょうどう》から締め出そうと必死だ。是が非でも徳川を討ちたい奴らからしてみれば、いちいち待ったをかける俺が鬱陶《うっとう》しくて仕方ないんだろう。……だが、問題はない。奴《やっこ》さんらも、俺の価値は十分に分かっている。この五丁森了介を殺したら、いったい誰が英仏の公使と通弁抜きで議論するんだ？　なんぼ俺が目障りだろうと、迂《う》闊《かつ》に手出しは出来んさ」

五丁森はにやりと笑い、脇に置かれた愛刀朝尊《ともたか》の鞘をぽんと叩いた。

「それに、いざとなればこいつで返答するまでよ」

五丁森了介は、福岡黒田藩脱藩の浪士である。

下級藩士の家に生まれた五丁森は若い内からその才を買われ、黒田藩士として京の学習院に出仕していた経歴を持つ。当時の学習院は過激な尊攘《そんじょう》派が集《つど》う場だったのだが、五丁森はそこで得た知識から却《かえ》って破約攘夷《はやくじょうい》の無謀さを知り、その思想は次第に開国論の方へ傾《かたむ》いていった。

「攘夷なぞという幼稚な考えは早々に捨て、異国に対しては進んで門戸を開き、交易通商を通して国力を高める以外に道はない」

　攘夷思想が蔓延する当時の京に於いても、五丁森は開国交易論を声高に主張して止まなかった。当然、その結果として五丁森了介は薩長の急進的な尊攘派からは睨《にら》まれ、騒動を恐れた藩からは帰国の命令が出されたのだが、彼はそれを無視して京に残留し現在に至る。

　脱藩以降、五丁森は大胆にも洛中《らくちゅう》に居を構え、持論を広める活動に奔走していた。各雄藩や朝廷の動静に目を光らせる一方で、長崎から取り寄せた多くの洋書を基に異国事情も貪欲に学んだ。そうして築き上げられた理論は、人伝《ひとづて》ではあるものの次第に有力公家《くげ》や各藩上役の目にも留まるようになり、遂には、非公式ながらも賢侯と名高い越前藩主松平春嶽の相談役を務めるまでに至った。その過程に於いて白刃《はくじん》に追われたことも決して一度や二度ではないが、五丁森自身それを苦にする様子もない。

「己の信ずるところを進むのに、何の遠慮が要るものか」

吟《ぎん》ずるようにそう云うと、五丁森はぐいと盃を干した。師光は口に運びかけた盃を止める。

「お前さんが酒を吞むとは珍しい。何かええことでもあったのか」

「大殿に任せられていた厄介な仕事が漸《ようや》く終わってな。今宵《こよい》ばかりは吞まずにいられん」

五丁森はぐいと腕を伸ばすと、ごちゃごちゃとした文机の上から折り畳まれた紙の束を摑《つか》んだ。

「近いうちに大殿が大坂城を訪れることになっていてな」

「ほう。春嶽公が」

多武峰が興味深そうに呟く。

「そこに俺も同行出来ればよいのだが、大殿の不在を衝いて薩長の輩が京都で好き勝手やらぬとも限らない。そこで、見張り役として残る代わりに、書簡を用意するよう命じられたのだ。……ところで多武峰、上社《かみやしろ》に文は届けてくれたか？」

「ああ。お前の指示通り大垣《おおがき》藩邸まで行って直接本人に渡した」

軽く頷《うなず》く多武峰に向けて、師光は、む、と声を上げた。

「上社って、あいつは長崎におるんじゃアないのか」

「私も先ほど知ったのですが、二週間ほど前に帰洛されたそうです。大垣藩邸から多武峰さんの許《もと》へ使いが来たとか」

三柳が脇から説明を加える。

「風邪を拗《こじ》らせて寝込んでいるらしい。だいぶ具合も良くなったから、近い内に帰京の挨拶に来ると云っていたぞ」

多武峰の補足に、五丁森は書簡を机に戻しながら、そりゃ助かると笑った。

「あいつの意見も聞いておきたいからな」

三柳は多武峰の盃を満たす。

「話は戻りますが、春嶽公が大坂へ下るのは、矢張り慶喜公にお目見えするためなのですか」

「そうだ。『二万五千の徳川兵が上洛して、御所に居座る薩長を討つ』とかいう、穏やかじゃない風聞が洛中に流れている。噂には違いないが、火のない処に煙は立たんからな。くれぐれも軽挙妄動は慎んで頂くよう、大殿自ら釘《つつし》を刺しに行かれるのだ」

「火のない処、か。会津《あいづ》と桑名《くわな》はいよいよ抑えがきかなくなッとるらしいしなァ」

徳川方の根城となった大坂城には、慶喜麾下《きか》の徳川兵の他、元京都守護職松平容保《かたもり》及び元京都所司代松平定敬《さだあき》の率いる会津桑名の藩兵が入っていた。両藩共に今まで身を粉にして京城の安寧《あんねい》を護ってきたという自負があったため、京を追われた今、城内の喧騒と殺気は凄まじいものであるとか。

「前の戦《いくさ》を思い出すな。あの時は、京に攻め入る長州を会津や桑名が討った訳だが、今度はその両藩を長州や薩摩が討とうとしている」

盃を置き、多武峰はそのまま窓の方を見遣った。元治《げんじ》元（一八六四）年七月、自藩の復権を望む長州が、会津藩らの護る御所に攻め入ろうとした蛤御門《はまぐりごもん》の変。市内だけでもおよそ三万もの民家が焼け落ちて、その戦災は三年が経過した今でも洛中にその傷痕を残している。

「あの時は、御所に近いこの辺りもかなり燃えたんだったか」

「矢張り、戦は避けられないのでしょうか」

途切れた会話を繋《つな》ぐように、三柳がぽつりと呟く。五丁森は大声でいいやと云い放った。

「戦にはならん。そのために俺たちが動いているのだろうが。なんだ三柳、弱気になってお前らしくもない」

五丁森はその大きな掌《てのひら》で三柳の背を叩く。

「痛いですよ、五丁森さん」

三柳は苦笑しながら、少し身を捩《よじ》らせた。


「時に師光、お前に頼みたい事がある」

談義が中休みに入った頃、すっかり朱色に染まった顔で五丁森は云った。

「なに大したことじゃない。或る男をここまで連れて来て欲しいのだ」

「俺たち以外の人間をここへ呼ぶのか」

多武峰は驚いたように五丁森を見た。

「案ずるな。三条《さんじょう》公が直々《じきじき》に引き合わせて下さった佐賀藩士だ。身元に間違いはない」

へえ、と三柳が興味深そうな顔をする。

「佐賀とは珍しいですね」

肥前《ひぜん》佐賀藩は、西国でも指折りの雄藩だ。藩主鍋島閑叟《なべしまかんそう》の指導の下、早い時期から西洋技術を導入した事が功を奏したのであろう。日本初の製鉄所建造や種痘《しゅとう》の普及など、近代化の面に於いては間違いなく国内で最も進んでいた。

しかし、実用蒸気船やアームストロング砲といった近代兵器をその手中に収めながら、一方で佐賀藩は決してその強大な軍事力を政治の道具として使わなかった。藩論は徹底した鎖国主義で、他藩との交流を一切断ち、中央政局に対しても常に一歩置いた姿勢をとり続けていたのである。

「佐賀の軍事力は決して無視出来ん。味方に付けられれば、薩長への牽制《けんせい》にもなる」

酔いが回ってきたのか、五丁森は大きな声でそう云った。

「普段は傲岸不遜《ごうがんふそん》な政府のお偉方も、閑叟公にだけは腫《は》れ物に触るように上洛の働きかけをしとるからなァ。『肥前の妖怪』とはよく云ったもんだわ」

「あれだけ強大な軍事力を有しながら、それでも動こうとしない佐賀が薩長には不気味で仕方ないのでしょう」

盃を片手に、五丁森は顎《あご》を撫《な》でる。

「見窄《みすぼ》らしげな身なりではあったが、これがなかなか頭の切れる男でな。暇《ひま》さえあればどこぞの酒楼《しゅろう》で座敷でも設ければよいのだが、今はその時間すら惜しい。それ故、ここまでご足労を願ったのだ」

多武峰は苦い顔で腕を組んだ。

「本当に大丈夫なのか？　うわべだけ云い繕《つくろ》って寄って来る輩は山ほど居るだろう」

心配無用、と五丁森は笑って首を振る。

「ほんなら、おれはその男を連れて来ればええんだな？　佐賀藩邸に迎えに行けばええのか」

「いや、明後日の昼過ぎに百万遍の尾張藩邸を訪ねるように云っておいた。お前も色々と話してみるといい。なかなか変わった男だが、何となく馬が合いそうだ」

ふうん、と師光。

「そいつの名前は？」

「姓は江藤《えとう》、名は新平《しんぺい》。妙に語呂がいい名前だから、すぐに覚えられたよ」

二

二日後の暁闇《ぎょうあん》の候。

「もし、鹿野師光殿にお目にかかりたいのだが」

尾張藩京屋敷の自室で静かに朝食を摂《と》っていた師光は、突如、往来から自分の名を呼ぶ声を聞いた。思わず箸《はし》を止め、声の方に顔を向ける。

「尾張藩公用人の鹿野殿はおられぬか」

床の間の置時計に目を遣ると、時刻は明け六つ（午前六時）を少し過ぎたばかり。どこか西国の訛《なま》りを感じるその声に聞き覚えはなく、門番を呼ぶにしては大きすぎる。

謎の声は続けた。

「拙者、藩命により佐賀から出京仕《つかまつ》った者である。鹿野殿に用件あって参上仕った次第。誰か居られぬのか。至急お取り次ぎを願いたい！」

師光はぶっと味噌汁を吹き出し、口を拭《ぬぐ》って慌《あわ》てて立ち上がった。

「昼過ぎじゃアなかったのかい……」

師光は廊下を駆け、玄関から表へ出る。昨夜までの豪雨に濡れた門前では、妙に額《ひたい》の広い紋《もん》服《ぷく》姿の侍が一人、玄関番の男たちと押し問答をしていた。男は師光の姿を認めると、玄関番を強引に横へ押しやって前に出た。

「君が鹿野師光かね」

男は顔を師光の方へ突き出して、詰問《きつもん》するように云った。

「ああ、おれが鹿野だが」

遠慮会釈の欠片《かけら》も感じられない口調に驚きながら、師光は相手の顔をじろじろと見廻す。

「では早速、五丁森殿の許へ案内を願いたい。話は聞いているだろうがあまり暇はないのでね。早急に頼むよ。――ああ、まだ名乗っていなかったか。私は佐賀藩士の江藤新平。閑叟公の名《みよう》代《だい》として上洛した者だ。以後よろしく」

男はにこりともせずに、早口でそう云った。


「つまり、五丁森殿の居所は、鹿野君を含む極《ご》く少数の者しか知らない訳だね?」

前を向いたまま、江藤は白い息と共に云った。仕事始めの職人たちが行き交う朝の二条通を、二人は進む。黒く濡れた妙満寺《みようまんじ》の甍《いらか》が朝陽を浴びて輝いていた。

「おれを除けば残りは三人。広島藩の多武峰秋水、新発田藩の三柳北枝、それに大垣藩の上社虎之丞《とらのじよう》……。五丁森が仕官しとる越前藩の者も、奴が何処《どこ》に潜んどるかは知らん筈です。平素は五丁森が岡崎《おかざき》の越前藩邸に出向いとりますし、何か用事がある時は、おれか、いま云った者を経由して伝えるようになッとります」

小さな声で説明を続けながら、師光は二条麩屋町の角を曲がる。

「越前にも秘しているのか。随分と慎重だな」

江藤は少し意外そうな声を上げた。


攘夷に反対した五丁森を、かつては多くの者が嘲笑し、爪弾《つまはじ》きにした。しかし、状勢が変わって開国交易こそ唯一の道だと誰もが認めざるを得なくなった途端、彼らの多くは掌を返し、今迄のことなどなかったような顔で五丁森に擦り寄ったのである。――彼らの豹変を目の当りにした五丁森が、周囲に対して一線を引くようになったのも、無理のない話であった。

「大きなことを為すためにゃア、ある程度の地位がどうしても必要です。春嶽公に仕えるようになったのも、召し抱えの打診があったなかで、越前が一番大きかったからです」

師光の説明に江藤は頷く。

「唯一の例外が、君たち四人という訳だ」

その過激な論調故に追われる身となった五丁森を救ったのが、師光たち四人だった。出会いの形は四者四様だが、皆一様に彼の人柄や才に惚れ込み、五丁森の身を匿《かくま》ったり雄藩の上役に引き合わせたりして、表舞台で活躍出来るまでの土台を整えたのである。

尤《もっと》も、端《はな》から四人全員が五丁森の思想に賛同していた訳ではない。彼と同じく元々攘夷に反対していた上社や師光は、かねてより五丁森とは洋書を貸し借りする仲だった。一方で多武峰と三柳は学習院時代の同窓であり、骨の髄《ずい》まで攘夷論者だった。しかし、彼らは五丁森との議論を通じて破約攘夷の無謀さを知り、後に開国論へ転向したのである。

「俺は嬉しかった」

いつの席だったか、珍しく酔っ払っていた五丁森がそう呟いた。

「世論に反する脱藩浪士の戯《ざ》れ言《ごと》なぞ、誰も真面目に取り合ってはくれなかった。だが、お前たち四人は違った。耳を傾け、議論に応じてくれた。だから俺はお前たちだけは信じているんだ」

しかし、と江藤は顎を撫でる。

「彼を狙う者は未だ多いと聞く。その選択は正しいと思うぞ」

「五丁森は先の大政奉還にも一枚噛んどりましたから、それを根に持つ徳川の残党からは四六時中狙われとります。大半が慶喜公と一緒に大坂へ下って、一時ほどではなくなりましたがね——ほんでも」

師光は苦い顔をする。

「いま五丁森が警戒しとるのは、むしろ新政府ですよ。あの人ら、邪魔者を消すことに関しては容赦なんてしやァせんですから」

五丁森は、徳川討伐に終始反対の立場をとっていた。主《あるじ》の春嶽に入れ知恵をして、時には自ら新政府会議に出向いてまで、徳川討つべしと息巻く薩長を尽《ことごと》く撥《は》ね返していくのだから、主戦派からすれば面白い訳がない。

「そうか。五丁森殿は戦に反対なのだったな」

思い出したように江藤が云った。大きな水溜まりを避けて通りながら、師光はええと頷く。

「ひとたび戦が始まれば、徳川と薩長、どちらかが滅びるまで続くでしょう。結果、疲弊しきって抗《あらが》う力も残ッとらんこの国を、英仏の連中が放っておくとは思えせん。清国のように食い物にされるのがオチだ。五丁森は何よりもそれを恐れとるんです」

現に、と師光は続ける。

「英国公使のパークスは、大坂城に逗留してまで慶喜公に英国からの援助を受けるように申し出とります。一方で、仏蘭西《フランス》は薩長に大量の銃器や弾薬を売りつけとる。内政不干渉とは云いながら、戦になるよう煽《あお》ッとるのは誰の目にも明らかでしょう。いま徳川と薩長が争っても、それは英仏の代理戦争に過ぎィせん。何ともまァ莫迦《ばか》らしい話ではありませんか」

江藤は腕を組んだまま、師光の顔をしげしげと見た。

「な、何ですか」

「いや、新政府など阿呆しかいないと思っていたが、君はなかなかものの分かる男じゃないか。見直したよ」

「は、そりゃどうも」

何気ない態を装いながら、師光はちらりと横を盗み見た。擦り切れて、すっかり色褪せた紋付き袴に身を包んだこの男。背丈は師光より頭一つ分は高く、肌は陶器のように青白い。そして、その広い額の下では絶えず濃い眉が不機嫌そうに寄っていた。

変わった男だ、と師光は心のなかで呟く。江藤の傲岸不遜な態度に、師光は怒りや呆《あき》れを通り越して感心さえしていた。師光は紛《まぎ》れもなく新政府の一員であり、対する江藤は九州より上洛したばかりの一無名藩士に過ぎない。二人の間にはそれこそ天と地ほどの位の差が存在する訳だが、江藤がそれを気に掛ける様子は微塵も見られない。この男にとっては相手の身分など関係ないのだろう。仮令相手が公家や大名であっても、何ら気にせず思った事をずけずけと口にする筈だ。

師光は当初、それを江藤の強がりだと思っていた。位の違いを内心恥じるが故の虚勢なのだろう、と。しかし、それが自分の思い違いであることに、師光は薄々気が付き始めていた。

「……まァ、変に媚《こ》びられるよりは、こっちの方がええかな」

「何か云ったかね」

「いんや。ただの独り言です」

師光が笑って誤魔化したその時、背後から、おうい、と誰かを呼ぶ声がした。二人が振り返ると、そこには小豆《あずき》色の羽織を纏《まと》った大兵肥満の男の姿があった。

「鹿野君ではないか」

「おお、上社」

でっぷりした太鼓《たいこ》腹を揺さぶりながら、上社虎之丞は師光に歩み寄る。

「久しぶりだなァ。多武峰から聞いたぞ、長崎から帰ッとッたんだってなァ。風邪はもうええのか？」

「まだ少し咳《せき》は出るがね。鹿野君とは夏以来か。すっかりご無沙汰《ぶさた》だったのう」

上社はそう云って、懐《なつ》かしそうに師光の腕を叩く。

「確か英国商人の通弁役で行ッとッたんだったか。随分と長く掛かったじゃアないか」

「まったくよ」

ううん、と唸《うな》って、上社は喉に絡まる痰を切った。

「このご時世だ。西国諸藩が戦に備えて銃器砲弾の買い付けに駆け込んでな。山積みの証文をいちいち英文に訳して渡さねばならんから、そりゃ大仕事よ。当初云われていた期間を二月も過ぎてしまった」

師光は笑顔で何度も頷く。

「時に、おれはこれから五丁森の処へ行くんだが、若しかしてお前さんもか？」

「遅くなったが、帰京の挨拶にな」

「そういえば五丁森の奴、お前さんに何か用があるとか云ッとッたぞ」

上社は少し驚いた様子を見せると、身を屈《かが》ませ、師光の耳元でこう囁《ささや》いた。

「君も知っているのか。いや、多武峰経由で文が届いたのだが、何でも折り入って頼みたいことがあるとか——ところで鹿野君、あの御仁《ごじん》は誰なんだね」

振り返ると、除《の》け者にされて不機嫌なのか、江藤がしきりに足を鳴らしている。師光はすっと身を退かし、江藤を手で示した。

「こちらは佐賀藩士の江藤新平さん。あの五丁森も認める程の才人で、これから奴の許へご案内するところだ。――江藤さん、こちらが先ほど紹介した大垣藩の上社虎之丞です。宝蔵院流《ほうぞういんりゅう》槍術《そうじゅつ》の達人で、欧米の事情にも精通しとる男です」

「上社と申す。以後よろしく」

そう云って会釈する上社に対し、江藤はうむとだけ返した。


「何か焦げ臭いな」

麩屋町通を南へ歩く途上、江藤が不意に口を開いた。師光も鼻をひくひくさせるが、確かに江藤の云う通り、軒の迫る狭い通りには木の焼け焦げた厭《いや》な臭いが充満していた。

「ああ。そりゃ多分ウチのせいだ」

師光の横で上社が云った。

「昨晩、藩邸に雷が落ちてな。それが原因で結構な大火事になったのだ」

「そりゃ大事だ」

師光は目を丸くした。上社の居住する大垣藩邸はこのすぐ近所、麩屋町押小路を少し北に行った処にある。

「記録書などは焼けたが、死人がでなかったのは幸いだった」

上社は五丁森の寓居《ぐうきょ》へ続く路地に足を踏み入れる。師光と江藤もその後に続いた。

「命を狙われながらもこんな町中に居座るとは、大した度胸だな」

後ろから聞こえる江藤の呟きに、師光は思わず苦笑する。

「五丁森もそれなりの用心はしとりますよ。滅多《めった》に外へは出んそうですし、表の格子からは外の様子が見えるようになっとッて、其処《そこ》におれたち以外の見知らぬ奴がおッた時は直《す》ぐにでも奥の潜り戸から――」

師光の前で、上社が急に立ち止まった。

「鹿野君、あれを見ろ」

太い腕を上げて、上社は前方を指す。師光はその大きな背から顔を出して、示された方に目を遣った。

路地を抜けた、猫の額ほどの空き地の向こう。降り注《そそ》ぐ朝陽のなか、五丁森の住まう町屋の戸が、半分ほど開いていた。

言葉にならない不安が、足元から這い上がってくる。師光は上社の横を駆け抜け、泥濘の飛沫を飛ばしながら町屋に近付いた。

厚い板戸――特に錠の掛かる辺り――には、幾つもの斬り付けられたような跡が生々しく残っていた。師光は戸の端に手を掛け、そのまま一気に開ける。

「五丁森！」

大声で彼の名を呼ぶ。土間に人影はなく、高窓から差し込む陽光を浴びて、大粒の埃《ほこり》が静かにきらめいていた。

土間に踏み入ろうとした矢先、師光は一歩踏み出したままの姿勢でその場で固まった。今まで幾度となく嗅《か》いできた臭いが、鼻の奥を突いたのだ。

腰に差した刀の柄《つか》にゆっくりと手を遣り、師光は奥の方へ目を凝《こ》らした。襖は少しの隙間を残して開いている。後に続く二人に待つよう云うと、師光はゆっくりと土間へ足を踏み入れた。白い息を細く長く吐き出しながら、師光はすり足で竈や流しを通り過ぎる。沓脱の石の上には、見覚えのある五丁森の下駄が一揃《ひとそろ》え。その横には、渋染めの唐傘が一本立て掛けてある。師光は再び彼の名を呼ぶが、襖の向こうから返答はない。生臭さだけが濃くなっていく。師光は下駄履きのまま板張りに上がる。柄を固く握り締め、もう一方の手で一息に襖を開け放った。

座敷内には噎《む》せ返るような臭気が立ち籠めていた。師光は咄嗟《とっさ》に袖を口元に当て、そして、眼前に広がる光景を見て愕然とした。

座敷一面を、血潮が赤く染め上げていた。迸《ほとばし》った血の跡は奥の壁にも走っており、凄惨な有様に拍車を掛けている。

そして、血に染まった畳の上、こちらに手を伸ばすようにして、それは倒れていた。右半身を下にして、赤児のように身を屈めた人間――否、原形を留めぬほどずたずたに斬り刻まれたそれは、最早《もはや》血に塗《まみ》れたただの肉塊にしか見えない。胴の肉は身に纏う衣類ごと斬り裂かれており、右胸には幅二寸ほどの深い刺し傷があった。斬り裂かれた腹部からは赤黒い臓腑が溢《あふ》れ出ている。折り曲げられた腕や脚にも刀傷が見られ、その内の幾つかは骨を覗かせていた。

額の汗を拭いながら、師光はゆっくりと屍体の背の方に回り込む。幾つもの創痍《そうい》を首筋に受けて、屍体の頭部は不自然な方向に捻《ね》じ曲がっていた。

「……誰にやられたんだ」

赤黒く汚れた畳の上に片膝《かたひざ》を突き、師光は血を浴びた髭面の顔を見遣る。そして、

「教えてくれ、五丁森」

今は亡き友の名を小さく呟いた。

「おい鹿野君！」

外から聞こえる上社の声に、師光は身体を起こす。そして屍体から目を離すと、ぐるりと座敷内を見廻した。

家具の少なさも相まって、殊更《ことさら》荒らされたような痕跡は見られない。師光は屍体の脇を通って奥の壁に寄る。

「五丁森は逃げせんかったのか」

目線を右隅の潜り戸に向け、師光は小さく呟いた。仮令押し入られたのだとしても、ここからならば表の戸がこじ開けられている隙に抜け出す事も出来た筈である。しかし、潜り戸の錠は今も固く閉ざされており、積もった埃の層から見ても長らく使われた様子はない。

そんなことを考えながら、師光は土間の方に戻ろうとした。その時である。

一歩足を踏み出したままの格好で、師光はその場に固まった。

大量の血は、座敷の奥一面を赤黒く染めている。対して、土間から板の間に上がったあたりには、数滴の血飛沫《ちしぶき》が飛んでいるものの大きな血の跡は残っていない。拭った跡もなく、泥で汚れた師光の下駄の跡が点々と付いているだけだった。

「鹿野君、もう入るぞ！」

再度上社の怒声が響く。師光が慌てて板の間へ出ると、ちょうど上社が表の戸を潜るところだった。

「鹿野君、これは真逆《まさか》」

血の臭いに気付いたのか、上社は険しい顔で師光を見る。

「五丁森が、奥の座敷で殺されとる」

ともすれば縺《もつ》れそうになる舌で、何とかその事実を告げた。上社の分厚い唇《くちびる》の隙間から、声にならない呻《うめ》き声が漏れる。

「五丁森の遺体をそのままにはしておけん。上社、済まんが藩邸から人を呼んで来てくれ」

「は、藩邸ってウチからか？」

「他に何処があるか。おれはその間に遺体の検分をしておく。急いでくれ」

有無をいわさぬ師光の口調に気圧《けお》された上社は、云い掛けた何かを呑み込んであたふたと表の戸から出て行った。

上社の背を見送った師光は座敷へ戻った。その時である。

「滅多斬りだね」

不意に横でそんな声が上がった。

咄嗟に柄を握り、抜刀の構えで振り向く。いつの間に上がったのか、腕を組んで屍体を見下ろす江藤の姿があった。

「あんた、いつの間に……」

ん、と江藤は顔を上げる。

「さっきから居たじゃないか、気付かなかったのか？」

江藤はそこで忌々《いまいま》しそうに舌打ちをした。

「五丁森了介に敵が多いとは聞いていたが、真逆こうも早く殺されるとは――まったく、当てが外れた」

顔色が変わるのが自分でも分かった。思わず食って掛かろうとした師光を遮《さえぎ》って、江藤は滔滔と続ける。

「そんなことより君、『屍体を片付けるために人を呼んでこい』とは考えたね。咄嗟に思いついたにしては上出来だ。確かに、五丁森了介は見ず知らずの暗殺者に襲撃されたのではない」

ぎょっとした顔で相手を見る。江藤はにやりと笑って続けた。

「鹿野君。君はこの惨状を見て、賢明にもそれに気が付いた。それゆえ、上社虎之丞をこの座敷へ上げさせなかったのだろう？　もし彼が下手人で、証拠を消されたりしてはことだからな」

金魚のように口をぱくぱくさせる師光の脇で、江藤は膝を突く。そして指先で赤黒い畳と屍体の腕の傷に少し触れた。

「先ほどの道中で、君たちは一昨日の昼にここを訪れて夕刻まで飲んでいたと云っていた。従って、五丁森が殺されたのは一昨日の夜から今日の朝までの間ということになる。そしてこの通り、血潮の大半は赤黒く固まっているが、所々乾ききっていない箇所もある。彼が殺されたのは、それほど前ではない昨日の夜だろう」

汚れた指先を袴で拭いながら江藤は立ち上がった。

「併せて考えねばならんのは、ここ数日で降り続けた大雨だ。昨日は昼過ぎから小雨が降ったり止んだりを繰り返し、雲が切れたのは夜にかけての一刻半だけ。四つ（午後十時）を少し過ぎた頃になるとまた急に強く降り始め、朝方の七つ半（午前五時）近くまでざんざ振りだった。それに間違いはないね？」

伸ばした指で師光を指す江藤。師光はこくりと一回頷く。

「それならば、どうして足跡が何処にもないのだろうか」

江藤は師光の足元を指した。

「仮令表の戸をこじ開けて侵入したのだとしても、外の泥濘を越えて来たのなら、履き物は汚れていた筈。それにも拘《かか》わらず、座敷の奥へ続く下手人の足跡がないのはどういうことか。現に今、鹿野君の下駄の跡はこうして畳の上に残っている。戸を破って急襲した暗殺者が、果して丁寧に履き物を脱いで上がるだろうか？」

つらつらと自説を述べる江藤の顔を、師光は呆然と見詰めていた。

「土間若しくは板の間で斬られたのならば、確かに足跡は残らない。しかし、血の跡が座敷の奥にあることから見て、五丁森はそこで斬られたのは明白だろう？　拭った跡もないのだから」

ぴんと伸ばした指を天井に向け、江藤は続ける。

「五丁森が暗殺者に襲われたのではないなら、下手人は彼自身が招き入れたことになる。それは果たして何者か。ここで重要なのは、先ほど君が教えてくれた『五丁森了介が戸を開けるのは、同志が戸の外に居た時のみ』ということ。つまり」

「……表の戸から入って、履き物を脱いだ状態で座敷に上がることが出来たのはあの三人以外におらァせんッちゅうことですね」

「違う、君を含めて四人だ」

師光は絶句する。

「あ、あんたは、真逆おれが五丁森を殺したッちゅうんですか⁉」

「殺したとは云っていない。殺したかもしれないと云っているのだ」

江藤は面倒臭そうに手を振って、師光の言葉を遮った。

「同じでしょうが！　何でおれが五丁森を殺さにゃならんのです」

「それは他の三人も同じだろう。では、答え給《たま》え。君は昨晩何処で何をしていたのだね」

「昨日はずっと百万遍に居りました。藩邸の者に聞いて貰《もら》えば直ぐに分かります！」

結構、と江藤は頷く。

「それが本当ならば君は下手人じゃないね。勿論《もちろん》、確認はさせて貰うが。さて、そうすると残るは三人だ。多武峰か三柳か上社の内の一人乃至《ないし》は複数人……若しくは、押し入った先でも履き物を脱いで座敷に上がる、行儀のいい暗殺者だ」

江藤はそう締めくくると、座敷内をぐるりと見廻した。

「さて、あの男が戻ってくるまでそう間もない。さっさと調べてしまおうか」

「ちょ、ちょっと待った！」

屍体の側にしゃがみ込む江藤の背に慌てて声を掛ける。

「調べましょうって、どうしてあんたが……」

「云ったろう。当てが外れたと」

屍体の首筋に指を押し当てながら、江藤はぶっきらぼうな口調で云った。

「私には、京に於ける佐賀の地位を、薩長と劣らぬものにする使命がある。しかし、今のように無名のままでは、それも夢のまた夢。私は、何としてもこの京洛で江藤新平の名を轟《とどろ》かせねばならんのだ」

師光の眉間《みけん》に皺《しわ》が寄る。

「そのツテとして五丁森に擦り寄ったッちゅう訳か」

「勘違いをするな、私が彼を選んだのだ。しかし、彼は殺された」

江藤は吐き捨てるように云った。

「鳶《とんび》に油揚げを攫《さら》われるとはこういう気持ちを云うのだろうな。鹿野君、下手人を憎んでいるのは、決して君だけじゃあないのだ。……腹立たしいことに違いはないが、今更悔やんでも仕方がない。だから私は、方針を変えることにした」

あんた真逆、と師光は声を荒らげる。

「下手人を暴き立てることで名を上げようだなんて考えとらんだろうな」

「その通りだが？」

江藤は怪訝そうな顔で振り返る。

「妙なことを云うね、君は。鹿野君も私も、共に下手人の罪を白日の下に暴きたいという点では同じの筈。そもそも、そのために君は上社をこの場から遠ざけたのではないのかね？」

思わず返答に窮《きゅう》する師光に、江藤は畳み掛けるように云った。

「下手人を探す気がないのなら、さっさと帰り給え。邪魔なだけだ」

江藤は視線を屍体に戻す。師光はそんな彼の背を暫《しばら》く睨みつけていたが、やがて、諦《あきら》めたように大きく息を吐いた。

屍体の検分を続ける江藤から離れて、師光は階段から二階の座敷へ上がる。

「確か、二階は書庫兼寝床になっとったな」

広さは階下と同じ程度だが、こちらは足の踏み場もないほどに書物が積み置かれている。その中央に白い煎餅《せんべい》布団が敷かれているのみで、特に変わった様子は見られない。

師光は一階へ戻ると、屍体と江藤の脇を通り過ぎ、座敷の奥へ足を運んだ。潜り戸同様、壁の小窓も閉じられている。壁には、五丁森が斬られた時のものと思《おぼ》しき血飛沫が幾つも帯のように着いていた。

続いて文机に歩み寄る。卓上には、墨《すみ》のすっかり乾いた硯《すずり》と細い筆、そして黒革の洋書が幾冊か置かれている。脇には、折り畳まれた分厚い紙の束――五丁森の話していた、春嶽依頼の書簡が置かれていた。

書簡には、一滴の血の汚れも見当たらない。師光は身を屈め、それを手に取る。表紙を撫でてみると、指先からは湿り気を帯びた紙の感触がはっきりと伝わってくる。目を凝らせば、滴の落ちた跡が点々と残っていた。

小首を傾《かし》げる師光の背後で、江藤の呼ぶ声がした。

「鹿野君、これを見給え」

江藤は膝を突いたまま、屍体の脇に投げ出された大小の刀を見ていた。

「五丁森の刀かね？」

江藤は太刀の鞘を摑むと、師光の方にぐいと突き出して見せる。

「ええ。太刀も脇差《わきざし》も、共に五丁森のもんです」

師光が頷くと、江藤はふむと呟いて太刀を鞘から引き抜いた。

「刃こぼれも血の曇《くも》りもない……。彼は抵抗をしなかったのだろうか」

白々と輝く刃を見回した江藤に、師光は首を振ってみせた。

「こんな天井の低い座敷じゃア、普通太刀は抜かんもんです。梁が邪魔になって、上手く振り回せせんですからね。斬り付けられて咄嗟に抜くんなら、そっちの脇差でしょう」

きょとんとした顔の江藤は、そう指摘されると慌てて脇差に手を伸ばした。鞘から放たれた刃には、確かに赤銅《しゃくどう》色の曇りがはっきりと見られる。刃の平地《ひらじ》に触れた江藤の指には、ねっとりとした脂《あぶら》が付着した。

「……剣術は専門外だ」

云い訳するように、江藤は小さく呟いた。

手元の紙束を懐《ふところ》にしまって土間へ出る。乾いた調理台の上には、干《ひ》からびた菜っ葉の切れ端が幾つか散っている。竈の炭もすっかり冷たくなっていた。流しの隅には、洗って干された徳利と盃が二つ並んでいる。戸棚を見ると、こちらには乾いた徳利や猪口《ちょこ》、茶碗などが乱雑に置かれていた。

鹿野君、と江藤が座敷から顔を覗かせた。

「何かあったか」

「少しだけね」

そう呟く師光の背後で、ざわざわと人の声が聞こえ始めた。上社が人を連れて戻ってきたのだ。

三

五丁森の屍体が近所の寺に運ばれていくのを見送ったのち、師光は後の手続きを上社に任せて、江藤と共に多武峰と三柳の許へ向かった。名目は飽《あ》くまで五丁森の凶事を伝えることだが、真の目的は二人の様子を探ることにある。

薄い雲の張った冬空の下、二人は多武峰の住居を目指して鴨川《かもがわ》沿いの河原道を歩いていた。

「この一件、どうも綿密に計画されていたとは思えんな」

江藤は道の小石をこんと蹴る。

「そうでなければ、足跡を付け忘れるなんて間抜けな過ちは犯さない筈だろう。表の戸に残されていた傷痕も、いま思えば如何《いか》にもわざとらしいものだった」

「口論の末、つい五丁森を斬ってまッたッちゅう訳ですか」

「五丁森了介は学があり、おまけに弁も立つ。そんな男が非戦派にいたのでは、さぞかし薩長の輩もやりにくかったことだろう。徳川の仕業に見せ掛けて暗殺を命じたとて不思議はない。

——しかし」

江藤はぴんと指を伸ばす。

「三人の内の誰かが裏で薩長と繋がっていたとしても、暗殺が目的ならばわざわざ刀を抜く必要はない。気心の知れた同志なのだから、隙を見て酒杯に毒を盛れば片が付く話だ」

師光は腕を組んだ。河面を渡るつむじ風が、持ち上がった袖をふわりと揺らす。

「しッかし、口論の末の斬り合いだとするとおかしな点が一つあります。五丁森は新陰流の達人でした。そんな奴に、いったい誰が刀で敵《かな》うのかッちゅうことです」

江藤は意表を突かれた顔をした。

「三柳は論外として、多武峰も刀では敵わせんかッたでしょう。槍を持った上社ならええ勝負になったかも知れんが」

「普通槍は持ち歩かない、か」

ううむと唸って、江藤は渋い顔をした。

二人は仁王門通《におうもんどおり》の角を曲がる。剝《は》げ落ちた白壁越しに見えるのは、頂妙寺《ちょうみょうじ》の黒い仏堂だ。堂の奥から読経《どきょう》の声が微かに聞こえる。

「五丁森はどうして殺されたんでしょう」

顔を下げたまま、師光はぽつりと呟いた。

「おれらのなかに間者《かんじゃ》がいて、そいつが薩長から暗殺を命じられとッたのだとしたら、確かに計画が杜撰《ずさん》すぎます。あんたの云う通り、酒に毒でも混ぜればええんですから」

「鹿野君？」

「でも待てよ。毒殺となると、下手人は自ずとあの座敷に上がることの出来たおれたち四人に限られてくる。それを避けるために、敢えて選ばなかったとも考えられるじゃアありませんか」

「おおい、鹿野君」

「誰かが五丁森のことを深く恨んどッて、その怨恨が原因なんだとしたら、毒に頼らず刀で挑んだとも考えられますが、そうなると今度は誰が五丁森の腕に敵うっちゅう最初の問題に――」

「鹿野師光！」

師光は慌てて振り返る。考えに没頭し過ぎていたようだ。古びた町屋の前で、江藤は呆れた顔でこちらを見ている。

「どこまで行く気だ。多武峰の住居はここじゃないのか」

二人は案内された座敷で多武峰を待っていた。江藤は、師光から一歩下がったところに腰を下ろしている。

「多武峰秋水が、わざわざ藩邸から出て住居を設けていることに意味はあるのかね」

出された茶を啜《すす》りながら、江藤がそう訊《たず》ねた。師光は姿勢を崩さずこくりと頷く。

「広島藩は、未だ徳川に付くか新政府に付くかで二つに割れとります。藩論は紛糾し、噂では流血の沙汰すら起きとるらしい。新政府を支持し、薩長のご機嫌をとりたい奴らからすれば、徳川討伐に反対の多武峰は目の上の瘤《こぶ》。隙あらば奴を失脚させようと、あの手この手で画策しとるらしい。ほんだで、不要な争いに巻き込まれせんよう、藩邸を出たッちゅう訳です」

廊下の奥からどたどたという足音が聞こえた。二人の視線が向くと同時に襖が開かれ、小袖姿の多武峰が廊下から現れた。

「よう師光。どうしたんだ」

大きな欠伸《あくび》を嚙み殺して、多武峰は師光の前に腰を下ろす。

「済まんな、急に訪ねて」

「構わん。今日は特に用事もない」

そう云って、多武峰は下女の運んできた茶をがぶがぶと呑んだ。

多武峰秋水は、広島藩に於いて師光と同じ公用人の役職に就いている。七尺を越す容貌魁偉《ようぼうかいい》な大男で、関口流柔術（せきぐちりゅう）の達人でもある。三年前の長州征伐（せいばつ）の際は、只の一人で藩論を長州擁護へ持っていったほどの豪腕家であり、その名は藩の内外に広く知られていた。

「で、急ぎの用件とはなんだ」

師光がした江藤の紹介を聞き流したのち、多武峰は湯呑みを置きながら問うた。

「五丁森了介が殺された」

師光が口を開き掛けたその時、背後から江藤の声が飛んできた。多武峰の視線が師光から外れる。

「なに？」

多武峰は口をぽかんと開けて、師光と江藤の顔を交互に見る。

「おい師光、この男が云ったことは本当なのか」

眉根を寄せた険しい顔で、多武峰は師光に詰め寄る。師光は小さく一度だけ頷いた。

「莫迦な」

多武峰の手が師光の両肩を強く掴む。

「誰がそんな真似を。薩長の仕業か、奴らが五丁森を」

「落ち着け！」

師光の鋭い声に、多武峰は顔を伏せる。そして肩を落とし、大きく息を吐いた。

「遺体の傷は一つや二つじゃアなかった。きっと、大勢に襲われたんだろう」

多武峰はやるせない面持ちで眼を閉じた。師光は大きく咳払いをして居住まいを直した。

「なァ多武峰。お前さんはよく五丁森の許へ通っとッたが、その、昨日も行ったのか」

暗い顔のまま、多武峰は首を振った。

その後、師光は屍体発見の様子などを語りながら、多武峰に悟られぬ程度に昨夜の彼の行動を聞き出した――曰く、暮れ六つ（午後六時）を過ぎたあたりで木屋町《きやまち》へ飲みに外出し、何軒かはしごして戻ったのは四つ（午後十時）前。帰宅した多武峰を待っていたのは、火急の用ということで訪れていた数名の広島藩上役であり、それ以降、徳川派と新政府派入り乱れての議論が今朝方まで続いたという。

「その上役たちが帰ったのは、何時頃だった？」

そう訊ねる師光に、多武峰は首を捻《ひね》った。

「さて、まだ暗かったのは覚えているが。ただ、雨はもう止んでいたな」

「先ほど下男に確認したが、広島藩の者が帰ったのは七つ半（午前五時）を少し回った後だったそうだ」

師光の横に並んで歩きながら、江藤は云った。

「それ以降は、私たちが訪ねるまで二階の自室で眠っていたらしい。裏口から人目を忍んで出ることは出来そうか確認したが、高いびきが階下まで聞こえていたらしいからどうやらそれもなさそうだ。……しかし、四つから七つ半まで同席していたのは同じ広島藩の者。多武峰を庇《かば》って口裏を合わせることも十二分に考えられる」

「いや、そりゃアないでしょう。同じ広島藩といっても、あの場には多武峰を快《こころよ》く思わん奴らも居ッたんです。擁護するとは思えせん」

ふうむと江藤は顎を撫でた。狭い通りを抜け、二人は鴨川へ出る。寒風の吹き荒《すさ》ぶ河原に人影は見当たらない。

「次は新発田藩邸かね？」

「ええ。こッからはちッと離れとりますが」

翳《かげ》り始めた午後の空をちらりと見て、師光は頷いた。

新発田藩京屋敷の八畳ほどの座敷にて、師光と江藤の二人は三柳の真正面に座していた。

「そちらが、佐賀の江藤新平殿ですね」

三柳は江藤に笑い掛ける。

「新発田藩の三柳北枝と申します。どうぞよろしく」

丁寧に頭をさげる三柳に、江藤は鷹揚《おうよう》な態度でよろしくとだけ云った。

三柳北枝は国学への造詣《ぞうけい》が深い勤皇《きんのう》家で、師光にとっては最も旧《ふる》くからの同志になる。五丁森を師光に引き合わせたのも三柳だった。武芸や英学に関してはからきしだが、詩文の徒である三柳の才を買う公家の数は多く、京都留守居《るすい》添役《そえやく》という下役にもかかわらず、今では非公式ながら北陸諸藩の代表として新政府会議に名を連ねている。尤も、新発田藩は未だ徳川と新政府のどちらに付くか明言していない。それ故に、藩の重役たちは三柳の出仕を快く思っていないのだが、北陸の一小藩に過ぎぬ新発田に、要請を断る力なぞある訳もなかった。

「急に訪ねて済まんかったな」

三柳はいえいえと首を振る。

「三条の小草紙屋へ漢籍を買いに行こうかと思っていたのですが、またひと雨きそうですからね。丁度止めにしたところなのですよ」

三柳は熱い茶を啜った。藩内の対立に挟まれて気苦労が絶えないせいであろう。その顔はすっかり窶《やつ》れ、疲労の翳がありありと見て取れる。

「それで、ご用件というのは」

湯呑みを置いたのち、脇の火鉢に両手を翳《かざ》しながら三柳が訊ねる。師光は逡《しゅん》巡《じゅん》したのち、ゆっくりと口を開いた。

「五丁森が殺されたんだ」

三柳の顔色が青白く変わる。え、と漏れる吐息のような声に、師光は口を閉ざしたまま小さく頷いた。

「本当なのですか」

「昨日の晩に襲われたらしい。大勢にやられたんだろうな。滅多斬りだったよ」

三柳は絶句した。風が障子を鳴らす音だけが、座敷のなかに響いている。

「三柳殿、昨晩は何をしていたのです」

痺れを切らしたような江藤の声が、師光の後ろから不意に飛んだ。

「さ、昨夜ですか。昨夜は対馬《つしま》藩の上役と会う約束がありましてね。藩邸を出たのは宵の六つ半（午後七時）を過ぎた頃だったかな。それから四つ（午後十時）頃まで亜風亭《あぷうてい》におりました」

亜風亭は、木屋町にある料亭だ。師光たちにとっては、馴染みの店でもある。江藤はぐっと膝を寄せて追及を続ける。

「その後は、何処か寄ったりはしたのかね？」

「いいえ。丁度雨が降り出したので、駕籠《かご》を呼んで真っ直ぐ藩邸へ帰りましたよ。……しかし、それをどうして？」

江藤は黙って首を横に振った。

「門番に確認した。四つ半（午後十一時）前に戻ってから、少なくとも表の門からは出ていないそうだ」

新発田藩邸の門を出て、江藤は師光に云った。

「裏口を使えば人目に付かず屋敷を出ることも出来るが――まあよい、後で考えるとしよう。調べればすぐに露見するような嘘を吐《つ》くとも思えないが、一応対馬藩と店の者にも確認をしておこうか」

対馬藩邸は河原町姉小路《あねやこうじ》の辻にあり、高瀬川《たかせがわ》沿い瑞泉寺《ずいせんじ》の脇に建つ亜風亭はその直ぐ近所だった。

「イヤ、先に上社の処へ行きましょう。ここから亜風亭に寄ってまうと遠回りだ」

見上げた夕空は藍色に染まり、散らばった白い星が寒々と瞬《またた》いている。身を切るような寒風のなか、宵闇迫る堀川《ほりかわ》沿いを二人はゆっくりと歩き出した。

「五丁森は東山《ひがしやま》の墓所に弔《とむら》った。線香でもあげてやってくれ」

小山のような身体をのっそりと動かして、上社は云った。麩屋町押小路上《あが》ル、大垣藩京屋敷の一室である。

「色々と任せて済まんかッたな。多武峰も三柳も驚いとッたよ」

上社は憮然《ぶぜん》とした調子で腕を組む。

「まったく、惜しい男を亡くしたわ」

沈黙の流れるなか、火鉢の上に置かれた鉄瓶がしゅうしゅうと音を立てる。師光は目をすっと細め、沈痛な面持ちで上社を見詰めた。

大垣藩士、上社虎之丞——でっぷりと太ってえびす様を思わせる風貌だが、ひとたび槍を振るえば一騎当千の強者《つわもの》であることを師光は知っている。禁門《きんもん》の戦では大垣藩兵の先駆けとして長州兵を伏見《ふしみ》まで追い詰めたほどで、宝蔵院流槍術の遣い手としては洛中で指折りの一人に数えられる。そんな武勲を立てる一方で、上社は英語にも堪能だった。英国人の通弁として派遣される程の力量であり、五丁森とは今でもよく洋書を貸し借りする仲だった。

「改めて、昨夜は大変でしたな。落雷で火薬が爆破したのですって？　遠方からも見えるほどの火柱だったと、案内してくれた者も云っておりましたよ」

　ああ、と上社は苦い顔になる。

「落雷で生じた火が、蔵の火薬砲弾に回ったんだろうな。雨のお陰で藩邸は焼けずに済んだが、蔵はほぼ全焼だ。私も五つ（午後八時）には薬を嚥《の》んで床に就いたのだが、夜更けに物凄い音がして飛び起きてな。あれは八つ（午前二時）頃だったか。慌てて座敷を出たら、追い打ちを掛けるようにまた轟音と震動がきた。見れば蔵の屋根が吹き飛び、火柱が上がっていたんだ。いや、驚いたよ」

　上社との話を終えると、師光は大垣藩邸の門を出た。江藤は玄関に残って、用人の男と何やら言葉を交わしている。昨夜の上社の出入りについて確認をしているのだろう。

既に陽はとっぷりと落ち、東の空に浮かぶ月が、辺りを白く照らしている。ふと思い出して、師光は例の書簡を懐から取り出すと、月明かりを頼りに目を通した。

「これは」

　紙束を開いたまま、師光は固まる——雨に濡れて少し変色した紙面には、流れるような筆致で英文が認められていた。

四

烏丸今出川《からすまいまでがわ》に建つ大聖寺宮《だいしょうじのみや》の裏手、室町《むろまち》の辻。古めかしい町屋に挟まれた松乃屋《まつのや》という小さな膳飯屋の座敷にて。赤ら顔で酒を呷《あお》る男たちに交ざり、江藤と師光は向かい合って丼飯をかき込んでいた。

「昨夜は藩邸に居たという上社の話は、どうやら嘘ではないらしい。火事騒ぎ以降、藩邸の者が奴の姿を見ている」

出汁《だし》の染み込んだ飯をもぐもぐやりながら江藤は云った。

「だからと云って奴が下手人じゃないとは云い切れん。大垣藩邸から五丁森の住処《すみか》まで歩いてすぐだ。火事騒ぎの前に裏口から抜け出して事を為し、何食わぬ顔で自室に戻ることも容易に——おい鹿野君、聞いているのか？」

「え？　ああ、はい」

箸を握ったまま険しい顔をしていた師光は、江藤の声に顔を上げた。

「どうしたんだね。さっきから黙り込んで」

「色々と考えとッたんですが、どうにもこんがらがってまッて」

師光は呟くと、箸を置いて懐から例の紙束を取り出した。南瓜《かぼちゃ》の天麩羅《てんぷら》を囓《かじ》っていた江藤は、首を伸ばして覗こうとする。

「何だね、それは」

「五丁森が春嶽公に命じられて作成した書簡です。現場から拝借しました。恐らく、これが今回の事件の元凶でしょう」

は、と江藤は呆れた顔をする。

「鹿野君、そういう大事なものはもっと早くだな……！」

詰め寄る江藤を制して、師光は続けた。

「『近い内に、春嶽公が大坂城を訪れることになっている。俺は同行せず薩長の見張りとして京に残る代わりに、書簡を用意するよう春嶽公から命じられたのだ』。五丁森は、おれたちにそんな説明をしました。非戦派の春嶽公が、徳川の根城へ出向くにあたって作らせた書簡です。薩摩や長州にとってみれば、その内容は至極気になるに違いありません」

師光が持ち上げた紙束を、江藤はしげしげと見る。

「それは現場に残っていたのか？　随分と綺麗だな。一滴の血も付いていないじゃないか」

そこなんですと、師光は卓上に書簡を置いた。

「この書簡には二つの特徴があります。一つは、いま江藤さんの云った通り、一滴の血痕も付いとらせんこと。もう一つは、表紙にはっきりと雨粒の跡が残ッとること。書簡が置かれとッた文机は窓から離れとりましたから、降り込んだ雨が原因とは思えない。現に、同じ卓上にあった硯は乾いとりましたから。ほうなると、導き出せる答えは二つ。書簡は雨が降り出して以降、何者かによって一度外に持ち出されたこと。ほんで、五丁森が斬られた時、書簡は少なくともあの机の上になかったッちゅうことです」

汁椀に手を伸ばしながら、江藤はううむと唸った。

「つまり、順序としては『雨が降り始める』、『書簡が下手人の手に渡る』、『五丁森が斬られる』という訳だな。下手人はまず書簡を懐に仕舞い込み、その後で五丁森を斬り殺して外に出た……」

師光は首を振った。

「そうじゃアありません。先に書簡に手を出しとる以上、目的は飽くまでこの書簡であり、五丁森の暗殺自体は本来計画に盛り込まれとらァせんかった筈。下手人は、恐らく薬でも使って五丁森を眠らせて、その隙に書簡を盗み出したんでしょう。それに使われたと思われる徳利と盃は、流しに残されとりました。おそらく下手人が、立ち去る前に証拠を湮滅《いんめつ》したんでしょう」

箸先で具の蜆《しじみ》貝から器用に身を摘《つま》み採っていた江藤は、意外そうな顔で師光を見た。師光は続ける。

「考えてもみて下さい。五丁森の居場所を知ッとるのは、おれたち四人だけなんです。あの座敷で遺体が見付かッたら、真っ先に疑われるのはおれたちだ。そんな自分の首を自分で絞めるような真似せんでも、暗殺が目的ならば五丁森を昏倒させて外に引き摺り出して、往来で斬ればええだけの話です。そうすれば、『五丁森了介は偶々《たまたま》外に出たところで運悪く主戦派の連中に出会《でくわ》し斬られた』ッちゅう筋書きに出来たんですから。しかしそうはしなかった。つまり、今回の一件は下手人にとって、まったく意図せんもんだッた筈なのです」

師光は再び箸を手に取り、飯粒の塊《かたまり》を口に運ぶ。

「ん、待てよ」

思案顔で蜆の肉を噛んでいた江藤が、不意に呟いた。

「そもそも、何故下手人は書簡を持ち出したのだ？ 書簡の内容が目的ならば、その場で盗み見るだけでことは足りよう。五丁森が昏倒したのを見計らってから目を通して、後で主戦派に報告でもすれば――」

「江藤さん」

師光は、江藤の言葉を静かに遮った。

「あんた、この書簡には何が書かれとると思います」

「それは慶喜公に宛てた書簡なのだろう？ 戦に逸《はや》るなと説得するものではないのか」

急な問い掛けに、江藤は少し戸惑った声で答える。

師光はゆるゆると首を振ると、江藤の目の前で紙束を一気に広げて見せた。そこに綴《つづ》られた流れるような英文に、江藤は大きく目を見開く。

「そもそもこれは、慶喜公に宛てられたモノじゃアあらせんのです」

江藤は箸を置き、険しい顔で紙束を受け取ると、素早く紙面に目を走らせる。

「大坂城へ出向くのは使いの者じゃアない、春嶽公ご自身です。面と向かって話が出来る慶喜公のために、どうして書簡の作成を命じる必要がありましょう。これを届ける相手は――」

「英国公使のパークスか！」

江藤が唸り声を上げた。海老《えび》の天麩羅を頬張《ほおば》りながら、師光はこくりと頷いた。

「春嶽公の目的は、単に慶喜公と面会することだけじゃアなかった。大坂城に逗留して徳川方を戦へ駆り立てようとしている、あの男への牽制も目的の一つだったのです。しかし、相手は英国公使だ。慶喜公とは違って、実際に会ったところでそこには言語の壁がある。一方、五丁森は頭も切れて、同時に通弁抜きでも各国公使を相手に議論が出来る男でした。通弁を介して春嶽公ご自身がお話しになるより、奴に文章を書かせた方が効果もあると踏まれたのでしょう」

書簡を凝視していた江藤は、はっと顔を上げた。

「と云うことは、つまり」

「……そうです。その場で内容を理解出来せんかッたから、下手人は書簡そのものを持ち出して、密告する相手にそれを見せるしかなかった」

江藤はぽんと手を打った。

「下手人に英国商人の通弁を務めるほどの技量があれば、わざわざ持ち出さずともその場で読解することが出来た訳か」

師光はゆっくり瞳を閉じて、小さく頷いた。

「下手人は五丁森を眠らせた後、悩んだ末に朝方まで起きないだろうと踏んで書簡を持ち出した。しかし、結果として五丁森は予定より早く目を醒《さ》まし、下手人は戻ってきたところで運悪くそこに出会してまッた。いくら新陰流の達人といえども、酩酊《めいてい》したままでは満足に刀も振りようがなく、斬り合いの末に」

「いや待て。それはおかしい」

即座に江藤は否定した。

「書簡を携えた状態で斬り合い、あそこまで血飛沫が飛んだのならば、仮令懐に入れていたとしても血で汚れる筈だ。しかし、ここには一滴の血痕も付着していない」

江藤は、師光の鼻先に書簡を突き付ける。

「イヤ、しかしそれでは」

困惑する師光を余所《よそ》に、江藤はそうかと呟いた。

「こう考えれば辻褄《つじつま》は合う。下手人が書簡を手に戻った時、五丁森は既に死んでいて座敷内は血の海だった。つまり、書簡を持ち出した間者と、五丁森を斬った者は別だったのだ」

「何ですって」

師光は驚いた顔で江藤を見た。江藤は腕を組んだまま、しきりに頷いている。

「なぜもっと早くこのことに気付かなかったのだろう。脇差のことを考えれば明らかじゃあないか」

江藤は組んでいた腕を解き、湯呑みへ手を伸ばした。

「鹿野君も覚えているだろうが、五丁森の脇差は血と脂で汚れていたね？　血で汚れているということは、少なくとも彼は脇差を振って抵抗して、襲撃者に手傷を負わせていた筈だ」

「しかし、三人のうち誰にもそれらしい様子はなかったじゃアありませんか」

「だからだよ」
江藤はすっと目を細める。
「あの脇差で五丁森が斬ったのは五丁森了介――彼自身だったのだ」

五

大きな満月が洛中を照らす晩。麩屋町通は白山社《はくさんしゃ》の鳥居の下にて、師光は人を待っていた。小豆色の羽織に袴という出で立ちで、その腰には卵殻塗鞘の大小が差してある。腕を組むその手に天竺編《てんじくあみ》の手袋を嵌《は》め、首には羽二重の首巻を巻いていた。凪もなくきんと冷えた空気のなか、師光は瞳を閉じて石仏のように微動だにせず立っていた。

夜は刻一刻と更けていく。遠い六角堂《ろっかくどう》の時鐘楼《じしょうろう》が九つ（午前零時）を告げても、未だ待ち人は現れない。師光は時折思い出したように腕を組み替えると、目を瞑《つむ》って鳥居にもたれ掛かる――その繰り返しだった。

どれほどの間そうしていただろうか。丸い月が西の空に傾き始める頃、白く照らされた麩屋町通の北の方から、不意に足音が聞こえた。すたりすたりという草履《ぞうり》の音に誘われたかのように、夜更けの通りを一陣の冷たい風が吹き抜ける。師光の羽織の裾《すそ》が、ふわりと小さく揺れた。

師光はゆっくりと瞼《まぶた》を開く。提灯《ちょうちん》を片手に、編み笠を被った人影が一つ立っていた。

「急に呼び出して済まんかッたな」

人影に向けて、師光は笑いかける。

「五丁森の件で、どうしてもお前さんに確認したいことができたんだ。まァ、歩きながら話そまい」

師光は鳥居から離れると、ゆっくりと歩き始めた。男は黙ってその背に従う。

互いに口を閉ざしたまま、二人は並んで麩屋町通を下る。師光は俯《うつむ》きがちに、男は真っ直ぐ前を向く姿勢で、ゆっくりと足を進める。

六角の辻を過ぎたあたりで、師光は漸く口を開いた。

「五丁森を斬ったのは三柳、お前だな」

その頭のなかでは、昨夜江藤と交わした推理問答の情景がありありと思い出されていた。

「書簡を盗み出したのは、三柳北枝だ」

そう断言する江藤に、師光は黙って頷いた。

「書簡にあった雨粒の跡から考えて、盗み出されたのは雨が降り出した四つ（午後十時）以降ということになる。多武峰が自由に動けたのはそれ以前だから、奴が下手人だとすると辻褄が合わない」

江藤はそこで言葉を切ると、音を立てて茶を啜る。

「残るは二人。三柳は料亭から戻った四つ半（午後十一時）以降、上社は床に就いた五つ（午後八時）から火事騒ぎの起こる八つ（午前二時）過ぎまでの間なら、藩邸を抜け出して五丁森の許を訪ねることが出来る。しかし、英字を解する上社ならば持ち出さずともその場で読んで片が付いた筈だ。二から一を引けば残りは一。つまり、下手人は三柳ということになる」

ことりと音を立て、江藤は湯呑みを戻す。

「間者である三柳の報告を通じて薩長ら主戦派の連中は書簡の存在を知り、そしてその内容を盗み見るよう命じた。しかし、書簡は近日中には五丁森の手を離れてしまう。期限が迫るなか、三柳の焦りに応えるように、あの晩、京都には大雨が降った。この土砂降りならばわざわざ訪ねる者もいないだろうと踏んだ奴は、裏口から藩邸を抜け出し、独り五丁森の許へ向かった。そして、薬を盛って五丁森を眠らせた後、三柳は件《くだん》の書簡を盗み見ようとした……しかし、ここで不測の事態が起きる。文章が英字で書かれていたのだ」

江藤は伸ばした指先で書簡を示した。

「どうして慶喜公宛ての書簡が英字で書かれているのか。少し考えれば、それがパークスに宛てた物と気付いたかも知れない。しかし、そんな余裕はとてもなかった。どちらにせよ内容を知る必要はあったのだ。『英字だったので読めませんでした』では済まされないからな。慣れない文字を書き写すのも決して容易なことではない。三柳は、どうしても書簡そのものを主戦派の輩に見せる必要が出来てしまったのだ。昏睡した五丁森を残したまま書簡を持ち出すことに抵抗はあったろうが、他に道は残されていない。書簡を懐に仕舞い込むと、雨のなか主戦派の許へ走った」

「それで三柳が戻ってきた時、五丁森は腹を切ッとッたッちゅうんですか？　莫迦な！」

師光は叫んだ。

「たかが一通の書簡を盗まれたぐらいで、責任を取って腹を切るなんて」

「そうじゃない」

江藤は手を振って師光を遮る。

「君の云う通り、五丁森は三柳が思っていたよりも早く意識が戻ったのだろう。きっかけは恐らく、八つ（午前二時）ごろ大垣藩邸に落ちたという例の雷だ。地を揺るがすような轟音と衝撃。仮令薬を盛られていたとしても、目を醒ますには十分だった筈だろうな」

店の娘がおずおずやって来て、空いた丼を下げていった。

「目を醒ました五丁森が、果たしてどこまで状況を理解出来ていたかは分からない。三柳の姿が見えないことは気付いただろうが、書簡が紛失していることにまで意識が回ったとは考え難いな。……当然だ、直ぐに二度目の衝撃が奴を襲ったのだから」

「二度目？」

「落雷で生じた火が砲弾に引火して、大垣藩邸の蔵が吹き飛んだ音だ」

江藤はきっぱりと云い切った。

「立て続けの轟音と衝撃に、五丁森は縺れる足で何とか外に出る。そんな奴の目に飛び込んできたのは、御所のある北の方角に高く上がる一本の大きな火柱。そして、鼻を突く激しい火薬の臭い。酔いの醒めきらぬ五丁森は、果たしてその情景をどう捉えただろうか？」

師光の顔色がさっと変わる。

「真逆」

「そうだ、恰《あたか》も三年前の禁門の戦と同じ光景ではないか。奴は勘違いをしたのだ、遂に徳川との戦が始まッたのだと」

師光は絶句した。江藤は続ける。

「この国のため、五丁森は何としても徳川と薩長の戦だけは避けねばならないと云っていたそうだね。しかし、それは遂に始まってしまった。その光景は、正常な判断の出来ない彼を絶望に至らしめた。自ら命を絶つには十分過ぎるほどにな」

「ほ、ほんなら、遺体があそこまで滅多斬りにされとッたのは……！」

身を乗り出さんばかりの勢いで、師光は江藤に詰め寄る。

「偶々やって来た別の人物が屍体を斬り刻んだとは考えられない。なぜなら、自害した屍体をわざわざ他殺に偽装したところで何の意味もないからだ。しかし、三柳にとっては重要な意味があった」

江藤は、見開かれた師光の目を真正面から見返した。

「戻ってきた三柳は、それは驚いたことだろう。そして、こう思ったに違いない、『大事な書簡を盗まれた責任を取って、五丁森は腹を切ったのだ』と。何の理由もなく人は腹を切ったりしない。五丁森の屍体を見つけた者は、『どうして五丁森は腹を切ったのか？』と考える筈。

その疑いを避けるため、仮令下手人を限定することになってしまっても、三柳は決して屍体をそのままにしておく訳にはいかなかった」

大きく息を吐き、江藤はこう締めくくった。

「賢い人は小石を浜辺に隠すだろう。樹の葉は森に隠すだろう。浜辺が、森がなければそこに新しく拵《こしら》えるだろう――それと同じだ。傷を隠すなら傷のなか。屍体に残った切腹の傷痕を隠したいのなら、その上から新しい傷を幾つも付ければよい。三柳が五丁森の屍体を斬り刻んだ真の理由は、それだ」


「あの時は動顚《どうてん》していたんですよ。真逆腹を切るとは思いませんでしたからね」

師光の推理を最後まで聞いたのち、三柳は他人事のように云った。

「……書簡を戻したのは、嫌疑が掛からせんようにするためか」

ええ、と三柳はあっさり云ってのけた。

「血染めの座敷を見た時、真っ先に浮かんだ筋書は『遂に薩長が五丁森了介の隠れ家を探り当て、刺客を送り込んだ』というものでした。幸い、五丁森さんが命を狙われていることは周知の事実ですからね。あの場から書簡を持ち去っては、弥が上にも注目されたことでしょう。五丁森さんの死と書簡は、飽くまで関係ないものとしたかったのです。盃を片付け、戸に傷を付ける小細工まで弄《ろう》した訳ですが、矢張り上手くいかないものだ」

その場で立ち止まり、三柳は大きく両手を広げて見せた。

「それで、私を呼び出してどうしたいのです？」

「理由を云え」

師光の声が辺りに響く。

「おれの知る三柳北枝は、同志を裏切るような男じゃア断じてなかった。それが、どうしてこんな真似をした。その理由を、納得出来る理由を云え」

三柳は冷ややかに笑う。

「金のためだと云ったら？」

「……この場で、お前を斬る」

師光は親指で鍔《つば》を押し、ゆっくりと鯉口《こいぐち》を切った。

「出来るかな？」

三柳はにやりと唇の端を歪《ゆが》める。次の瞬間、三柳は提灯を脇に投げ捨てると、腰の黒鞘から瞬時に抜刀し、師光の額めがけて一気に打ち下ろした。

師光は半歩飛び退くと同時に、己の刀を抜き放つ。月下に煌《きらめ》く師光の刃は三柳の胸を真一文字に斬り裂いた。一拍遅れて、鮮血が噴き出る。

「流石《さすが》に、強いな」

迸る血飛沫で辺りを赤く染めながら、三柳は膝から頽《くずお》れた。傍《かたわ》らで、投げ捨てられた提灯が地面を舐めるようにちろちろと焔を上げている。

「お前がおれに勝てる訳ないだろうが！」

刀を強く握り締めたまま、師光は怒鳴った。刀の切っ先を地に突いて、三柳は何とか身体を支えている。師光は血も振り払わず、荒々しい所作で刀を収めた。

「どうしてこんな莫迦な真似を！」

三柳は俯いたまま、ふふ、と小さく笑う。

「こうでもしなければ、貴方は私を斬れなかったでしょう？」

苦しげに息を吐きながら、三柳は掠《かす》れた声を出す。

「鹿野さんは、人がいいですから」

師光は頰を叩かれたような気持ちになった。切っ先が滑り、三柳が血溜まりのなかに倒れる。師光は駆け寄り、その半身を抱き起こした。

「……友を裏切った罪は、受けねばなりません」

口元から溢れ出るその鮮血が、三柳の白い喉《のど》を染めていく。師光は咄嗟に腰の脇差を抜き、三柳の首筋に当てた。苦しみが続かぬよう、介錯《かいしゃく》をしてやろうとしたのだ。

刹那《せつな》、或る一つの考えが師光の胸の裡《うち》を過《よぎ》った。

五丁森は書簡が盗まれたことに責任を感じて自害したと思い込んだ三柳は、それを他の者に悟られぬよう、切腹そのものを偽装するために屍体を斬り刻んだ――そんな江藤の推理に、師光はどうしても納得が出来ずにいた。問題となる書簡さえ座敷に戻してしまえば、屍体の発見者が五丁森の自害と書簡とを必ずしも結びつけて考えるとは限らないからだ。そして、その事実に三柳が気付かなかったとは思えない。

何かもっと別の理由があるのではないか。師光が漠然と抱いていたその疑念は、白々とした刃を三柳の首元に当てた瞬間、音を立てて弾けた。

師光は気付いてしまった。五丁森の屍体に残っていたあの傷痕は、刀を握り慣れない三柳が何とか介錯をしようとした名残だったのではないか。

三柳が麩屋町通の町屋へ戻った時、五丁森は既に腹を切っていた。しかし、未だ死に切れていなかったとしたらどうだろうか。血に塗れ、半死半生の状態で苦しみ悶《もだ》える同志を前に、三柳は咄嗟に刀を抜き、その苦しみから解放してやろうとした。しかし、人の首を刎《は》ねることは決して容易なことではない。胸を貫こうにも、激しい痛みにのたうち回る者が相手では非常な困難を伴う。ただでさえ刀を握り慣れぬ三柳が、それでも何とかしようと幾度も刀を振り下ろした結果が、あの幾つもの刀創だったとしたら。

「怖くなったのです」

荒い息のなかで三柳は囁くように云った。

「五丁森さんが動かなくなった途端、急に怖くなりました。絶対に、自分が犯した罪を知られてはいけないと思ったのです。気が付けば、無我夢中で戸に傷を刻んでいる自分がいました」

「誰に命じられた。お前を唆《そそのか》したのは誰なんだ……！」

戦慄《おのの》く手で脇差を握ったまま、師光は絞り出すような声で云った。三柳は力なく首を振る。

師光の腕のなかで、その身体は冷たく、重くなっていく。

「新発田のような小藩が生き残るためには、仕方が——なかった——」

鹿野さん、と徐々に青ざめていくその顔を師光に向けて、三柳は小さな声でその名を呼んだ。

「みんなには、済まなかったと——伝えて——」


「探したよ」

薄明の麩屋町通。俯きがちに歩く師光を呼ぶ声がする。のろのろと顔を上げると、そこには見慣れた男が立っていた。

「江藤さん……」

江藤新平はゆっくりと師光に近付いてくる。

「終わったようだね」

血に汚れた師光の羽織をちらりと見て、江藤は云った。

「ええ、何もかも」

師光はそれだけ応えると、ゆっくりと空を仰いだ。薄紫の空には、白い残月がぼんやりと浮かんでいる。

「随分と辛そうな顔をしているが、真逆、後悔しているんじゃないだろうな」

不意に江藤がそう云った。その声には、どこか刺々《とげとげ》しさがある。

「三柳は同志を裏切って、しかも我が身のためにその屍体を斬り刻む奴だぞ？　そんな人非人を斬って、どうして君が後悔するのだ」

「分かりません。ただ」

力なく首を振る師光。

「大事な友を失ってしまった。それだけは変わらん事実です」

江藤は呆れたように鼻を鳴らした。

「甘っちょろい男だな、君は。罪を犯した以上、人は必ず罰を受けねばならぬ。鹿野君は何も間違ったことはしていないじゃないか。いったい、何を気に病む必要があるのだ」

師光は驚いた。この男は、まさか自分を気遣ってくれているのだろうか。

「……ありがとうございます」

師光は小さくそう云った。

徐々に白んでゆく空の下、二人は冷たい土を踏みしめて、誰もいない道を歩き出す。

「ああ、そう云えば」

仏光寺《ぶっこうじ》の辻を過ぎた辺りで、江藤が思い出したように云った。

「君に教えてやらねばと思っていたのだ。鹿野君、どうやら、江戸の薩摩藩邸が焼き討ちにあったらしいぞ」

足を止めて、師光は江藤の顔を見る。

「何とかして開戦の口実を作りたい薩摩が、江戸で略奪や強盗を繰り返して徳川を挑発していたのは君も知って居ろう?」

薩摩藩が全国の浪人を三田《みた》の藩邸に集め、幕府役人や徳川寄りの商人たちに対する暴行や放火行為を指示しているとは、師光も風の噂に聞いていた。

「耐えかねた旧幕臣が、遂にその挑発に乗ってしまったのだよ。薩摩藩邸に砲弾が撃ち込まれて、既に死者も出ているらしい。もう流れは止められない。戦になるぞ、大きな戦にな」

「それじゃア、五丁森がしとッたことは……」

師光は眼を閉じ、大きく息を吐いた。

「鹿野君」

師光の隣で、江藤が改めてその名を呼ぶ。澄んではいるが、どこか意志の強さを感じさせる調子だった。

「私は、江戸に行こうと思う」

師光は思わず江藤の顔を見た。江藤は前を向いたまま、硬い声で続ける。

「戦はまずこの京坂で起こる。しかし、決してそれだけでは終わらない。戦火は必ず江戸にも飛び火する。そして彼《か》の地は、何も残らぬ焼け野原となるだろう。その前に、江戸城に貯め込まれた書籍文書が見たいのだ。五丁森殺しの解決を手土産に、私は太政官《だじょうかん》で名を上げようと思っていた。だが、戦が始まってしまっては、それももう望めない。それより、いま考えるべきは戦が終わった後のことだ。そこで——」

少し言い澱《よど》んだのち、江藤ははっきりとした声でこう続けた。

「君も一緒に来ないかね」

江藤はそこで、漸く師光の方を向く。朝陽のせいか、青白い顔はいつにも増して白く見える。

「結果がどうあれ、徳川は二百年に亙《わた》って泰平の世を築いた。その手管は、これから新しい政《まつりごと》を始める上でも決して無駄にはならない。それを調べるのは、私や鹿野君のような頭の切れる者にしか出来ぬ仕事だ。戦なぞは、薩長の芋侍《いもざむらい》に任せておけばよい」

黙って見つめ合う二人。やがて、師光はすっと目を逸らした。

「お誘いありがとうございます。ですが」

自分でも不思議なことに、師光は笑っていた。

「おれは京に残ります。まだ残ッとる気がするんですよ、この京でやらにゃならんことがね」

江藤は顔を背ける。そして、そうかね、と特に気にもしない様子で云った。

「ならば、君は君のすべきことをし給え。私は私のすべきことをする」

師光を残して、江藤は再びゆっくりと歩き始める。

「また会えますか」

遠ざかる背に向けて、師光はふと問い掛けてみた。背中越しに、江藤は例のぶっきらぼうな口調でこう答えた。

「君が望むならね」

弾正台切腹事件

「京都、下賀茂村《しもがも》は弾正台《だんじょうだい》京都支台にて、大巡察、渋川広元《しぶかわひろもと》が腹を切り喉《のど》を突きて果てたる一件、渋川の死に不審な点は多かれども、惨状の文庫は固く封じられたるに、若《も》し他殺となれば下手人は如何《いか》にして渋川を殺害後文庫より脱したるか殊更《ことさら》奇々怪々にて、真相の究明甚《はなは》だ困難と見受けられて候」

——『太政官《だじょうかん》少史　鹿野師光報告書』より——

一

「私に間者《かんじゃ》になれと云うのですか」

広い西洋卓の向こう側で、渋川広元は苦虫を嚙み潰した顔になった。江藤新平は卓上に両肘を突いたまま、顔の前で指を組む。

「内から崩していくのが一番早いからな。私の描く計画上、君ら弾正台の存在はどうしても邪魔になる。詮方ない事だ」

「莫迦《ばか》を云うな」

顎《あご》の肉を震わせて、渋川は勢いよく立ち上がった。部屋の隅に控えていた羽織袴《はかま》の男——警固方大隊長、本城伊右衛門《ほんじょういえもん》は側に歩み寄り、どうぞお静かに、と渋川の肩を押さえる。

渋川は本城を睨《にら》みながらその手を払い除《の》け、江藤に向き直る。

「太政官のお役人様だか何だか知らないが、そんな勝手がこの京都でも許されると思ったら大間違いですぞ。そもそも――」

「井筒《いづつ》屋からは幾らせしめたのだ」

渋川は言葉に詰まった。

「大丸《だいまる》屋に高島《たかしま》屋、それに亀《かめ》屋と郡内《ぐんない》屋か。お前が不逞《ふてい》の輩《やから》を遣わして強請《ゆす》った商家の名だ。ここに証文もある。知らぬとは云わせんぞ?」

江藤は懐《ふところ》から一枚の紙片を取り出し、ひらひらと揺らして見せる。渋川は蒼醒《あおざ》めた顔で目を見開き、その短軀肥満に似合わぬ俊敏な動きで、江藤の手から証文を奪い取ろうとした。

だが、本城の方が早かった。畳を蹴って横に廻り、素早く足払いをする。渋川も咄嗟《とっさ》に片手を突いたようだが、勢い余って顔から畳に突っ込み、大きな音を立てて転倒した。

「渋川殿、手荒な真似は自重下され」

汚れた手と顔の埃《ほこり》を右手で払いながら、渋川は舌打ちして立ち上がった。

「大事になる前に弾正台で上手く処理したようだが、詰めが甘いな」

渋川は本城を押し退《の》け、不貞不貞《ふてぶて》しい顔で再び椅子に腰を下ろした。

「……それで、私に何をしろと云うんです」

「話が早くて助かる」

江藤は小さく笑った。

「横井小楠《よこいしょうなん》と大村益次郎《おおむらますじろう》の暗殺事件に関する資料を探している——こう云えば、君にも大凡《おおよそ》の事は分かるな？」

渋川は鼻を鳴らした。

「あまり関わりたくはない案件ですな」

「だが、君に拒む道は残されていない」

そりゃ思い上がりだ、と渋川はせせら笑う。

「矢張り止めておきましょうかね。それで訴えるというのなら、好きにすればいいでしょう」

立ち上がろうとする渋川に、江藤は、まあ待ち給《たま》え、と声を掛ける。

「勿論《もちろん》、私に協力した事が露見すれば君も只では済まないだろう。だから、若し手を貸すと云うのなら、君に太政官の席を用意するよう取り計ろうじゃないか」

渋川はじろりと江藤を見る。江藤もその顔を真正面から見返した。

「そんな事が本当に出来るのですか」

「当然だろう。私を誰だと思っている」

渋川は黙り込む。恐らく胸の内で算盤《そろばん》を弾《はじ》いているのだろう。

「どうだね、君にとっても決して悪い話ではない筈《はず》だが」

間もなく渋川は下卑た笑いを浮かべ、再び腰を落ち着けた。

「気は乗りませんが、まあよいでしょう。……しかし、太政官の件はゆめゆめお忘れ下さいますな」

勿論、と江藤は手を鳴らす。それを合図として、部屋の隅に退がっていた本城が、小脇の文《ふ》箱《ばこ》を手に立ち上がった。

「念のため、こちらで誓約書を用意した。君は、弾正台内部から資料を持ち出し私に渡す事。私は、君のために口利きをする事、それを約する書状だ。私も署名をするから、君にもお願いをしたい」

本城は文箱から筆と硯《すずり》、そして一枚の紙片を取り出し渋川の手元に並べる。

「用意周到な事で」

右手を筆に伸ばしながら、渋川は呆《あき》れ顔で云った。

「褒め言葉と受け取っておこう」

江藤は幾分声を和らげて云った。


「江藤先生の予想通り、太政官の席をちらつかせた途端に態度が変わりましたな」

渋川の背を見送りながら、本城は低い声で云った。

「ああいう小賢しい輩は、顔の前に餌を垂らしてやれば大抵は転ぶものだ」

江藤は頬杖《ほおづえ》を突いたまま、詰まらなそうな口調で答えた。

明治三（一八七〇）年、秋。処《ところ》は京都、下長者町通《しもちょうじゃまちどおり》に面した京都府庁の一室である。

普段は東京、丸《まる》ノ内《うち》の庁舎で法制度の調査立案に辣腕《らつわん》を振るっている江藤が、こうして単身京洛の地へ出向いているのには当然理由があった。他ならぬ江藤の悲願、司法省設立のためである。

明治三年の日本は、中央集権国家としての形が徐々に創られていく最中《さなか》にあった。しかし、新たな太政官制に依《よ》って行政や立法の在り方が確立されていく一方で、唯一司法だけは後へ後へと回されていた。

当時、凡《およ》そ司法権はあらゆる機関に分散していた。地方の司法権は各地の知府事が握り、中央は刑部省《ぎょうぶしょう》と弾正台の二つが存在する。同じ司法権であっても、司法警察や裁判を主務とする刑部省と、行政の監察に主軸を置く弾正台とでは微妙に管轄が異なり、煩雑《はんざつ》な事この上ない。分散した司法権を一つに取り纏《まと》め、その上で行政から独立させる。それこそが法治国家への第一歩と信じて疑わない江藤にとって、旧弊の制度を一新させることは何事にも勝る急務だったのだ。

しかし、そう簡単に事は運ばない。刑部省と弾正台を合併させるにしても、殊《こと》に弾正台は政府のなかでも鼻摘《はなつま》みの守旧勢力の吹き溜まりであるため、反撥こそすれ解体に協力的な筈がない。そのため、江藤は搦《から》め手で以て弾正台を取り潰すべく、初手として単身京都へ出張した。目的は弾正台京都支台の捜査である。

京都では、前年の一月に寺町通《てらまちどおり》で参与の横井小楠が、九月に三条木屋町《さんじょう》の宿で兵部大輔《ひょうぶだゆう》の大村益次郎が暗殺者の凶刃に倒れている。

革新的な政策を推し進めた彼らの暗殺事件は、表向き、政府に反感を抱く攘夷《じょうい》派浪士の犯行という事になっている。しかし、実際は「新しい事」を何よりも嫌う弾正台の面々が裏で命じたのだと、東京では専《もっぱ》ら噂《うわさ》されていた。

京に到着してのち、江藤が驚いたのは保守勢力の豪勢ぶりである。政府の開国和親政策に反撥し、何かあれば腰の刀で解決しようとする無頼の輩が我が物顔で町中を闊歩《かっぽ》しているのだ。しかも、本来ならばそれを取り締まるべき弾正台が裏で彼らを唆《そそのか》しているというのだからもう無茶苦茶である。

そこで、江藤はその現状を利用しようとした。浪士たちと弾正台の繋《つな》がりを具《つぶさ》に調べ上げ、それこそ前年の暗殺事件との関係や非道義的な所業を東京の政府に報告する事で、懲罰的解体へと持っていこうとしたのだ。

危険な賭けには違いなかった。正面切って弾正台に挑めば、それこそ命が幾つあっても足りないだろう。しかし、元より陰でこそこそ動くことは江藤の好む所でない。幸い府の治安維持部隊であり、弾正台とは犬猿の仲である警固方の協力も得られ、江藤は籠絡《ろうらく》し易そうな一人の汚職官吏を見つけ出すことが出来た。それが渋川だった。

本城は机に近寄り、墨《すみ》の跡も黒々とした誓約書に目を落とす。

「日和見《ひよりみ》の男でしたが、本当に役に立つのでしょうか」

「そこだな、問題は」

頭の後ろに手を回し、江藤は椅子の背にもたれ掛かった。

「記録を持ち出すぐらいなら出来そうだが、間者として弾正台内部を探らせるのは難しかろう。そこまで肝の太い男じゃない」

「探りを入れるとなると、狙いは誰に定めましょう」

「大曾根《おおそね》一衛《かずえ》だ」

江藤は間を置かず答えた。

「奴の悪名は東京まで届いておるのですか」

本城は苦々しげに云った。

「大村を殺された長州の連中が躍起《やっき》になって調べたようだ。横井にせよ大村にせよ、斬れと指示したのは恐らく大曾根だろう。骨の髄《ずい》まで凝《こ》り固まった攘夷主義者らしいからな。……しかし確証がない。弾正台を崩すためにはあの男を避けては通れんが、どれも核心を摑《つか》ませず、とても追い落とすには至らない」

「剣呑《けんのん》な男ですよ」

本城は吐き捨てるように云った。

「何を考えているのかも分からない、蛇《くちなわ》みたいに陰惨な輩です。渋川では到底《とうてい》相手にならないでしょう」

「京都市中は大曾根の庭だ。密偵も多く放たれている。奴が我等の動きに気付くのも時間の問題だろう。いや、既にもう遅いのかも知れんが」

江藤は立ち上がり縁側に歩み出た。澄んだ陽の差す庭園では、赤や黄に色づいた初秋の葉が、風に揺れながら苔《こけ》むした石畳に垂れている。

「渋川逮捕の手続きは進めておけよ」

さわさわという風の戦《そよ》ぎを耳元で感じながら、江藤は素っ気なく云った。

「よろしいので?」

「当然だ」

本城の意外そうな声に、江藤はゆっくりと振り返る。

「結果の如何《いかん》に拘《かか》わらず、用済みとなった時点で渋川は牢に入れろ」

「……畏《かしこ》まりました」

本城は一礼すると、足早に退出した。

再び庭に目を戻した江藤の視界を、赤い何かが横切った。釣られたように顔を向ければ、一枚の紅葉が虚空にくるくると舞い踊っている。

「もう三年も経つのか」

呟《つぶや》きが江藤の口を突いて出る。同時に、戊辰《ぼしん》の戦《いくさ》直前、この京で出会った男の顔が胸中に浮かんだ。

「生きているのか、それとも」

風に舞い、板張りの上にはらりと落ちた、鮮やかな——血を擦《なす》ったように鮮やかな葉を、江藤はじっと見詰める。

太政官に籍を得た江藤は、或る男を第一の部下として登用すべく、四方八方に手を伸ばして行方を追った。しかし、男の郷里である名古屋の藩庁に捜索を命じても、別れ際に残ると云った京都に人を遣《や》っても、その消息は杳《よう》として知れなかった。

庭を吹き渡る風が、江藤の髪を揺らす。何かを振るい落とすように頭を強く振り、江藤は室内に戻った。

「……渋川が潰された場合も考えておくか」

再び机に向かい、江藤は額《ひたい》に手を当てて、次の一手に考えを巡らせ始めた。

それから二日のち、奇《く》しくも江藤の懸念は的中する事となる。賀茂川《かもがわ》沿いに建つ弾正台京都支台の一室にて、渋川広元は惨屍体となって発見されたのだ。

二

「屍体は役所内の文庫で見付かりました」

江藤に宛《あて》がわれた府庁内の執務室で、本城は手元の事件概要に目を落としたまま報告を続けた。

「屍体は腹と喉が切られており、書き置きの類《たぐ》いはなかったそうです」

江藤は腕を組み、黙って報告に耳を傾《かたむ》けている。

「発見者は弾正台の職員数名。そのなかには大曾根も含まれています。異臭に気付いた職員が戸を破り、事切れた渋川を発見しました」

江藤は怪訝《けげん》そうに顔を上げた。

「『戸を破った』と云ったが、鍵でも掛かっていたのか」

「いいえ、文庫の戸は引戸なのですが、内側から支え棒がしてあったようです」

「室内に窓は」

「奥の壁に明かり取りの高窓が一つあるようです。ですが、十字に組んだ竹格子《たけごうし》が嵌《は》め込んであるため、人の出入り出来る代物ではなさそうです」

江藤はふむと唸《うな》り、本城の差し出した紙片を受け取った。

「出入口が内から封じられていたとなると、矢張り渋川は自ら腹を切ったのでしょうか」

「あいつが自刃するような男か」

江藤は忌々《いまいま》しげに舌打ちした。

「大曾根に殺されたんだ」


弾正台から府庁に渋川変死の一報が届けられたのは昨日夕刻の事。本城を伝ってそれを知った江藤は、屍体回収と現場確認のため直《す》ぐさま弾正台に本城を向かわせた。しかし――

「これは弾正台の事件ゆえ、警固方の手出しは一切無用」

部下を率い急行した本城を待っていたのは、固く閉ざされた門扉と、職員の素っ気ない一言だった。本城は猛然と食って掛かったが、所詮は一地方府の保安隊と太政官直属の機関である。抗議は遂に受け容れられず、何とか引き出した事件概要を手に、本城は肩を怒らせながら府庁へ戻った次第だった。

「そもそも、渋川が本当に腹を切って死んでいたのかも怪しい」

江藤は手元の事件概要を掲げる。

「これらは全て、弾正台がそう云っているだけだ。本城、お前だって屍体や現場は確認していないのだろう？　嘘八百を並べている可能性だって当然否《いな》めない」

「私もそう思ったのですが、裏付けが御座います。屍体発見者の一人に、その日偶々《たまたま》客人として大曾根を訪ねていた男がおりました。その者を呼び出して糺《ただ》したのですが、発見時の状況は私が聞き出したものと全く同じでした」

江藤は目を細める。

「怪しいな。大曾根の知人となれば口裏を合わせている事も十二分に考えられる。何より、事件のあった日に来客とは都合が好すぎる」

「客人の男は今も府庁の一室に待機させておりますが、江藤先生自ら訊問なさいますか？」

事件概要に目を落としたまま江藤は頷《うなず》く。

「畏まりました。では此処《ここ》に連れて参ります」

「ちなみに、どんな奴だ」

「見窄《みすぼ》らしい素浪人ですよ。元尾張藩士で、鹿野某と云うそうですが」

報告書を捲《めく》る江藤の指が止まった。

「お久しぶりですね」

広い西洋卓を挟んで、鹿野師光は気まずそうに口を開いた。江藤は腕を組んだまま、黙って師光を睨んでいる。

「驚きましたよ。太政官のお役人様が事件を調べとるッちゅうのは聞いとりましたが、真逆《まさか》江藤さんだったとは」

師光は小豆《あずき》色の羽織に袴姿であって、腰には卵殻塗鞘《らんかくぬりさや》の大小を差していた。頭は変わらず惣《そう》髪に結《ゆ》っているが、三年前と比べると幾分か窶《やつ》れて見える。目を隈取《くまど》る翳《かげ》が原因だろうか。

「お元気そうで何よりですが、なんで京におるんです？」

「それはこちらの科白《せりふ》だ」

江藤は指先でこつこつと机を叩く。

「君を探すのに随分と苦労したんだぞ。いったい何処《どこ》をほっつき歩いていたんだ」

師光は目を見開く。江藤は卓上に肘を突き、顔の前で指を組んだ。

「太政官に出仕して驚いた。どいつもこいつも偉そうに踏《ふ》ん反《ぞ》り返るしか能のない、到底一緒に働くに価《あたい》しない阿呆ばかりだ」

師光を見据え、だから君を探した、と江藤は云った。

「先《ま》ず名古屋に人を遣った。それでも見付からず、京にも人を遣った。しかし君は居なかった。鹿野君、君の席は一年前から用意してある。薩摩や長州への根回しも既に済んでいるのだ」

「た、旅に出とりましたからね。しかし、そいつはその、なんと云うか」

翳った表情のまま目を泳がせる師光を、江藤は不審げに見詰める。

「どうした。真逆ここまで来て断わると云うんじゃないだろうな」

「江藤さん、お誘いはとても有り難いんですが」

師光は意を決したように顔を上げる。

「そいつは出来ん相談です」

今度は江藤が言葉を失う番だった。

「……正気か」

師光は黙って目を伏せる。江藤は真一文字に口を結び、大きく鼻を膨らませた。

「真逆、上下の違いなんてものを気にしている訳ではないだろうな」

三年前、師光が京都太政官に出仕していたのに対し、江藤は上洛したばかりの浪人に過ぎなかった。しかし、今はその立場が見事に逆転している。

「そりゃア別にどうでもええ事です」

首を振る師光に、江藤は益々《ますます》訳が分からなくなった。

「では家の都合か」

「おれには妻も子もおりません。両親はおれが九つの時分に亡くなりました」

「ならば――」

「違うんです、江藤さん。おれはもう済んだ男なんですよ」

思わず腰を浮かせる江藤に、師光は追い被せる口調で云った。

「先の戦が終わった時点で、おれの仕事はもう済んどるんです。今更表舞台に出ようたァ思いません。後はあんたたちの仕事だ」

「それは君が決める事ではない」

江藤は怒声をぶつけるが、師光は黙って首を振るだけだった。

「失礼ですが、話があらぬ方向へずれておるようにお見受け致します」

座敷の隅から声が上がった。黙って控えていた本城である。

「差し出がましい事を申しますが、江藤先生、先ずは渋川の事件の捜査を進めることが先決ではは御座いませんか」

「云われなくとも、そんな事は分かっている」

江藤は本城を睨みつけ、荒々しく椅子に腰を下ろした。

再び口を開いたのは、師光だった。

「ちッと話を変えましょうか。そもそも、何であんたは京都におッて、しかも弾正台の事件に首を突っ込んどるんです」

江藤はじろりと師光を睨んだ。

「知りたいか」

「無理にたァ云いませんよ」

江藤はゆっくりと口を開く。

「鹿野君、私は東京に司法省なる機関を創ろうと思っているのだ」

江藤は淀《よど》みなく、己が構想について語った。師光は顔を少し伏せた姿勢のまま、黙って耳を傾けている。

「そのために渋川を間者に仕立てて内側から切り崩していく積もりだったのが、ご覧の有様と云う訳だ」

師光は小さく笑った。

「何ともまァ、実に江藤さんらしい計画ですね。ですが、事情はよく分かりました。手をお貸しするのも吝《やぶさ》かじゃアありません」

ほんでも、と師光の表情が少し曇《くも》る。

「話を聞く限り、大曾根さんは限りなく怪しい訳ですね」

江藤の目付きが再び険しくなった。

「君と奴はどういう関係なんだ」

「……昔、えらくお世話になった人ですよ」

大きく一つ息を吐くと、師光は静かに昨日の出来事を語り始めた。

三

陽の差し込まぬ狭い座敷で、鹿野師光は人を待っていた。

畳の上に腰を下ろしたまま、師光は外に目を向ける。開かれた障子の向こうに広がるのは、武家屋敷風の広い庭である。元は立派な庭園だったのだろうが、長らく捨て置かれたのか、今ではすっかり荒廃している。枝の開いた巨松は茶色く枯れ果て、伸び放題の呉竹《くれたけ》も黄色がかった頭を重そうに揺らしていた。元は京都所司代に勤める者の別邸だったのだと、案内の職員が云っていた事を師光は思い出した。

「ゆく川の流れは絶えずして、か」

舞い落ちる枯れ笹を目で追いながら、師光は誰にともなく呟いた。

戊辰の戦が始まって以降、徳川方の助命嘆願に奔走していた師光が京を離れたのは今から二年前の慶応四（一八六八）年一月の事。鳥羽《とば》伏見で旧幕府軍を打ち破った薩長の軍勢が江戸へ進軍するのに先んじて、師光は元尾張藩主・徳川慶勝の書状を胸に東海道《とうかいどう》を東へ進んだ。目的は一つ。尾張藩の特使として駿河《するが》などの街道沿いの諸藩に出向き、新政府への恭順を説いて回るためである。

東海道での争いが続けば、いつまでたっても戦は終わらない。それを止める事が出来るのは、東海諸藩に強い影響力を持つ尾張だけだと師光は確信したのだ。

三月になり、東征軍が遂に江戸へ入る。東征軍参謀・西郷吉之助《さいごうきちのすけ》と幕府の陸軍総裁・勝安房守《かつあわのかみ》の会談の末、江戸総攻撃が直前で中止されたのは三月十四日の事。彼《か》の地が焰に包まれる事は何とか避けられた訳であるが、その裏側には、東征の道中で戦を起こさせず、結果として薩長に寛容な心を生ませた功労者がいた事を誰も知らない。それどころか、御三家筆頭として未だ強大な軍事力を持つ尾張の存在を新政府は疎《うと》んだ。また、薩摩長州の片棒を担いだとして、徳川方も尾張を白い目で見た。戦が収束し、新たな時代の船出を迎えた時、政府内に師光を迎え入れる場所は何処にもなかった。

戦火を逃れた春先の江戸を一目見たのち、師光は当てもない放浪の旅に出た。北は会津から南は福岡まで。今回京都に立ち寄ったのも、その旅の途中であった。

元々黒谷《くろだに》にある旧友の墓参りが目的だったのだが、師光はその帰路で或る噂を耳にした。旧知の仲である大曾根一衛が、弾正台京都支台に籍を置いていると云うのだ。

墓参りの他に用事もなかった師光は、一言挨拶でもしておこうか、と懐《なつ》かしい京都の散策がてら、弾正台が役所を構える洛北の下賀茂村へ向かった。いきなり押しかけるのだから門前払いも覚悟の上だったが、取次を申し入れたところ存外すんなりと通され、そして今に至る。

師光が幾度目かの欠伸《あくび》を嚙み殺した時、不意に襖《ふすま》の開く音がした。顔を向けると、其処《そこ》には黒い長羽織に身を包んだ壮年の男が立っていた。

「ご無沙汰《ぶさた》しとります」

師光は畳に手を突き、身体を男の方へ向ける。

「久しいな、師光」

大曾根一衛はにやりと笑ってみせた。

「取次からお前の名を聞いた時は驚いた。てっきり何処かで野垂れ死んだとばかり思っていたからな。元気そうではないか」

音もたてず畳の上を移動し、大曾根は師光の前で膝《ひざ》を折る。

「大曾根さんこそ、お変わりなさそうで何よりです」

顔を綻《ほころ》ばせる師光に、大曾根もこくりと頷いてみせた。


土佐の脱藩浪士、大曾根一衛は、時の大納言・岩倉具視の片腕として、かつては維新回天の策を多々弄《ろう》していた。

かつて、政治闘争に敗れ洛北の農村に身を隠した岩倉は、動けぬ自分に代わって配下の男たちに権謀工作を行わせた。或る者は岩倉の口として倒幕の義を雄藩の家老や公家《くげ》相手に説いて廻り、また或る者は岩倉の手として邪魔な輩を闇へと葬る……。彼らは今出川上《あが》ル室町の柳之《やなぎの》図子町《ずしちよう》にて密会を重ねた事から「柳之図子党」と呼ばれ、大曾根はその頭目格を務めていた。

師光が大曾根と知り合ったのも、尾張藩の公用人として岩倉の寓居《ぐうきよ》を訪れた事が切っ掛けであった。公武合体を推し進める師光と武力倒幕一辺倒の大曾根では主義主張も正反対の筈が、五つ歳下になるこの短軀の男を大曾根は酷く気に入り弟のように可愛がった。血で血を洗う世界に身を置く大曾根にとっては、自分とまるで違う師光の性格が一種有り難いものであったのかも知れない。

大曾根は今年で数え四十一になる計算だが、長年の無理が祟《たた》ってか、頭は霜《しも》が降ったような白髪で、赤銅《しやくどう》色の肌には深い皺《しわ》が幾つも刻まれている。しかし、その眼光は未だ鋭く、きりりと結われた髷《まげ》とその強健な姿には、長井《ながい》別当《べっとう》や十郎権頭兼房《じゅうろうごんのかみかねふさ》などの老武将を思わせるものがあった。神道無念流を修め、愛刀信國《のぶくに》の前に血の華と散った幕吏要人の数はいざ知らず、八瀬《やせ》の山中に建つ廃寺を根城としたことから、「八瀬の伽藍《がらん》に一衛あり」と畏《おそ》れられた事は京童《きょうわらべ》の記憶にも新しい。

岩倉が政界に復帰してからは家司として長らくその側に仕えたが、御維新以降、岩倉が旗頭となって進める政府の開国和親政策に激しく反撥したため、疎んじた岩倉によって京へ追い遣られていた。弾正台京都支台に次官として赴任してからは、畿内だけでなく西国府県の行政にも目を光らせ、「蛇」と忌み嫌われながらも、同時に恐れられる存在として君臨を続けていた。

「師光よ、今は何をしている」

煙管《きせる》を咥《くわ》える大曾根に、師光は肩を竦《すく》めてみせる。

「風来坊ですよ。気ままな身ではありますが。今回だって、三柳北枝の墓参りで京に寄っただけです」

三柳か、と大曾根は遠い目になる。師光は慌《あわ》てて話題を変えた。

「それにしても、弾正台の次官たァ凄いですね。大出世じゃありませんか」

「莫迦を云うな。こんな京都の片隅で何が出来る」

大曾根は目線を上げた。釣られて見上げた天井には幾つもの染みが広がっており、四方の隅では白い蜘蛛《くも》の巣が幾重にも張り巡らされている。

「主をお諫《いさ》めした結果がこの有様だ。成果を挙げて見返してやろうにも、如何せん金がない。見ての通り、雨漏りすら直せんのだ」

「自ら正しいと思う道を進んどるんならええじゃないですか」

右手に煙管を構えたまま、大曾根は自嘲気味に笑った。

「今の時世を見てみろ。昨日まで夷狄《いてき》討つべしと叫んでいた連中が、今日にはその夷狄様にぺこぺこと頭を下げている。全く、恥も外聞もあったものじゃない。三柳みたいに道半ばで倒れた方が、余程幸せだったのかも知れんな」

師光は何も答えず、陽炎《かげろう》のようにぼんやりとした微笑《ほほえ》みを浮かべた。

「それで、お前はこれからどうする積もりだ？　仕官の口なら相談に乗ってやれんこともないが」

「いや、それにゃア及びません」

師光はゆっくりと首を振る。

「おれは名古屋に戻りますよ。近所の子どもに英語と剣術でも教えて過ごそうかなと考えとります」

紫煙を吐き出しながら大曾根は片眉を上げる。

「お前らしくもない。隠居する気か」

「色々ありましてね。さて、長々と失礼しました。ほんならおれはここいらで失礼します。大曾根さんもどうぞお元気で」

師光が辞去の言葉を述べている最中、襖の向こうから野太い声が聞こえた。

「お話し中に失礼します」

大曾根はじろりと声の方を睨みつけ、何だ、と短く答える。

「次官、少しお耳に入れたいことが御座いまして」

襖がそろそろと開く。廊下には、膝を突いた姿勢で黒服の男が控えていた。

「ここで構わん。云え」

「しかし」

「構わんと云《い》っている」

凍てつくような大曾根の声に、男は慌てて平伏する。

「実は、文庫が少しおかしいのです。なぜか戸が開かず、しかもその、何やら妙な臭いが戸の隙間から漏れ出ておりまして」

師光は大曾根の顔を見る。眉間《みけん》に皺を寄せたまま、大曾根は煙草盆に灰を落とした。

「……行ってみるか。師光、お前も来い」

大曾根はのっそりと立ち上がり、袴の裾《すそ》を翻《ひるがえ》して廊下へ歩み出る。太刀《たち》を掴み取って、師光も慌ててその後を追った。

職員の先導で大曾根と師光は役所を奥へ進む。突き当たりには幾人かの職員がたむろしていたが、大曾根の姿を認めると皆素早く脇に寄り、口を閉ざした。

「現状を報告しろ」

大曾根の硬い声に、案内した職員が素早く歩み出る。

「調べ物のために入ろうとしたのですが、どういう訳か戸が開かず、無理矢理こじ開けようとしたところ、隙間から妙な臭いがしたのです。それで取り急ぎご報告申し上げた次第でして」

大曾根は部下を一瞥《いちべつ》すると、そのまま引手に手を掛けた。しかし、戸は軋《きし》む音を立てるばかりで一向に動かない。

「この戸は鍵の掛かるものだったか」

「いえ、只の引戸です。恐らく、支え棒のような物が内側に嵌め込んであるのではないかと思うのですが」

師光は戸に歩み寄り、本当に開かないのか自分の手で試してみた。右に引く構造の片引戸であって、強く引けば上部に框枠《かまち》との隙間ができるが、軋む音を立てるだけでその先に動かない。がたがたと戸を動かす度に、むわりと錆《さ》びた鉄のような臭気が漂い、師光の鼻を突いた。

「戸を壊せ」

後ろに退がって、大曾根は厳《おごそ》かな声で部下に命じた。師光も戸から離れる。

顔を見合わせる職員たちのなかから、一番大柄な男が歩み出た。男は戸の前に立つと、息を吐き、勢いよく肩から引戸にぶつかっていく。めきりと音がして、板戸が少し凹《へこ》んだ。

三度目にして遂に戸が破られた。勢い余った男が蹈鞴《たたら》を踏む脇から、師光は素早く足を踏み入れようとした。しかし、

「待て、師光」

大曾根の強い声と、師光が棒立ちになるのはほぼ同時だった。踏み込もうにも、板戸に遮《さえぎ》られて先に進めないのだ。破られた板戸は床に倒れず、室内の入口付近に置かれた何かに覆い被さっていた。

「あッ」

師光の口から叫び声が迸《ほとばし》った。退《ど》かされた板戸の下では、羽織姿の男が赤児のように身を丸めたまま、右半身を床に臥《ふ》して倒れていた。

師光は唾を飲み込み、急ぎ男の側に膝を突く。顔は紙のように白く、既に事切れているのは誰の目にも明らかだ。

「……えらい事になりましたね」

師光は大曾根の方を振り向いた。既に大曾根は後ろを向いて、人手を集めろ、と怒鳴っていた。部下の一人が慌てて廊下を駆けていく。他の職員たちも、師光の背中越しに屍体を覗《のぞ》き込んでいた。自分が入口を塞いでいる事に気付き、師光は屍体を跨《また》いで文庫のなかに足を踏み入れる。

板張りの床を踏みしめた瞬間、足袋《たび》越しに足の裏がひやりと冷たくなった。見ると足袋の裏が赤黒く汚れている。目を凝らせば、男の倒れている位置から室内の中央付近に至るまでの間を、生乾きの血が黒く汚していた。

師光は目線を戻し、袴が汚れるのも厭《いと》わず再び屍体の側で膝を突いた。

先ず目に付いたのは首の傷だった。首筋から喉元に掛けて、ざっくりと抉《えぐ》られたような刀創が残っている。そこから溢《あふ》れ出たのか、それとも吐血したのか、赤黒い血潮は首と云わず顔と云わず、屍体の満身を汚していた。

師光は、指で傷の周りをぐいと押してみた。首の肉は石のように固い。指の腹を見るが、血は固く乾いている。

師光は鼻をひくひくと動かした。鉄っぽい血の臭いに混じって、屍体からは濃い酒精の臭いも漂っている。辺りを見廻すと、部屋の隅には大きめの徳利《とつくり》と茶碗が残されていた。

「酒で恐れを消してから首を切ったようだな」

廊下から屍体を見下ろしていた大曾根が、不意に口を開いた。

「お知り合いですか」

「大巡察の渋川広元。此処で働く男だ」

大曾根が身を屈《かが》めて、羽織をひょいと摘み上げる。屍体の袷《あわせ》は前が大きく開かれ、青白い肌が見えている。でっぷりと突き出た腹部は真一文字に斬り裂かれ、赤黒い臓腑がどろりと顔を覗かせていた。

「腹を切っても死にきれず、苦しさのあまり首筋を掻き切って果てたッちゅうところですかね。使ったのはこいつかな」

師光は近くに転がった血塗《ちまみ》れの小太刀に目を向けた。抜き身のまま、側には黒い鞘も無造作に置かれている。

「渋川はいつから登庁していた」

「それが今日は何の連絡もなく欠勤しておりまして」

大曾根の問いに、部下の一人が背筋を伸ばして答える。

「血の乾き具合からして、腹を切ったのは今しがたじゃアない。昨日の晩ぐらいでしょう」

大曾根は大きく舌打ちをして立ち上がった。

「屍体を運び出せ。府への報告は後でよい」

師光も立ち上がり、職員たちの邪魔にならぬよう部屋の隅に寄った。

ぐるりと室内を見渡す。左右に高い棚の据えられた、十畳程の板張りの間である。奥の壁の高所には明かり取りの窓が開いており、そこから差し込む陽光に埃がきらきらと輝いて見える。師光の背丈より高い棚には、和綴じの書物や文箱が幾つも積まれていた。棚近くの床には今も埃が薄く積もっている。

入口から向かって右奥には小さな文机《ふづくえ》があり、その上には青銅の燭台《しょくだい》が置かれていた。大きな皿のなかでは、黄味がかった蠟涙《ろうるい》が歪《いびつ》な丘を作り上げている。

師光は続けて天井を仰《あお》いだ。一枚板の四方では、蜘蛛の巣が張っている。天井を睨む師光の脇で、職員たちは破れた板戸の上に屍体を載せ退出した。

「戸が開かなかったのはこいつが原因か」

入口近くで大曾根が何かを拾い上げた。見れば、三尺ほどの太い杭《くい》だ。

「それが嵌まッとッたんですか」

「そのようだ」

師光は難しい顔で腕を組んだ。

「何か気になる事でもあるのか」

「あの男は、どうして腹を切るのに内側から入口を閉ざしたんでしょう」

「邪魔が入らんようにするためだろうさ。首を切ったとはいえ、介錯《かいしゃく》もなしに一人で果てるのは存外時間の掛かるものだからな」

大曾根の投げ棄《す》てた杭が、がらんと乾いた音を立てる。

「不快なものを見させた。茶でも用意させよう」

大曾根の後に続いて師光も文庫を出る。

「渋川ッちゅう男は、何か腹を切らにゃならん事でもしたんですか」

「町の破落戸《ごろつき》を使って商家から金を強請り取っていた。目に余るから釘を刺したのだが、少々度が過ぎたかも知れんな」

足を進めながら、大曾根は詰まらなそうな口調で云った。

客座敷に戻ったのち、大曾根は、またいつでも訪ねて来いと云い残して立ち去った。途中で出会《でくわ》した職員が府高官の来訪を告げていたので、恐らくその対応に向かったのだろう。

師光は縁側に腰を下ろすと、庭を眺めながら先ほどの文庫の様子をぼんやりと思い返していた。

間もなく襖の向こうから声がした。顔を向けると、盆に湯呑みを載せた下男が入って来るところだった。

「お前さんは此処で働いて長いのか」

急に声を上げた師光に、老爺《ろうや》は驚いた顔をする。

「へ、へえ、まあそこそこには」

「ほんならちッと訊きたいんだが、此処で働く役人は、皆んな夜遅くまで残ッて仕事をしとるのか」

師光の前に湯呑みを差し出しながら、下男はきょとんとした顔になる。

「いやあ、六角さんの鐘が鳴る頃には、皆さんお帰りになられますよ」

六角通に建つ頂法寺《ちょうほうじ》の時鐘楼《じしょうろう》が鳴らされるのは七つ半（午後五時）頃だ。

「夜には守衛が残ッとるんだよな？」

いいえ、と下男は首を振る。

「誰も残りはしませんよ。別に囚人を捕らえている訳じゃありませんからね」

「江藤さんが訝《いぶか》しむのもまァ分かります。夜分で役所に残ッとる者は居らんのに、邪魔されるのを恐れて支え棒をしたのは確かに妙だ」

そう云って師光は話を締め括《くく》った。

「一つ確認したい。君の話だと、傷は左の首筋にあった事になる筈だが、それに相違はないな？」

師光は目線を上げて少し考え込む。

「屍体は右半身を下にしとッて、ほんで傷が直ぐ目に付いたんですから、そうなりますね」

江藤はぱんと手を打ち鳴らし、資料を手に勢いよく立ち上がった。

「決まりだ。本城、直ぐに隊士を集めろ。これより弾正台へ捜査に入る。私が同行すれば奴らも拒めまい」

部屋の隅に控えていた本城は黙って立ち上がると、足早に部屋を出て行った。

「ちょっと待った」

師光も慌てて立ち上がる。

「説明して下さいよ、どういう事です」

簡単な話だ、と江藤は伸ばした指先で自らの首筋を示す。

「首の左側に傷があったということは、渋川は右手に小太刀を持ち、左の掌《てのひら》で峰を押して首筋を掻き切った事になる。それは、云う迄もなく右利きの所業だ」

「そりゃそうですが、え、ほうだとすると、渋川は左利きだったんですか？」

江藤はこくりと頷く。

「書状に署名を求めた際、渋川は右手で筆を執った。しかし足払いをされて転んだ時、奴が咄嗟に突いたのは左手だった。君も分かるだろうが、武士《もののふ》に左利きは許されない。渋川も当然、幼い時分から右利きに矯正《きょうせい》されていたのだろうが、矢張り突然の場合には元の利き手が出てしまうのだろう。普段から万事を右手で行っていたのなら、下手人が渋川を右利きだと思い込み、今回のような誤った偽装を行った事も十分に頷ける」

　そして、と江藤は早口で続ける。

「それは死に際した場合でも同じ筈だ。痛みばかりで死にきれず、薄れゆく意識のなかで渋川が首筋に刃を当てるのなら、小太刀を持つのは本来の利き手――左手の筈だと、君は思わんかね？」

四

　数刻後、江藤と師光は弾正台京都支台の廊下を歩いていた。

「相変わらず強引な人だ」

「駆け引き上手と云い給え」

　呆れ顔の師光に江藤は不敵な笑みを見せた。

　いきなり押し掛けた警固方一行に、弾正台も当初は拒絶の姿勢を取っていた。しかし、前回とは異なり今日は江藤も同行している。

　いくら従四位に列する太政官中弁と雖《いえど》も、本来ならば京で起きた事件に口を挟む権限など持ち合わせてはいない。だが、そこを思わせぬのが江藤の弁舌である。大曾根が偶々不在という事もあり、強気の江藤に押し切られ、江藤と師光のみが立ち入って調査をするという条件で弾正台京都支台の門は遂に開かれたのであった。

突き当たりに文庫が見えてきた。

「彼処《あそこ》が現場だな」

文庫の戸は依然外されたままだった。江藤は残された框枠を一瞥し、敷居を跨いで室内へ足を踏み入れた。

微《かす》かにではあるが、未だ室内には鉄っぽい臭気が感じられる。高窓から差し込む陽光を頼りに俯瞰《ふかん》すれば、床板には黒ずんだ跡がはっきりと残されていた。

「思っていたよりも狭いな」

周囲を見廻しながら江藤が呟いた。左右の高い棚のせいで余計に威圧を感じるのかも知れない。棚はどれも同じ形で、全部で六台あった。

師光は右の棚に向かって膝を突く。

「床の埃はそのままですから、棚の後ろに隠し戸なんかがある訳じゃアなさそうですね」

「天井を抜けた訳でもなさそうだ」

江藤は蜘蛛の巣が残る天井を見上げた。あれを壊さずに天井裏へ逃れる事は至難の業だろう。

「でもまァ、一応確かめてみますか」

師光は屈んだ姿勢のまま腕を伸ばし、棚の背板をこんこんと叩き始めた。江藤は奥の壁に寄り、頭上の高窓を見上げる。

報告書にあった通り、確かに小さな窓だった。竹格子が邪魔をして、あれでは腕すら通るか怪しい。

江藤は文庫の隅に置かれた文机を引っ張ってくると、袴の裾を掴み、その上によじ登った。

「危ないですよ」

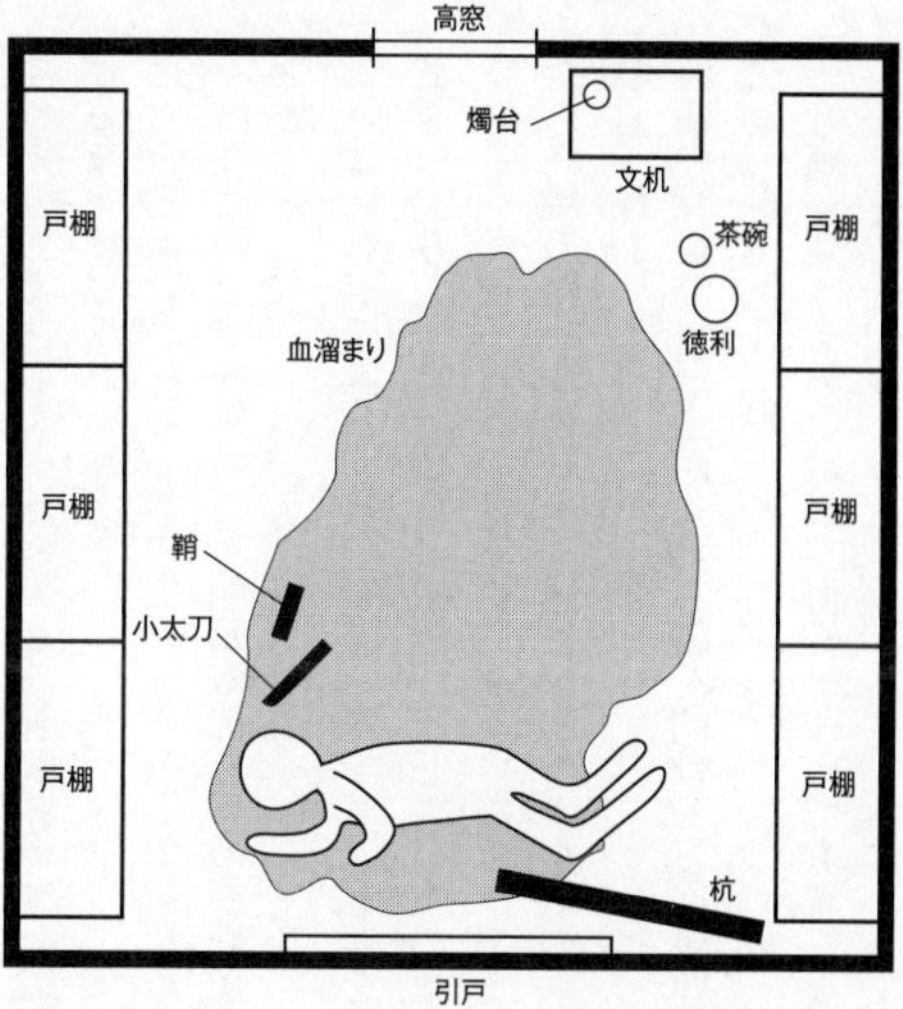

師光の慌てた声が聞こえる。江藤は構わず卓上に立ち、背伸びをして高窓へ顔を近付けた。風の通り道ゆえに蜘蛛の巣こそ張っていないが、黄色く節立った竹は煤《すす》のような埃に満遍《まんべん》なく覆われている。

手を挙げて、竹格子を掴んでみた。格子自体は細めだが、意外と頑丈な造りであって、押しても引いても微動だにしない。十字に区切られた隙間も狭く、どこも指先が入る程度だった。

「何か気になるもんはありましたか？」

文机から下りながら、江藤は首を振った。

「確かに彼処から出入りするのは無理だな。糸や縄なら通す事も出来そうだが」

すっかり黒く汚れてしまった掌を袴に擦《こす》りつけながら、江藤は入口の近く迄歩み寄った。

「例の支え棒はこれかね？」

近くの棚に置かれた一本の太い杭を摑んで、江藤は振り返った。床板を確かめていた師光は、黒く汚れた顔で一度頷いた。手元の杭を戸の移動する仕切壁に長さを合わせてみる。ほぼ同じだった。

江藤は杭を床に置き、敷居を跨いで今度は框枠を調べ始める。

武骨な造りだった。鴨居と敷居、そして左右の框枠のいずれも、太く黒ずんだ木材で構成されている。尤《もっと》も、古びている事は間違いなく、框を摑んで動かすと、ぎしぎしと軋んだ音を立てた。修繕のためか鴨居や敷居には内外から幾つかの釘が打ち込まれている。

「駄目ですね」

江藤の背後で声が上がった。顔を向けると、鼻頭を黒く汚した師光が立ち上がるところだった。

「床も棚も調べましたけど、何処を叩いても音に違いがない。矢ッ張り隠し戸や抜け穴なんて何処にもありませんよ」

江藤は腕を組み、ふむと唸り声を上げた。

五

「なあ鹿野君、本当に文庫の戸は開かなかったのかね」

江藤の問い掛けに、師光は顔を顰《しか》めた。

「嘘吐《つ》いてどうなるんです。ありゃア確かに、支え棒が嵌まッとる閉まり方でした」

弾正台を出た江藤と師光は、千本二条《せんぼんにじょう》にある師光馴染みの店で夕食を摂《と》るべく、下立売通《しもだちうりどおり》を西へ進んでいた。

「屍体が調べられなかったのは悔やまれるが、まあ、現場を見られたのだから良しとしよう」

江藤たちが乗り込んだ時、渋川の屍体は既に弾正台から持ち出されていた。行方は職員たちにも知らされていない様子だったため、流石《さすが》の江藤にもそれ以上の追及は出来なかったのである。

「陽が落ちるのも早くなりましたね」

師光の呟きに、江藤も釣られて空を仰いだ。空は端から徐々に茜色《あかね》へ変わりつつある。薄い雲は紫に染まりながら、東へ東へ奔《はし》っていく。その時だった。

「御免」

前方から低い声が響いた。松屋町《まつやまち》の辻に建つ黒い町屋の陰から、長羽織の裾をはためかし、一人の男が歩み出て来た。

「大曾根さん！」

斜陽を背に廻して、大曾根一衛は影のような姿で立っていた。

「身共《みども》は弾正台少忠、大曾根一衛。中弁の江藤新平殿とお見受けする」

棒立ちになる師光の横で、江藤は間髪を入れず一歩踏み出した。

「如何にも。私が江藤新平である」

少しも悪びれたところのないその姿に、大曾根は影のかかった顔に笑みを浮かべた。

「噂通りの男だな江藤。随分と好き勝手遣ってくれているようじゃないか」

江藤はふんと鼻を鳴らす。

「現場が見たいと申し出たら、お前の所の職員が勝手に門を開けただけだ。そんな事より、敵将御自《おんみずか》らご出陣とは一体どういう了見だ」

「釘を刺しに来た」

江藤は目を細める。

「横井や大村の件で何やら動き回っていると思ったら、今度は渋川か。仕事熱心なのは結構だが、そろそろ止めておけ」

「ほう。すると、探られては困る事でもある訳か」

大曾根は低く笑った。

「痛くもない腹を探られるのは至極不愉快なんだ。貴様も分かるだろう」

大曾根は左手をすっと太刀の柄頭《つかがしら》に置いた。

「忠告はした。二度目はないと思え」

こちらに背を向ける大曾根に、江藤は鋭い声を投げ掛ける。

「待て、これは一体何の真似だ。道を遮る物が在れば容赦なく斬って捨てるのがお前の遣り方じゃないのか」

大曾根はゆっくりと振り向いた。

「貴様は私の事を頑迷な攘夷論者だと思っているようだが、それは誤りだ。私とて会津ではミニエー銃を手に戦った男。攘夷決行が無謀だということぐらいよく理解している」

「ならば」

「私が許せんのはそこではない」

大曾根の目付きが鋭くなった。

「攘夷を旗印に維新回天を誓った者が、天下を獲るやその旗印を捨て欧米列強に媚《こ》び諂《へつら》う。それが許されてよいのか。人の為すことだ、当然間違いもあろう。しかし、攘夷は誤りであったと認めるのなら、今一度新たな旗印を掲げて天下を獲るのが正道ではないか。そうでなければ、道半ばにして倒れていった者たちに顔向けが出来ん」

射るような口調だった。江藤は何も返せない。

「なぜ情けを掛けるのかと問うたな。簡単な話だ。貴様のように筋の通っている奴は嫌いじゃない。私が憎むのは、東京に居座る変節漢共。それだけだ」

ごうと吹き抜ける風が、長羽織の裾を激しく翻す。但し、と大曾根は最後に付け加えた。

「邪魔をするならば斬る。ゆめ忘れるな」

大曾根は足音も立てず、町屋の陰へと消えた。

「江藤さん」

江藤の背後から師光の気遣わしげな声が響く。

「鹿野君、大曾根とはああいう男なのか」

江藤の問いに、師光は横に並びながら、ええ、と頷いた。

「大曾根さん、おれのことは一度も見ィせんでしたね」

師光がぽつりと呟いた。

気が付くと、既に周囲は薄い闇に覆われ始めている。江藤は再び歩き始めた。師光も黙って従う。

「ほんで、これからどうするんです」

先に沈黙を破ったのは師光だった。

「大曾根一衛は、斬るッちゅうたら本当に斬る人です。江藤さん、ここは大人しく手を引いた方がえぇですよ」

「莫迦を云うな」

江藤は一蹴した。

「私はな鹿野君、止めろと云われると余計に血が滾《たぎ》る質《たち》なんだよ。この江藤新平を脅すとは大した度胸だ。面白いじゃないか」

江藤は不敵な笑みを浮かべ、夕空に目を移す。千切れて流れる雲は、燃えるように赤かった。

処は変わって、千本二条下《さが》ルの鶏屋李久利《りくり》の二階座敷にて。江藤と師光は向かい会って座していた。二人の前には漆塗《うるしぬ》りの膳がそれぞれ置かれ、その上には、小皿に盛られた四品の肴《さかな》が並べられている。

「敢《あ》えて文庫の戸を封じたのは、渋川が自刃したと思わせるためでしょうか」

師光は白磁の銚子《ちょうし》を江藤に向けた。

「そうだな。窓は小さく隠し戸もない。更には唯一の出入口も内側から封じられた室内で男が腹を切って死んでいるとなれば、その死がいくら納得出来ぬものだとしても、我々はそれを自刃だと考えざるを得ない。仮令《たとえ》どれほど不可解な点が残っていたとしても、仕掛けが分からぬ限り渋川の自刃は決して揺るがない」

師光の酒を盃《さかずき》で受け、江藤は険しい顔のままぐいと呷《あお》る。

「下手人は、先ず文庫内で引戸に支え棒を嵌め、その後で外に出た。若しくは、渋川を殺害後、外に出てから何らかの方法で支え棒を嵌めた。考えられるのはこの二つだ」

江藤は箸《はし》を手に取り、中鉢に盛られた壬生菜《みぶな》の酢味噌和えを口に運ぶ。

「ほんでも、そりゃア両方とも至難の業ですよね」

江藤の盃に注《つ》ぎ足した後で、師光は自分の盃も満たす。

「閉まッとる引戸から抜け出せる術《すべ》があるとは思えんし、外から支え棒が嵌められるとも到底思えせん」

「当初私は、戸の縁に棒を立て掛けてから外に出て、ゆっくりと閉じれば棒も倒れて支え棒に仕上がる筈だと考えた。しかし、肝心の杭が敷居の幅とほぼ同じ長さなのだ。開かないようにするには、しっかり嵌め込まないといけない。戸の外から細工してどうにかするのは難しいだろう」

箸を取った師光は、思案顔のまま嵯峨豆腐《さがどうふ》を切り分けて口に運ぶ。

「明かり取りの窓を使えば何とかならァせんですか」

「その可能性も薄いな」

箸を置くと、江藤は再び盃に手を伸ばした。

「格子は何処も細かい埃で覆われていた。窓から何かを入れて細工したのなら痕跡が残っている筈だろう」

師光は箸を置き、腕を組んだ。

「支え棒をしたのは、実は渋川自身だったという事は考えられんだろうか」

盃を口元に近付ける途中で、不意に江藤が呟いた。

「渋川は本当に自刃したッちゅう事ですか?」

「そうではない。下手人に追われた渋川が己の身を護るために文庫へ逃げ込み、鍵の代わりに内側から支え棒をしたが遂に力尽きて果てた場合だ」

「しかし、文庫のなかで力尽きたッちゅう事は、廊下を逃げとる時点で渋川は切られるか刺されるかして傷を負ッとッた訳でしょう？　そんな跡は残ッとらんかったじゃないですか」

む、と江藤は言葉に詰まる。

「それに、若し江藤さんの推理が正しいとすると、下手人にとって自刃したように見えるこの状況は想定外だった事になります。文庫に残されとッた徳利やら血塗れの小太刀はどうやって用意したんです」

「分かった分かった、皆まで云うな」

江藤はそっぽを向き、荒々しく盃を空けた。

千本通に面した障子窓から、冷たい風が吹き込んでくる。窓に目を向けていた師光は、そう云えば、と江藤の顔を見た。

「事件当日に、大曾根さんを訪ねた府の高官がおった事は云いましたよね？　何となく無関係には思えせんかッたもんで、本城さんに調べて貰ったんです」

ほう、と江藤は箸を取り炙った鴨肉を摘む。

「何かあったのか」

「いや、どうなんでしょう。呼ばれたのは天野川《あまのがわ》ッちゅう市政局の男だったんですが、前日の夜に『内密に頼みたい重要な案件がある』って大曾根さんからの文を受け取ったのに、いざ駆けつけてみたらそれどころじゃないッちゅうて追い返されたみたいでして」

「怪しいな」

「そうですか？　おれには至極真っ当な反応に思えますが」

「そんな事はない。恐らく大曾根は、その天野川という男を弾正台以外の証人にする積もりだったのだろう。だが当日になって、鹿野君、偶然にも君がやって来た。なので急遽、その証人役が君に廻ってきた——こんなところだろう」

「ちッと穿ち過ぎじゃアありませんか」

師光が思わず苦笑したその時、手酌《てじゃく》で酒を注ぎ足していた江藤が突然顔を上げた。

「なあ鹿野君。支え棒がしてあったら引戸は開かないよな」

銚子を手にしたまま、江藤は真正面から師光の顔を見る。

「今更何を云ッとるんです」

でもな、と江藤は身を乗り出した。

「引戸が開かないからと云って、必ずしも支え棒が嵌め込んであったとは限らないよな……？」

六

しとしとと細い雨が降っている。開け放たれた障子の先から流れ込む湿っぽい緑の匂いが、大曾根一衛の鼻腔をくすぐった。

弾正台京都支台の西端、庭に面した八畳程の座敷で、大曾根は文机に向かい筆を走らせていた。

「平針《ひらばり》はまた逃げたか」

新しい報告書を手元に引き寄せて、大曾根は独り呟く。彼が目を通しているのは、今年の一月に萩《はぎ》の地で勃発した、長州奇兵隊の武装蜂起に関する始末報告書である。平針とは、かつて兵部権大丞《ひょうぶごんのだいじょう》として政府に出仕しながらも、政府方針に異を唱えて下野し、遂には叛徒《はんと》に名を連ねた男の名だ。乱の首謀者として政府は必死に行方を追っているが、未だ捕縛とは相成らない模様である。

ちらりと横に目を遣れば、卓上には他にも書類が積みあがっている。その多くが、西国に於ける反政府集団の不穏な動きに関する報告だった。大曾根の口元が自然と緩《ゆる》む。

壊れてしまえばいい、と大曾根は思った。偽りの旗印で奪った天下などあるべきではない。各地で燻《くすぶ》る不満の埋《うず》み火が一気に燃え広がり、大きな一塊の焰と成ってこの国の全てを包み込む――その日は決して遠くないだろう。

「大曾根次官」

襖の向こうから声が聞こえた。

「江藤新平と本城伊右衛門が門前に来ております。何でも、次官に面会を申し入れたいと」

大曾根は目を閉じた。瞼《まぶた》の裏に浮かぶのは、太刀を手に、燃え盛る戦場で敵兵を斬って廻る己の姿である。今一度、天下を狙う己の姿である。そのためには、こんなところで止まる訳にはいかない。

「客座敷へ通せ」

刀を摑み、大曾根は悠然と立ち上がった。

「随分と待たせるのだな」

大曾根が座敷に入るなり、刺々《とげとげ》しい声が投げ掛けられた。声の主は江藤だ。大曾根は黙って腰の刀を鞘ごと抜き、二人の前に腰を下ろす。

「手を引けと云った筈だが」

「そうも云っていられなくなったから、こうしてお前と話をしに来た訳だ」

大曾根の眉間に寄った皺が深くなる。

「言葉には気を付けろよ、江藤。渋川は自ら腹を切ったのだ」

「違うな。前後不覚の状態にさせられた渋川は、後ろから腕を摑まれて腹と喉を切られた。これが事件の真相だ。その証拠に、渋川は首の左側を切って果てている」

「それが何の――」

大曾根の顔が強張《こわば》る。

「そう、渋川広元は左利きだ。左利きの人間は、当然左手に刀を持つ。それ故に、自ら首を切る時は向かって右の首筋に刃を当て、右手の掌で峰を押さえながら掻き切るものだろう。しかし、傷は左側の首筋に残されていた。渋川が自ら腹を切ったとすると、これは明らかに妙だ」

「……左手で小太刀を持ったまま左の首筋を切ることも不可能ではない」

「腹を切っても死にきれず首筋に刃を当てたのだぞ？　わざわざ遣りにくい方法を採る理由がないだろう」

「莫迦莫迦しい」

大曾根は嗄《か》れた声で反駁する。

「屍体発見時、戸には内側から支え棒が嵌め込まれていた。貴様の云う通り渋川の死が自刃ではないのだとしたら、下手人はどうやって文庫から出たのだ？　それとも何か、隠し戸でも」

「戸が開かなかったからと云って、本当に支え棒が嵌まっていたとは限らない」

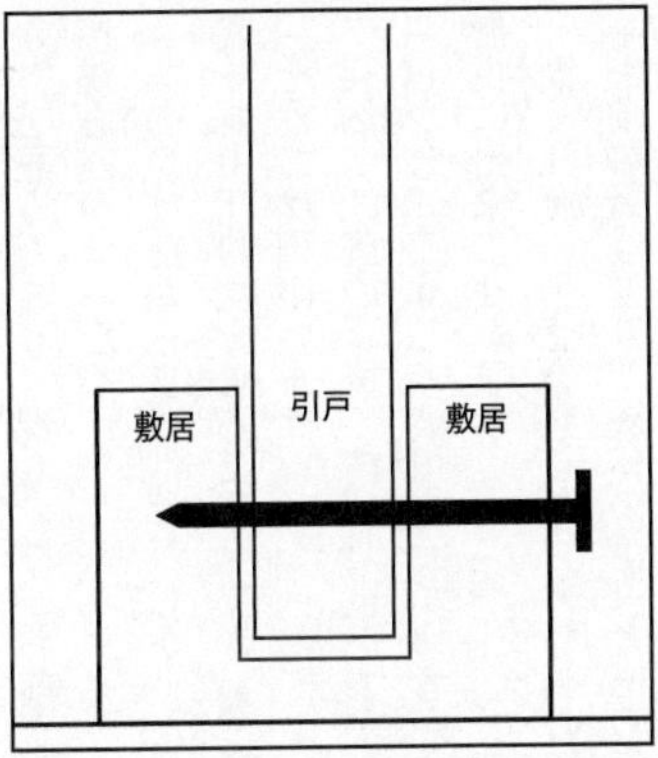

大曾根の言葉を、江藤はぴしゃりと遮った。
「まず、酩酊《めいてい》した渋川の手を後ろから摑み腹と喉を切らせる。流れ出る血を踏まないように気を付けながら、支え棒代わりの杭を戸に近い位置に転がしておく。そのまま外に出て戸を閉めたのち、外から敷居に細く長い釘を打ち込んで、引戸まで突き通す。これで終《しま》いだ。戸を引くと、上部は動いて框枠との間に隙間を作るが、下は釘で留められているから動かない。外から見れば、何かが突っ掛かっているようにしか見えないだろう。そして戸が破られれば釘も折れる。なかに転がっている杭を見れば、大抵の人は『これが嵌まっていたの

か』と思うだろう。況《ま》してや、お前が先頭で誘導したなら尚更だ。あの敷居には釘の刺さった痕跡も残っていたぞ」

「あの戸は前から立て付けが悪かった。そんな物、修繕した跡の一つに過ぎん。そんな些末《さまつ》な跡を採り上げたところで、全てが覆《くつがえ》ると思っているのか」

「そうでは御座いませぬ」

突然、江藤の背後で錆びた声が上がった。今まで石仏のように微動だにしなかった本城だ。

「しかし、こうして渋川広元が何者かに殺された可能性が出てきた以上、京都府としてそれを無視は出来ませんな」

漸《ようや》く江藤の真意を察して、大曾根の口から呻《うめ》き声が漏れる。

「お前の云う通り、屍体の傷痕と框の釘だけで謀殺と決め付けるにはあまりに乱暴だ。実際のところ、渋川は本当に自刃したのかも知れんからな」

口を閉ざした大曾根を見据え、江藤は強気な声で続ける。

「今の時点では五分五分というところだな。それ故、白黒をつけるために警固方を遣って事件現場のみならず弾正台内部の調査を行う必要があると私は考えた」

何という厭《いや》らしい男なのか、と大曾根は思わず奥歯を噛み締めた。江藤にとって、事件の真相など実はどうでもよいのだ。この一件の再調査を錦《にしき》の御旗《みはた》として、前年の横井・大村暗殺事件に関する資料を弾正台内部から見つけ出す事こそが、江藤新平の真の目的なのである。

「今日来たのはその申し入れのためだよ。私は弾正台内部に実行犯が居るのではと思っているが、濡れ衣を着せてはいかんからな。お前たちには当然これを断わる理由もない筈。何せそちらの無実を証明するための調査なのだから」

大曾根はもう江藤の言葉を聞いていなかった。ここから繋ぐ事の出来る最善手を導き出すため、頭のなかで考えを素早く巡らせる。そして、

「ならば仕方ない」

そう云い放つと同時に、大曾根の右手が動いた。脇に置いた太刀の鞘を摑み、柄頭を江藤の顔面目掛けて鋭く突き出す。

本城の腕が伸び、江藤を横に突き飛ばした。柄頭は空を切る。片膝を突いた姿勢のまま本城は腰の小太刀に手を伸ばすが、大曾根の方が一手速かった。鞘を素早く廻し、本城の横面に小尻を思い切り叩きつけた。

ぐっと呻き声を上げ、本城の身体が大きく揺れる。大曾根は立ち上がり、蹌踉《よろ》めく本城の頭に躊躇《ためら》いなく鞘を振り下ろした。

額から血を滴らせながら本城は倒れる。大曾根はそこで初めて鞘を払うと、畳に手を突いたまま横で茫然自失になっている江藤の首筋に切っ先を向けた。

「覚えておけ、これが私の遣り方だ」

唇《くちびる》を噛み締める江藤の姿に、大曾根は低く笑った。思い出したかのように、雨の音が障子の向こうから響き始めた。

「……この江藤新平が何の手も打たずに乗り込むと思うか。既にこの役所は十数人の警固方隊

士で囲まれている。莫迦な真似は自分の首を絞めるだけだぞ」

「それがどうした？」

大曾根は冷ややかに江藤を見下ろした。

「私は手を引けと云った筈。警告を無視したのは貴様らだ」

ぐっと切っ先を突き出す。身を引く江藤の頬を汗が流れていく。

「貴様らの屍体は市中の何処かに捨て置かせて貰おうか。弾正台からの帰路に於いて、中弁の江藤新平とその護衛の一団は反政府の浪士に襲撃された――筋書きとしてはこれで十分だろう」

その時である。大曾根の背後で、静かに襖の開く音がした。切っ先を江藤の喉元に突き付けたまま、大曾根は振り返る。

「……済まんが、取り込み中だ」

廊下には、黙然と立つ師光の姿があった。

「聞いていたのか」

小さく頷き、師光は哀しげな顔で一歩踏み出す。大曾根は強く歯を嚙み締め、一気に吠え猛《たけ》った。

「渋川広元は義の道から大きく外れた、殺されて当然の男だった。根を嚙み花を枯らそうとする地虫一匹を殺したに過ぎない。それの何処が悪い！」

師光の陰鬱な眼差しが、大曾根に向けられる。

「師光、お前も東京の奴らに与《くみ》するのか」

「おれは今でもあんたと同じ側の男ですよ」

師光はゆっくりと口を開く。

「でも江藤さんは違う。これからの日本に必要な人だ。だから殺すのは止せ」

大曾根は大きく顔を歪《ゆが》めた。見まいとして今まで目を背けてきた物を、急に眼前に突き付けられたような気持ちだった。

激情を抑えきれず、喉の奥から絞り出すような唸り声を上げ、大曾根は師光に斬り掛かった。

俯いた姿勢のまま師光は動かない。その頭を目掛けて、大曾根は一気に太刀を振り下ろす。

斬った。そう思ったが、手応えはない。いつの間にか師光は左に身を躱《かわ》し、刃を胸前に流していた。

大曾根は咄嗟に刀を引き戻そうとしたが、先んじて師光の手が動く。一歩踏み込むと、刀を握る大曾根の手を師光は強く打った。灼金《やきがね》を押し当てられたような痛みが走り、気が付いた時には、既に刀を取り落としていた。

雨粒が地を叩く音だけが座敷には響いている。

蹌踉めき膝を突く大曾根の横で、大曾根さん、と師光は静かに口を開いた。

「おれはこの数年で、色んな国を廻ッとりました。色んな人に会いました。色んな場面にも立ち合いました。勿論、愉快な事ばかりじゃァありません。むしろ悲惨なもんの方が多かった」

師光は淡々と続ける。

「北越や会津では、多くの人が戦火に巻き込まれました。武士だけじゃァない。女や老人、果ては子どもまで、多くの民が殺されたんです。戦が終わった後も、西国諸藩では恭順の名の下に、太政官の方針に従わん派閥が軒並み首を斬られました。余りに多くの人が死に過ぎた」

大曾根は顔を伏せたまま何も答えない。

「相変わらず甘ッちょろい男だとあんたは笑うでしょう。ほんでも、あの戦を見てきたおれは思うんです。大曾根さん、なくなってもええ命なんて、何処にもないんですよ」

師光がすっと屈み、大曾根の腕を——脇差に伸びた腕を優しく押さえる。

「勿論、あんたの命もね」

大曾根は小さく笑った。笑うことしか出来なかった。

七

四十雀《しじゅうから》がついついと啼《な》いている。窓枠に頬杖を突いた姿勢のまま、鹿野師光は枝先の小さな鳥影をぼんやり眺めていた。

師光が宿とする烏丸今出川の旅籠《はたご》つたや、二階の客座敷である。部屋は南向きで、窓からは裏の小さな庭を見下ろすことが出来る。

びゅうと一陣、風が強く吹いた。驚いた四十雀が、青灰色の翼を広げて飛び立つ。その姿を目で追いながら、師光は深く息を吐いた。

「鹿野君、居るか」

背後で声が聞こえた。開いた襖の間から江藤新平が顔を覗かせている。

「御用でしたら、こちらからお伺いしましたのに」

師光は座敷の隅に手を伸ばし、江藤の座布団を引っ張ってくる。

「すぐに茶を用意させますよ。狭いとこですがまァどうぞ」

「いや、それには及ばん。それよりどうだね、そこら辺でも少し歩かないか」

師光は黙って江藤を見詰めていたが、軈《やが》て刀を掴み立ち上がった。

二人は特に当てもなく、今出川通を東へ歩く。

「本城さんの容態はどうです。命に別状はないとは聞いとりますが」

師光の問いに、江藤はうむと頷く。

「随分と頑丈な男だな、あいつも。頭は何針か縫《ぬ》ったようだが、もう大曾根の取り調べに出ている」

板塀の続く二条関白邸の角で折れ、二人は町屋が連なる狭い路地を進む。

「大曾根一衛は、相変わらず何も語ろうとしない」

江藤は師光をちらりと見遣った。そうですか、と短く答え、師光は空を仰ぐ。迫る軒に細長く遮られた秋天はどこまでも高く、蒼く澄んでいた。

「奴があんな小細工を弄したのは、私が捜査に乗り出す事を予見していたからだろうな」

沈黙を厭うかのように、江藤は次々と言葉を続ける。

「渋川の口を塞ぐ事が目的なら、わざわざあんな手間の掛かる事をせずとも、闇に隠れて往来で斬り殺せば済む話だ。しかし、私が接触した後で渋川が変死したとなれば、誰の目にもそれは口封じと映った筈。その嫌疑から逃れるために、大曾根は渋川の死を自刃だと——つまり、下手人などいないと思わせるための細工を施したのだ」

違う、と師光は反射的に心の内で呟いていた。勿論それも理由の一つではあるだろう。だがそれ以外にも、大曾根には戸を封じた理由がある筈なのだ。

大曾根捕縛後、弾正台内部の調査によって、渋川の屍体は洛北、紫竹《しちく》村の本圀寺《ほんこくじ》に葬られた事が分かっていた。江藤は調書をより完璧な物にすべく、本城を通じて警固方を動かし、屍体を掘り起こして早速検案を行った。成り行きから師光もその現場に立ち会ったのだが、一つ気にかかることがあった。一見すると深く切り抉られたように映る傷口は、実際、即死に至らしめる程のものではなかったのだ。

若し渋川が自ら腹を切ったのなら、師光も気に掛けず流した事だろう。多くの血を流し既に半生半死の状態だったと考えれば、腕に力が入らず、結果として浅い傷になったとしてもおかしくはない。しかし事実はそれと異なる。渋川の身体に刃を突き立てたのは、大曾根の腕なのだ。

傷を浅くし、大曾根に利する事は何もない筈だった。徒《いたずら》に生き存《なが》えさせ、何かしらの痕跡を残されては元も子もない。そして、大曾根がそれに気が付かなかったとは到底思えない。

そこまで考えた師光は、外から釘で戸を封じるという大曾根の仕掛けを思い出し、或る可能性に思い当たった――今回の一件は、そもそもが渋川に対する刑罰だったのではないか。

江藤に過去の罪状を暴かれた渋川は、己が保身のため、罪の隠匿に一役買った大恩ある筈の弾正台を売ろうとしていた。変節不義を忌み嫌う大曾根が、そんな渋川を許す筈がない。

「……外から釘を刺したのは、内側からは戸が開かせんようにするため。大曾根さんが出る時に蠟燭の火を消したなら、文庫内は真っ暗だった筈だ。渋川が苦しさの果てに喉を突こうにも、小太刀自体見つけられんかッた事だろう。せいぜい苦しんで、ゆっくり死ねッちゅう訳か」

師光の頭に、二つの人影が浮かぶ。直ぐ命を奪うには至らない、それでも確実に死へ繋がる傷を負わされた渋川が、血に塗れた緩慢な動きで、必死に戸を開けようと縋《すが》り付く一方、内側から響く弱々しい音に、廊下に立つ大曾根はじっと耳を傾けている……。そんな暗い想像を振り落とすように、師光は強く頭を振った。

師光の呟きは耳に届かなかったのか、ところで、と江藤が不意に口を開いた。

「この一件の報告書は、鹿野君に書いて貰おうと思っている」

何も答えない師光を、江藤はじろりと睨む。

「太政官で働けと云っただろう。忘れたとは云わせんぞ」

いや、と言葉を濁し、師光は未だ泥濘《ぬかるみ》の残る通りに目線を落とした。江藤も口を噤《つぐ》み、二人の間に言葉もないまま、賀茂川に面した河原道に出た。

「何がそんなに君を悩ませるのだ」

江藤は痺《しび》れを切らしたように強い口調で云った。

「そんなに私と働くのが厭なのか」

「そうじゃアありません」

師光は足を止めた。

「おれには大曾根さんの気持ちが痛いくらい分かる。今の時世は、もう自分を必要としちゃアおらんのです。この先、表舞台に身を置いとってええ事なんて何もない。惨《みじ》めさを感じるだけでしょう」

河面を吹き渡る風が、小豆色の袖を揺らしていく。

「勿論それは身が燃えるほど悔しく、ほんで哀しい事です。ただそれはもう仕方のない事だ。理由がない。それだけなんです」

それだけなんです、と師光は口のなかで繰り返した。

「大袈裟な男だな、君は」

返ってきたのは、江藤の呆れたような声だった。

「御三家の筆頭であり、同時に薩長にも与した尾張藩か。確かに、君にとっては風当たりの強い時世かも知れない。――だが、別にそんな事はどうでもいいじゃないか」

師光は思わず顔を上げた。目の前には、相変わらず不機嫌そうな江藤の顔がある。

「私の右腕は君しか務まらんのだ。それは理由にならないのかね」

腹の底に溜まっていた重たい何かが、音もなく、ふっと消えた。同時に、戊辰の戦以降、ずっと強張っていた両肩からするすると力が抜けていくのを、師光は確かに感じていた。

「……ありがとうございます」

心からの感謝だった。深く頭を下げる師光の口元には、喜びとはまた少し違う、自分でも何だか分からない微笑みが知らず知らずの内に浮かんでいた。

江藤はぐいと手を差し出す。

「では、来てくれるのだな」

師光はゆっくりと腕を伸ばし、その手を強く握り返した。

＊

明治四年七月　弾正台廃セラレ司法省設立ス。

監獄舎の殺人

「京都六角通は府立監獄舎にて、元兵部権大丞《ひょうぶごんのだいじょう》、平針六五《ろくご》が毒殺せらる一件、平針は国家転覆を企てし国事犯にて既に死罪を宣告されたるに、下手人、何故斬首を目前に控えし罪人をわざわざ殺《あや》めたるか殊更《ことさら》奇々怪怪にて、真相の究明甚《はなは》だ困難と見受けられて候」

――「司法少丞 鹿野師光報告書」より――

一

牢のなかは森閑としている。立ち並ぶ格子《こうし》の向こうに囚人の影はなく、落ち葉の走る乾いた音だけが通路には響いていた。

明治五（一八七二）年、秋。処《ところ》は京都、六角神泉苑《しんせんえん》の府立監獄舎である。

数年前、徳川時代の末期には「六角牢獄」として多くの囚人――俗に云う志士たちが鮨詰《すしづ》めにされたこの場所も、今ではすっかり寂れてしまった。

慶応《けいおう》四（一八六八）年の官制改革によって、古《いにしえ》の都は「京都府」と改められた。政府からは府知事が派遣され、さァ御一新とはなったものの、如何《いかん》せんまだ右も左も分からぬ新体制である。多くに於《お》いて徳川時代のモノを代用せねばならないのは当たり前と云えば当たり前で、この監獄舎もそのような「代用物」の一つなのであった。

しかし哀《かな》しい哉。平野国臣《ひらのくにおみ》や乾十郎《いぬいじゅうろう》など、かつては名だたる偉丈夫たちの死地となったこの牢獄も、戊辰《ぼしん》の戦《いくさ》で牢の内と外がひっくり返って以来、市井《しせい》の喧嘩者や盗人を数日引っ捕らえておく程度にしか使われていない。

ただでさえ三年前の東京奠都《てんと》で火が消えたようになっている京において、彼《か》の地は既に人々の記憶から消えようとしていたのであった。

さて、そんな監獄舎最奥の牢に一人の男が囚われていた。

男は固く目を瞑《つぶ》り、壁に向かって静かに座している。髪は乱れて髭《ひげ》は伸び、瘦《こ》けた頰《ほお》は垢《あか》で黒く汚れていた。

この男、名を平針六五と云い、政府転覆を目論《もくろ》んだ謀叛《むほん》の首謀者としてこの監獄舎に囚われていた。既に裁判では死罪の宣告を受けており、今はただ執行の日を待つだけの身だった。

この平針という男、今でこそ垢に塗《まみ》れた薄汚い姿であるが、かつて戊辰の戦に於いては兵隊長として獅子奮迅の活躍を見せ、その後の新政府では兵部権大丞を務めた程の大人物だった。

萩城下に住まう貧乏藩士の家に生まれながら、政府高官にまで上り詰めた平針が、今や士籍を削られ、首を落とされるのを待つ身になってしまった理由としては、ひとえに当時の異常な時代情勢が挙げられる。

明治初頭——それは、昨日まで熱にうかされたように攘夷《じょうい》を叫んでいた連中が、今日の朝には笑顔で開国和親を唱えている時代だった。尊皇攘夷の御旗《みはた》の下に走り続けた平針が、そんな政府の変節ぶりに我慢できる訳もない。憤然として辞表を叩き付け、さっさと郷里、萩へ帰ってしまったのも仕方のない話であろう。

しかし当然、話がそれで終わる筈《はず》もない。この一件を機に、平針は政府から睨《にら》まれる事となる。

もし平針がただの文吏であったならば、そこまで目を付けられる事もなかったかも知れない。しかし先にも述べた通り、平針は戦場に於いて名参謀の誉《ほま》れ高い、根っからの武人だった。

当時、平針の戻った萩を含む山口一帯は、旧奇兵隊の隊士を始めとした、自身の処遇に不満を持つ者たちの巣窟《そうくつ》と化していた。彼らからすれば「維新の成功はひとえに我らの活躍に依《よ》るものであり、それに対し何の褒賞もないとは何事か」という訳であって、雀《すずめ》の涙ほどもない恩賞の後、「後は勝手にしろ」と捨て置かれたとなっては憤《いきどお》りを覚えるのも無理はない。それどころか、鎮台の設立に伴って解散まで命じられるとなっては、暴発するなと云う方が無茶である。

政府への不満が燻《くすぶ》る彼の地へ、武人気質の平針が帰ったらどんな事態となるか。それは火を見るよりも明らかであった。

果たせる哉。明治三年、奇兵隊の一部の隊士が山口藩庁を武力包囲したのに同調して、平針も遂に決起。門人数十名を率いて東進するが、かつての同志である木戸《きど》孝允《たかよし》率いる政府軍によって、山口から出ることすら能《あた》わずに鎮圧されてしまう。

奇兵隊隊士や連座した者を含む総勢百三十名余りが即刻処刑されるなか、平針は門人らを残し、単身密かに山口を脱した。この平針の行為を「武士の風上にも置けぬ臆病者」と嘲笑する者も多くいるが、実際のところは城山を枕に自決しようとする平針を押し止《とど》め、門人らが再起を約して送り出したのが真実らしい――尤《もっと》も、側近らが皆討ち死にし、平針も黙して語らぬ今となっては、真相は永久に謎のままである。

山口を脱した後、平針は一時但馬国城崎《たじまのくにきのさき》に身を隠し、折を見て上洛《じょうらく》した。政府が鵜《う》の目鷹《たか》の目で行方を追うなか、追手から逃れて京まで辿《たど》り着いた事はまさに奇蹟と云っても過言ではあるまい。奇兵隊騒動の後処理に、人手を多く取られていた事も一因ではあろう。だが、追手に回った縛吏たちが皆、武人としての平針の力量を見誤っていた事も、逮捕をここまで遅らせた一因である事に違いはない。

剣鬼、平針六五。師を持たず、幼い時分から独学で磨き上げたその剣技はまさに壮絶を極めたと聞く。平針は、力任せに額《ひたい》から叩き斬る荒々しさを持つ一方で、刀身を水平に構えて云わば釘のように一点を突く繊細な剣法も自在に扱った。高杉晋作《たかすぎしんさく》の命で上洛した京都時代に於いて、それこそ「長州の平針」と云えば聞きしに勝る暗殺剣の遣い手であり、一体幾人の幕吏、要人がその兇刃に倒れたのかは最早《もはや》知るべくもない。

そのため、城崎やそれまでの道中に於いても、あと一歩というところで縛吏たちは平針の刀に阻《はば》まれ、乱れた隙に相手を逃がしてしまうという失態を幾度となく繰り返していた。

しかし当然、そんな逃避行も長く続く筈がない。苦心して上洛したところでお尋ね者の平針に頼る当てなどある訳もなく、翌明治四年の夏、平針は鹿《しし》ヶ谷《たに》の廃寺に潜伏中のところを遂に捕縛され、そして今に至るのである。

秋の陽が差す牢のなかで、平針は石仏のように微動だにしない。何を考えているのか、その目は固く閉じられている。

どれ程そうしていただろうか。静かな牢獄に、突如がちゃんと大きな音が響いた。それに併せて、すちゃすちゃと擦るような足音が近づいて来る。

平針は片目を薄く開けた。先ほどの大きな音はこの牢獄棟の外戸が開いた音だ。誰かがやって来るのだろうか。

「やァ平針さん、こんにちは」

平針は首を捻《ひね》って、座したまま通路側を見る。其処《そこ》には黒紋付きに袴《はかま》姿の、背の低い男がちょこんと立っていた。頭は昨今流行《はや》りの散切《ざんぎ》りで、左手には、室内だというのに黒の西洋雨傘を携《たずさ》えている。

「……これは鹿野さん」

平針は畳に両手を突いて、身体を通路に向けた。

「何か御用ですか」

鹿野と呼ばれた小男は、よっこいせと牢の前に腰を下ろした。

「実は、ちッとあんたにお伝えせんならん事が出来ましてね」

そう云って居住まいを正したこの男は、名を鹿野師光と云い、平針の取り調べのために東京の司法省から派遣された臨時の裁判官だった。元尾張藩士という身のためか、その言葉には多分に名古屋訛《なま》りが混ざっている。

少し躊躇《ためら》った後、師光はゆっくりと口を開いた。

「平針さん、長らく先延ばしになッとりましたが、刑の執行日時が漸《よう》く決まりました」

ほう、と平針は息を漏らす。

「左様ですか。――で、いつです。明日ですか、明後日ですか」

師光はゆるゆると首を振った。

「それが……今日の夕刻なのです」

平針の眉根が寄る。顔を伏せ、師光は云いづらそうに続けた。

「昼前に東京からの早馬が着きましてね。何事かと思いきや、イヤ驚いた。あんたの首をさっさと刎《は》ねろと、太政大臣《だじょうだいじん》、三条実美《さねとみ》公より直々《じきじき》のお達しです。三条公が自らそんな事を仰《おつしや》る筈もないとは思うんですが、しかしまァ、いくら形の上とは云え太政大臣からの命令とあっちゃア、流石《さすが》の江藤さんもこれ以上先延ばしには出来ません」

唇《くちびる》の端を歪《ゆが》め、平針は低く笑った。

「私の口を封じようと、長州の奴らが執行を催促する一方で、あなたがた司法省はそれを先延ばしにして、逆に私の口を割ろうとする……。そのいたちごっこも、もう終わりですか」

平針はゆっくりと顔を上げる。

「鹿野さん、色々と気に掛けて貰《もら》った事は感謝します。ですが、私にも矜持《きようじ》がある。いくら奴らが厚顔無恥な変節漢だとしても、かつての同志である事に変わりはない。同志を売るような真似は、この平針六五の士道に反します。私は何も云いませんよ」

「そりゃ構いません。あんたの覚悟はこの鹿野師光、よくわかっとります」

師光がそう頷《うなず》いた時、再び大きな音がした。外戸の開く音だ。

「……昼餉《ひるげ》かな」

暫《しばら》くすると、一人の青年が廊下の角を曲がって現れた。平針の云う通り、青年は椀《わん》の載った盆を両手で持っている。

「円理《えんり》くん」

師光が座ったまま声を掛けると、伏し目がちに近付いてきた書生風の青年は驚いたように顔を上げた。

「……鹿野先生」

「平針さんに例の事を伝えにね。大丈夫だ、ちゃんと江藤さんの許可は貰ってある」

色白なその青年は黙って頷くと、牢の小窓口を開け、朝餉の盆と入れ替えに新しい盆をなかへ押し込んだ。盆の上には小椀に入った粥《かゆ》と、梅干しが一つだけある。かたかたと音を立てながら青年が盆を出し入れするのを、平針は黙って牢のなかから見ていた。

「……では」

円理と呼ばれたその青年は師光に一礼をして、足早にその場を立ち去った。

「失礼しますよ」

平針は椀を手に取る。そして、これが最後の飯か、と小さく笑った。

「ねえ平針さん。あんた、円理佐々悦《ささのぶ》ッちゅう男を覚えとりますか」

「斬った相手の名は忘れません」

右手の箸《はし》で梅干しを摘《つま》み、ぽとりと粥の上に載せる。箸の先で実を崩しながら、平針は続けた。

「開国論者の大垣藩士、円理佐々悦……。確か、あれは元治《げんじ》元（一八六四）年の秋でしたかな。或る人から命じられ、奴が薩摩藩邸から帰る途上で斬りました」

「いま飯を運んできた彼はね、その円理佐々悦の息子なんです。名前は円理京《きょう》ッちゅうんですが」

椀をかっ込む平針の手がぴたりと止まった。

「今でこそ府に出仕して、この監獄舎の事務方なんぞを任されとりますがね。お父君の仇を討とうと、昔はあの新撰組《しんせんぐみ》に籍を置いとッた事もあるらしい。その時の経験を買われて、今日あんたの首を刎ねるのは、彼なんですよ」

平針は椀から顔を上げて、にやりと笑った。粥に濡れて、その唇はぬらぬらと白く光っている。

「奇妙な縁ですな。ふ、ふ、ふ。変わった仇討ちもあったもんだ。鹿野さん、どうぞ彼にはよろしくと――云って――おいて――」

平針の手から、椀と箸が落ちた。

「平針さん？」

一拍遅れて、平針が身体ごと横倒しになる。異変に気づき、師光は咄嗟《とつさ》に立ち上がった。

「お、おい平針さん」

師光は牢戸に手を掛けるが、当然鍵が掛かっていて開かない。牢のなかでは平針が七顛八倒し、喉《のど》を押さえて悶《もだ》え苦しんでいる。

「こりゃいかん……！」

鍵を取りに、師光は慌《あわ》てて駆け出そうとした。しかしその時、背後で低い呻《うめ》き声が響いた。

師光が振り返ると、牢のなかでは平針が身体を屈《かが》めたまま倒れていた。先ほどまでの悶絶が嘘であるかのように、今はぴくりとも動かない。右手は喉元に当てられ、左手は何かを摑《つか》むように投げ出されている。弛緩《しかん》した顔のなかで、開かれた両眼は師光に虚《うつ》ろな視線を投げ掛けていた。

そしてそれから数刻後、監獄舎の医務室に運ばれた平針六五は、幾度かの嘔吐と痙攣《けいれん》を繰り返したのち、その数奇な生涯を静かに終えた。

二

翌日。処は変わって堀川二条の京都府庁——二条城内の一室である。

困った顔で立つ師光を背に従え、精悍《せいかん》な顔つきをした袴姿の男が、広い西洋卓越しに、立派な髭を蓄えた西洋服の男を詰問《きつもん》していた。

「だから何度も云っておろう。よいかね槇村《まきむら》君、昨日の監獄舎内に於いて、平針の飯に毒を盛るような愚か者は貴公以外におらんのだ！」

槇村と呼ばれた髭の男は、苦虫を噛み潰したような顔のままそっぽを向いた。袴の男は構わずに続ける。

「昨日の昼前には既に平針の刑執行は決まっていた。それは私と鹿野君だけでなく、監獄舎職員全員が知っておった事なのだ。いいかね槇村君、昨日監獄舎にいた者のなかで、刑執行の事実を知らなかったのは貴公一人だ。その日の夕刻には首を斬られる男の飯に、なぜ毒を混ぜる必要がある？　ないだろう！　有り得るとすれば、それは執行の事実を知らなかった人間の仕業としか考えられん。つまり、貴公以外に平針毒殺の下手人は考えられんのだ」

「知らんわ！」

髭の男――京都府大参事、槇村正直《まさなお》はそう怒鳴り返した。

「黙って聞いとれば、ごちゃごちゃと……。なぜわしがわざわざ平針なんぞを殺さにゃならんのだ。いいか江藤、わしは京都府大参事だぞ。そんな事する訳がないだろう！」

槇村は大きな拳で机をどんと叩き、袴の男――司法卿、江藤新平を睨みつけた。

江藤はふんと鼻を鳴らす。

「大参事だなんだと云うのは関係ない。貴公以外に下手人たる人間がおらんから、私は云っているのだ。よかろう。では、そこまで云うのならば答えてみせよ。その日の夕刻に首を斬られるとわかっている男に、どうして毒を嚥《の》ませる必要がある」

知るか、と槇村は吐き捨てた。

「それを調べるのが貴様らの仕事だろうが」

「そんな理由は存在しないから、貴公が下手人だと云っているのだ！」

江藤もばんと机を叩く。

「そもそも、だ。事実、貴公は『平針の死刑はまだか』だの『さっさと首を刎ねろ』だの散々我らに文句を云ってきたではないか。『そんな事する訳がない』だと？　はっ、どの口が云うか」

「江藤さん、いくら何でも云い過ぎでは……」

取り成そうとする師光を遮《さえぎ》って、槇村は顔を真っ赤にしながら立ち上がった。

「それはっ、国家転覆を企てるような凶悪犯を、既に死罪の云い渡しがあったにも拘《かか》わらず、お前らがいつまでも生かしておくからだろうが！」

咥《くわ》えていた葉巻を振りかざし、槇村は顔中を口にして怒鳴る。

「いいか江藤。わしの仕事は、お前らみたいに机に向かって書類の相手さえしとればいいような物ではないのだ！　この京を無事に治め、民の安全を守る事こそ京都府大参事としての我が責務！　もし獄中の平針を助けようと、奇兵隊の生き残りがあの監獄舎目がけて攻め入って来たらどうしてくれる。また京を戦火で焼くつもりか！　そんな事態を避けるために、わしはさっさと刑を執行しろと云ってきたのだ！」

どうだか、と江藤はうそぶく。

「京都時代、平針は暗殺の人斬りを幾度も重ねている。その殆《ほとん》どが藩にとって邪魔な輩《やから》を標的としていた筈だ」

この槇村も平針と同じく長州藩の出身だった。きっと槇村を睨みつけて、江藤は続けた。

「そもそも、三条公から突然通達が来た事自体おかしい。どうせ誰かが裏で糸を引いたに違いないが、兎《と》に角《かく》、貴公ら長州閥にとって、平針に喋《しゃべ》られては困る事も多くあったのだろう？違うとは云わせぬぞ！」

槇村はふんと椅子に座り直す。

「阿呆らしい。そりゃ確かに、平針が京都時代色々暴れとった事は噂《うわさ》に聞いとる。だが、わしには何の関係もないわ。そもそも、そんな何年も前の事を掘り返したところで今更何になるか。莫迦《ばか》も休み休み云え」

「何も貴公の脛《すね》に傷があるなどとは云っておらん。ただ、属する長州閥の安寧《あんねい》のため、平針の口を封じる動機は貴公にもあっただろうと云っているのだ。それに事実、平針は『同志を売るような真似は出来ん』と云っておった。そうだな、鹿野君？」

「は、ええ、まあ一応」

江藤は満足そうに槇村を見た。

「いいかね槇村君。『同志を売るような真似は出来ん』という事は、裏を返せば『同志の名聞に関わる事実を知っている』という事だ。勝てば官軍とは良く云ったものだが、それでも許されぬ罪というものはある。昔命じた暗殺が、今の地位を脅《おびや》かす事も十二分に考えられよう。平針の口から直接それが聞き出せなかった事は返す返す悔やまれるが、まあそれは良い」

江藤は伸ばした指でぴしりと槇村を指した。

「兎に角、この一件は以降も我ら司法省の管轄下で調査をする。よいか槇村正直、この江藤新平が必ずや貴公の罪を白日の下に晒《さら》して見せよう。首を洗って待っておれ」

そう云い切ると、江藤は踵《きびす》を返し、さっさと部屋から出て行った。師光は、横を向いて憤然と葉巻を吹かす槇村に頭を下げ、慌ててその後を追いかけるのだった。

緋色の絨毯《じゅうたん》が敷かれた府庁の廊下を二人は進む。

「江藤さん、何もあんな喧嘩腰で挑まんでもええでしょうに」

肩で風を切って歩く江藤の背中へ、師光は声を掛けた。

「あれじゃア聞ける話も聞けなくなります」

「なに構わん」

歩調を少し弛《ゆる》めて、江藤は答えた。

「どうせ叩けば埃《ほこり》の出る奴だ。これぐらい釘を刺しておいても問題はない。どのみち長州閥は打ち崩さねばならん。よもや平針が殺されるとは思ってもみなかったが、まだどうとでも扱えよう。折角京にまで来たのだ。手ぶらでは帰らんぞ」

そう云って低く笑う江藤の姿に、師光は小さく溜息を吐《つ》いた。

「鹿野君、私はこれから京に行く。君も同行したまえ」

一月ほど前のと或る昼下がり。東京、大名小路《だいみょうこうじ》は旧岩村《いわむら》藩邸に置かれた司法省一室にて、師光は江藤からそう告げられた。

「京都に？　これからですか？」

師光が思わずそう聞き返したのも無理はない。とてもそんな暇《ひま》はないと思ったのだ。

司法省が設置されたのは昨年の夏。法治国家たる日本の礎《いしずえ》を築き上げる目的で創設されたこの省にとって、急ぎ取り組まねばならない仕事は山積していた。民刑法の編纂《へんさん》や西洋法制度の研究分析など、一々挙げていってはそれこそ切りがない。その全てを統括する司法卿の江藤が、のんびりと京へ旅行する暇などある訳がないのだが。

「平針六五という男を覚えているかね」

手にした書類に目を通しながら、江藤は云った。

「ええ。元々兵部省にお勤めで、その、下野された後に確か萩で謀叛を起こした」

「その平針だ。奴の裁判が、京の臨時法廷で開かれる。其処に、判事として司法省から数名を派遣する事に相成ったのだ」

「それに江藤さんが行かれるって云うんですか⁉　そんな莫迦な」

師光は呆《あき》れた声で叫んだ。

大逆の罪人である平針六五は、本来ならば東京に檻送《かんそう》された後、司法省の管轄下で裁判に掛けられた事だろう。しかし、それに待ったを掛ける者たちがいた。かつて平針に暗殺を命じた、長州閥の政府高官連中である。

彼らは、平針の口からかつての罪が語られる事を恐れた。「国事犯は皆死罪」なのはよいとしても、京で捕まった平針を東京で裁くという事は、即《すなわ》ち平針を生かしておく期間がそれだけ延びる訳である。早急に口を封じたい者たちとしては、決して望ましい事ではない。

更にもう一つ、彼らには平針を東京に来させたくない大きな理由があった。それが、他ならぬ江藤の存在なのである。

当代切っての理論家であり、法理論を振りかざせば日本国内に敵はなしと謳《うた》われた江藤は、自らの力量に絶対の自信を持っていた。それ故に、江藤は「閥」というものを蛇蝎《だかつ》の如く嫌っていた。江藤からすれば、明らかに力量で自分に劣る愚物が、ただ薩摩や長州の出であるというだけで高位に就く事が許せないのである。

そのため、江藤は徹底的に閥族と戦った。一つでも弱みを握ったならば、まさに鬼のような苛烈さで相手を叩き潰す。長州軍閥の腐敗を追及し、近衛都督《このえととく》、山県有朋《やまがたありとも》をその職から追い落とした「山城屋《やましろや》事件」などが良い例であろう。

そんな江藤のいる東京である。どうして平針を連れて来られようか。

長州閥はアレコレと裏で手を回し、平針の裁判を京で行う事に何とか漕ぎ着けた。幸い、京で為政の権力を持つのは同じ長州閥の槇村正直である。決して悪いようにはしないだろう。

しかし、そんな小細工の通じる江藤新平ではない。

「全国の法憲を司《つかさど》り、各裁判所を統括するのは司法省の役目であります」

定例の諸省会議に於いて、江藤はこう口火を切った。

「司法省の意向も聞かず、頭越しに平針六五の裁判について決めること自体、法治国家の何たるかを理解せぬ大愚行。司法卿として左様な暴挙は断じて許せませぬ。——しかし」

そこで江藤はにやりと笑った。

「国事犯たる平針を長く生かしておく事の厄介さは、この江藤も十分に理解はしております。京と東京を結ぶ東海道は長い。檻送中、万が一にも平針を奪還しようなどという輩が現れては厄介ですからな。……そこで考えますに、何もわざわざ平針を東京に連れて来る必要はなく、我ら司法省が京に出向けば済む話ではないか、と」

予想外の提案に、長州閥の面々は目を剝《む》いた。動揺するその様を嗤いながら、江藤は続ける。

「流石に私一人ではちと荷が重く、また、昨今の京はどうにも穏やかではありませぬゆえ、腕利きの部下を一名連れて参ります」

そもそも、と江藤は皮肉っぽい笑顔でこう続けた。

「京での裁判を決められたのは、方々でありましょう。国事犯を裁くは我ら司法省の管轄。異議があるとは、云わせませぬぞ……？」

「私は監獄舎に戻ります」

府庁を出てのち、師光は江藤に云った。

「署長の話も聞きたいですし、他に色々調べる事もありますから。江藤さんは先に宿へお戻り下さい。後で纏《まと》めて報告します」

「莫迦を云うんじゃない」

江藤はじろりと師光を睨んだ。

「指示を出すのは、この私だ。君はあくまで私の補佐をしておれば良い」

「えッ、じゃア江藤さんも監獄舎に行かれるんですか?」

当たり前だ、と江藤は答える。司法卿ともあろう男がする仕事ではないが、江藤の性格をよく知っている師光は、黙って従う他にない。

「わかりました。ほんならすぐに俥《くるま》を呼びましょう。暫《しば》しお待ち下さい」

手にした傘を突き突き、師光は西堀川通《にしほりかわどおり》へ出て行った。

三

「調べましたところ、毒は矢張り粥のなかに混ぜられておりました」

監獄舎署長、万華《ばんか》呉竹《くれたけ》は落ち着いた声でそう云った。簡素な机と数脚の椅子しかない、府立監獄舎内の署長室である。

「毒の種類は石見銀山《いわみぎんざん》の鼠《ねずみ》取りであろうとの事でございます。人一人でしたら容易に殺せる量は盛られておるようでして、試しに野良犬へ与えてみましたところ、ただの一口で悶死を致しました」

「鼠取りならば入手はそれほど難しくない。誰でも簡単に用意できるか」

師光の呟《つぶや》きに、万華は腰を下ろしたまま頷く。

「仰る通りで。鼠取りならば此処《ここ》の備品室にもございます。特に鍵を掛ける事もしておりませんので、部屋に入り、懐紙に包んで持ち出すぐらいの事は誰にでも容易に出来ましょう」

「ふむ。だとすると、毒の入手経路から追い詰めるのは難しそうですね」

そう唸《うな》りながら、師光は顎《あご》を撫《な》でた。

「逆に、平針の飯に毒を混ぜる機会があった者には誰がいます？　その方面から下手人を絞り込む事は出来ませんか」

万華はゆるゆると首を振った。

「残念ながら、それも望めません。厨房で粥が椀に盛られた後は、配膳を任せておりました円理がそれを運ぶまで、昼餉の盆はずっと配膳室に放置されていたのです。ご存じの通り、ウチには職員もそれ程おりませんで、一人が幾つもの仕事を兼ねねばならない状態なのでございます。ちょうど円理には手が離せない仕事があったそうで、その空白の時であるならば、誰にでも毒を混ぜる事は可能だったという事になります」

また厄介な事に、と万華は付け加える。

「職員全員に話を聞いておりますが、皆一様に『知らぬ』『存ぜぬ』と云うばかりで、怪しい人影も見ておらぬと申しております」

「証拠になりそうな物は、何もなしか」

師光は呟く。

「いや、何の問題もない」

署長卓の向かい、椅子に腰掛け黙って話を聞いていた江藤は声を上げた。

「でも江藤さん、何も手掛かりがないんですよ？　どうやって下手人を探すんです」

「何を云っておるか。『手掛かりが何もない』という事は、つまり『槇村が下手人だという事を否定する事実もない』という事だ。いいかね鹿野君、君も忘れた訳ではあるまい。平針の刑執行は昨日の昼前の時点で既に決まっていたのだぞ」

「それはまァ、そうですが」

「そして、獄丁や下女も含めた署長以下監獄舎職員総勢二十数名、その事はしっかり通達されておった。職員と囚人を除いて、昨日監獄舎内に居たのは三人。私と君と、懲りもせずに刑執行の催促に来ておった槇村の三人だ。そして私らは当然、平針がその日の夕刻には斬首される事を知っていた」

江藤は腕を組む。

「槇村に刑の事を教えるのは癪《しゃく》だから、私は職員一同に箝口令《かんこうれい》を布《し》いた。口を滑らせた奴がおるかも知れんとも思ったが、先ほどの様子を見るに、槇村は本当に知らなかったようだ。繰り返しになるが、その日の夕刻には首を刎ねられるとわかっている男の飯に、毒を盛るような愚かしい真似をする奴がどこにいる？」

でも、と師光は口を挟む。

「昨日、槇村さんはこの部屋で江藤さんとずっと口論……もとい、議論をしとッたじゃないですか。毒を混ぜにいく暇なんてありましたか？」

「案ずるな。議論決裂の後、奴は部屋を出て行った。私も監獄舎内をぶらぶらしておったから詳しくは知らんが、おい署長、奴はまたこの部屋に戻って来たそうじゃないか」

「ええ、暫くはお出になっておられました。何処《どこ》に行ってらしたのかは存じませんが」

ほれ見ろ、と江藤は手を打つ。

「それに、京都府大参事の奴にとっては、勝手知ったる監獄舎だ。備品室や配膳室の位置、更にはいつ昼餉が配膳されるのか知っていてもおかしくはあるまい。現に、来て少ししか経っておらん我々でも熟知しておる程度だぞ」

「配膳室に入ったとしても、どの盆が平針に運ばれるかなんてわかるでしょうか」

「各囚人に配る盆には、半紙で名前が貼ってございますが」

万華の答えに手を鳴らし、江藤は立ち上がった。

「決まりだな。矢張り下手人は槇村正直だ。奴以外には考えられん。よし、私は備品室の調査をする。鹿野君、君は平針の牢をもう一度調べたまえ。いいな、怪しい物は糸屑一つ見逃すんじゃないぞ。では署長、案内を頼む」

天下の司法卿が自ら調査すると云い出した事に、流石に万華も慌てて立ち上がる。

「いえいえ、そんな雑務を閣下にして頂くなど、とてもそんな」

だが、一度云ったら聞かないのが江藤新平である。結局は押し切られるかたちで、万華は江藤の案内役を引き受けた。

「それならば鹿野先生の案内は円理に任せましょう」

万華の呼び出しで、例の青年、円理京が署長室に現れた。平針の牢で会った時と同じく、色白なその顔は能面を思わせる。

「では、よろしく頼むよ」

師光の言葉にも、ただ黙って頭を下げるだけであった。


「しかし、残念だったね」

先を歩く円理に向かって、師光は声を掛けた。

「お父君の仇、君も討ちたかっただろうに」

一拍置いた後、もう慣れました、と円理は小さく答えた。

「新撰組に籍を置いておりました時分、平針の尻尾を掴んだ事は幾度かございました。ですが、その度に何かと邪魔が入り、結局は逃げられてしまったのです」

「ホウ、あの平針六五と刀でやり合ったのか。そりゃすごい」

円理は少し狼狽《ろうばい》したように振り返った。

「いえ、決してそういう訳ではなく、飽《あ》くまで市中見廻りの一環で平針を追ったに過ぎません。決して、そんな」

決まりが悪そうに円理は続ける。

「兎に角、そうこうしている内に平針が長州に帰ったという噂を聞き、私も隊を脱してその後を追いました。しかし、あの頃の長州です。余所者《よそもの》がそう簡単に入れる筈もありません。あれやこれやとしている内に戊辰の戦が始まって、幕府も瓦解し、気付けばこんな場所で獄卒の真似事をしておりました」

がちゃりと大きな音を立て、円理は牢獄棟の外戸を開けた。

「いつも一手遅れるのが、この円理京の人生なのです。――さァ着きました。どうぞご確認下さい」

牢のなかは物音一つない。師光は黙って通路を進み、角を曲がった。円理もその後に続く。

平針の入っていた牢の前に立つと、師光は牢戸を開き、腰を屈めてなかへと滑り込んだ。

当然屍体はもう片付けてあるが、畳の上には拭《ぬぐ》い忘れられた米粒が幾つか、依然として散っている。その跡から目を離し、師光は牢のなかをぐるりと見渡した。

薄っぺらい布団が隅に畳んである以外、牢のなかに家具と呼べるような物は何もなかった。文机《ふづくえ》は疎《おろ》か、座布団の一枚さえもない。

「遺体はもう戻ってきたかい？」

目を牢内にやったまま、師光は外の円理に尋ねた。

「いえ、江藤閣下のご命令でまだ検案中です。明日には戻るのではないかと」

ふむと呟き、師光は畳に膝《ひざ》を突いた。そして、衣服が汚れるのも気にせず、四つん這いの格好で畳の間を調べ始めた。円理は慌てたように声を掛ける。

「か、鹿野先生、そんな事は我々でやりますので」

畳まれた布団を広げてみながら、いやいや、と師光は笑った。

「これは司法省の手で調べにゃならん案件だからね。君の手を借りたら、後で江藤さんに怒られてまう」

奥の壁に寄り、明かり取りの窓を見上げた。床から窓までは七尺半ほどあり、背伸びしたところで届く高さではない。そもそも、其処には太い格子が嵌《は》まっている。師光は手元の傘を伸ばして二、三度叩いてみたが、埃が舞うばかりでびくともしない。牢獄なのだから、当然といえば当然である。

円理くん、と呼びかけながら、師光は振り返った。

「君から見て、平針六五はどんな男だったね？」

少し考えた後、静かな男でした、と円理は答えた。

「一日中何も云わず、ただ黙って座しているだけでございました。何と申しますか、人斬りを重ねた男には、到底《とうてい》思えませんでした」

「自らの境遇に、絶望していたのだろうか」

円理は首を振る。

「何とも申しかねます。ですが、かつての同志に見捨てられ、後は首を斬られるのみとなって、絶望しない者はおりませんでしょう」

「一理あるな」

あの、と今度は円理が牢の外から声を掛けた。

「一つお伺いしてもよろしいでしょうか」

「これかい？」

円理の目線に気が付いて、師光は黒の雨傘を持ち上げた。

「よく聞かれるんだがね。イヤ、別に大した話じゃない。何処かに置いておくと忘れてまうから、手に持ッとるだけだよ。それに、この京都じゃァいつ降ってくるかもわッかァせんからね」

はあと円理は呆れたような顔をした。

「便利なもんだよ、なかなかね。しかし、ここには特に何もあらせんな」

埃を払いながら、師光は云った。

「お戻りになられますか」

「うん、江藤さんもそろそろ終わって」

師光がそう云いかけた時、がしゃんと外戸の開く音がした。併せて、どたどたと大きな足音が近づいてくる。

「鹿野君、何か見つかったかね」

声の主は江藤だ。その後から、万華が慌てて追いつく。円理は飛び退《の》くように通路の端へ寄り、さっと頭を下げた。

「ああ江藤さん、イヤ、特にこれといった物は何もありませんでした。平針が何か書き遺《のこ》しているかと思ったんですが」

「書き置きか……。署長、昨日から何も手を着けちゃおらんだろうな」

「はい。もちろん、当時のままでございます」

江藤は髪を掻く。その様子から察するに、備品室にも大した収穫はなかった様子である。

「仕方があるまい、一度引き上げるか――ん？」

隅の方に小さく畏《かしこ》まっている円理の姿に、江藤は気が付いた。

「おお、君があの円理京か」

円理の肩が目に見えてびくりと震える。

「お父君、佐々悦氏の名は私もよく知っておる。攘夷の嵐吹き荒れるなかで、先んじて開国の利を唱えるとはまことにもって大した炯眼《けいがん》。もしお父君が生き永らえておれば、きっと薩長の輩を抑えて高位におられた事であろう」

滝のような汗を流し、真っ青な顔のままで円理はただただ頭を下げる。

「平針の一件は残念に思うが、悔やんでも仕方あるまい。仇討ちなど旧弊の考えは早々に忘れ、お父君の名に恥じぬよう精進するが良い。さあ鹿野君、そろそろ出ようじゃないか。流石に腹が減った。何処かで飯でも食おう」

四

「本当に槇村さんが毒を盛ったのでしょうか」

正面に座る江藤に向かって、師光はそう云った。処は東堀川須磨町《ひがしほりかわすまちょう》、是空《ぜくう》と云う小さな蕎麦《そば》屋である。

「確かにそれが一番尤もらしく思えます。ですがどうにもきな臭い。今回の一件、そんな単純な事にはどうしても思えせんのです」

しかしな、と江藤は湯呑みを取る。

「そう云ったところで他に考えようもあるまい。それともあれか、さっき君が云っておった書き置き云々《うんぬん》、つまりは平針が自害した可能性についてまだ疑っているのか」

師光は悩ましげに腕を組んだ。

「それもあります。ここに来るまでの間、自害の可能性——或いは槇村さん以外で毒殺を企てる者が本当におらんかッたんか考えてはみたのですが、どうにも困った事になってまッたのです」

「困る？　何にだ」

「どれも今ひとつなのですよ。一見『それもありそうだ』とは思えるんですが、所々でどうにも引っ掛かる。如何せん動機の問題だ、人の心はわッかァせんもんです。考えれば考える程深みに嵌まってまう。飯を食いながらする話でもありませんが、どうでしょう、ちッと私の考えを聞いて頂けませんか？」

「そりゃ、別に構わんが」

江藤の前には天麩羅《てんぷら》蕎麦が、師光の前には盛り蕎麦が、共に大盛りで置かれている。

「恐れ入ります」

師光は番茶で喉を潤《うるお》すと、ではと語り始めた。

「まず前提として、平針の死を自害と謀殺の二つの可能性から検討したいと思います。事故ッちゅう事も考えられますが、人一人死ぬ量の鼠取りが、間違いで混入するとも思えせん。平針は自ら毒を嚥んだか、それとも誰かに嚥まされたのか。場合分けはこの二つに絞ってええでしょう。——ほんなら、先に平針の死が自害によるものだった場合について考えていきたいと思います」

蕎麦を嚙み切りながら、自害ね、と江藤は呟く。

「だが、書き置きの類《たぐ》いは何もなかったのだろう？」

「自害する者全員が何か書いて遺すとは限りませんよ。この平針自害説でしたら、目下一番悩ましい『何故死刑直前の罪人が殺されたのか？』ッちゅう謎は立ちどころに解決出来ます。自ら毒を嚥んだんですからね、最早謎ではありません」

「若《も》し君の云う通り平針の死が自害ならば、それはつまりこういう事になる。『突然の刑執行を告げられた平針は、それが同日の夕刻という差し迫ったものであったため、恐懼《きょうく》して、隠し持っていた毒を自ら嚥み下した』……」

「その通りです」

師光は蕎麦を啜《すす》った。

「ですが、この説にゃアどうにも納得しかねる点が二つある。まず一つ目は、『何故平針は今頃になって毒を嚥んだのか？』」

「今更恐懼するのはおかしいという訳か」

「そうです。死罪、それも斬首だというのは、とうの昔に決まッとりました。死ぬのが怖かったなら、宣告を受けたその夜にでも死ねばええ話。恩赦などを期待しとッたなら話は別ですが、あるかもわからないものを待っていたとは、納得しかねます」

「待っている間は平然と構えていたけれども、いざ斬られるとなったら急に怖くなったのかも知れぬぞ。人間、死を前にして誰もが潔くなれるワケではあるまい」

江藤は皮肉っぽく笑った。

「ですが、そう考えると今度は二つ目の疑問にぶつかってまうのです。『あれ程までに武士の誇《ほこ》りを重んじとッた平針が、果たして死罪を恐れて自害なぞするのか』という点です」

なんだそれは、と江藤は怪訝《けげん》な顔をした。

「平針六五は斬首を恐れて自害するような男ではない、そう云いたいのか」

師光は少しだけ茶を飲む。

「私はそう思ったのです。少なくとも平針は、士道を何よりも重んじとる男でした。それは最後まで長州閥の過去の所業について口を割らなんだ事からも十二分に察せられましょう。そんな彼が自害などするでしょうか？　しかも毒に頼ってまで」

江藤は天麩羅を少し囓《かじ》る。

「何とも云えんな。そうかも知れないし、そうではないかも知れん。しかし、それだけでは平針の自害を否定する事は難しかろう。双方共に、飽くまで推測の域を出ないのだからな。いや、私が云うのもおかしな話だが」

自らが槇村下手人説の提唱者である事を思い出して、江藤は苦笑した。

「そんな疑問を挙げずとも、より確実に平針の自害を否定出来る事実があろう。鹿野君、君の報告だよ」

江藤は箸を休めた。

「良いかね？　万華署長曰《いわ》く、毒は粥のなかに混ぜてあった。とすれば、平針は昼餉の膳が牢内に入れられた後、隠し持っていた毒を自らの手で粥に溶かした事になる。しかしその時、牢の前には君がいた筈だ。平針が毒を入れたとするならば、それは君の目の前で行われたとしか考えられん。さて鹿野君、君はそれを見たのかね？」

「いや、そんな素振りはなかったですが」

そうだろう、と江藤は箸で師光を指す。

「では、君が見落としていたとしよう。それでもおかしな点は残る。なぜ平針はわざわざ君が見ている前で毒を混ぜるような真似をしたのだ？　目の前に法官がいるのだ。鍵が掛かっているとは云え、直前で取り上げられる確率が格段に高い。そんな事せずとも、君が去った後に嚥み下せばいいだけの話だ」

成る程、と師光は呟いた。

「毒混入の機会から考えて、平針が自害したとは到底考えられんのだよ」

ふふんと笑う江藤に、師光は感心の息を吐く。

「相変わらず、恐れ入ったるご炯眼で……。でもまァ、ほんなら自害説はほぼなしですね」

「次に行こう。謀殺説こそ我々の本命だ」

番茶を一息に飲み干して、江藤は続ける。

「まずはっきりさせておかねばならんのが、平針が殺されたのだとしたら、下手人は監獄舎内におり、なおかつ自由に移動が出来た人物である、という点だ。彼処《あそこ》とて府立の牢獄。おいそれと部外者が立ち入れる場所ではあるまい。事実、不審者の目撃証言もないのだ。仮令《たとえ》外部からの指示があったのだとしても、実行した者は内部の人間という事になる」

「万華署長以下監獄舎職員二十数名。併せて、部外者として江藤、槇村、鹿野の三名のなかに下手人がいるッちゅう事ですね？」

「囚人も数名ほどおったが、牢から出られないとあっては毒を盛る以前の話だろう」

確かに、と師光は頷いた。

「すると、謀殺だった場合、問題となってくるのは『何故死刑直前の罪人が殺されたのか？』

ッちゅう事です。そして、それに対して真っ先に思いつく答えとしては、『平針が斬首される事実を下手人が知らなかったから』。つまり、刑の事を知らせんかッた者が平針を毒殺したため、こんな奇怪千万な事態になってまッたということです。ほんで、以上の条件が当て嵌まる人物は、槇村さんしかいない」

蕎麦を啜る江藤に、師光は言葉を続ける。

「死罪の判決を下してから、我らは『別件調査』と銘打って平針に訊問を続けてきました。目的は他でもない、過去の所業を洗い出すため。誰が何を命じ、その結果どうなったのか。なにしろ、江藤さんが直々に訊問を行っとッたんです。長州閥の人々にとっちゃア、それこそ気が気じゃなかったでしょう。東京からの指示があったのかはわかりませんが、兎に角槇村さんは平針の口を封じようとした——これが一つ目の可能性です」

江藤は怪訝な顔をする。

「一つ目って、まだあるのか」

「可能性の問題ですがね。二つ目に考えられるのは全く逆、つまり『平針が斬首される事実を知った上で毒殺が行われた』場合です」

師光はそこで言葉を切り、蕎麦をまた少し啜った。

「政府の変節的な開国和親政策に不満のある者は、少なからずおりましょう。その者たちからしたら平針は英雄です。そんな英雄が士籍を削られ、首を落とされるとなったら、彼を慕《した》う者たちはどう思いましょうか？」

ふむ、と江藤は目線を上げて考え込む。

「云うまでもなく平針は大逆の罪人。何事もなければ斬首の後、罪状と共にその首は粟田口《あわたぐち》か三条河原《さんじょうがわら》にでも晒された筈だ」

何せ梟首《きょうしゅ》です、と師光は声を潜めて云った。

「切腹じゃアありません。武士としてこれ以上の恥辱はないでしょう。そこで思いついたのは『平針の毒殺は梟首を阻止する目的で行われたのではないか』ッちゅう可能性です」

「先に殺してしまえば斬首もされず、首も晒されないから殺したと云うのか？」

江藤は一笑に付した。

「莫迦な！　いくら何でも、そんな理由はあるまい。そもそもな鹿野君、大逆の罪人は見せしめのためにも必ず斬首の後に梟《きょう》される事が決まっておる。毒で死のうが、屍体から首を斬り落として罪状と共に晒すだけだ。司法少丞の君が忘れた訳ではあるまい。監獄舎の職員がそれを知らなかった筈もない。槇村に関しては、それを知っていようがいまいが、そもそもそんな慈悲をかけるとも思えん」

「ところが、そうとも云い切れんのです」

師光はグッと身を乗り出した。

「なぜなら今回の場合、平針を殺してしまえば絶対に首は晒されないと下手人にはわかっとッたのですから。おわかりでしょう。平針の屍体は毒殺事件の重要な証拠なのです。当然、粗末には扱われェせん」

む、と江藤は顔を上げる。

「刑を目前に罪人が殺されれば、面目を潰された司法省は、当然捜査に乗り出すだろう——それぐらい、誰にでも想像がつくでしょう。そして、司法省が自ら大切な証拠の一部を手放す筈がない。現に遺体は検案に回され、隅々まで調べられとる最中です。そこまで見越して、下手人が毒を盛ったとしたらどうでしょう?」

例えば、と師光は続けた。

「監獄舎署長、万華呉竹。彼は平針と同じく長州奇兵隊の出です。平針の決起は奇兵隊の暴発に伴って行われました。かつての同志として、平針が梟される事は何としても避けたい。こう思ったとしても、何ら不思議ではありません」

箸を手にしたまま、江藤は腕を組む。

「確かにそう云われるとあながち無視もできぬが……ん、待てよ」

「気付きましたか」

江藤の反応に、師光は息を吐いた。

「その通り、この仮説は有り得ないのです。いま述べた梟首回避説。一見正しいようにも思えますが、明らかな矛盾が存在します。斬刑、延《ひ》いては梟首を避け、平針の武士としての名誉を守る事が目的であるならば、脇差《わきざし》一本でも牢内の平針に渡せばええ話です。そうすれば平針は斬首前に自ら腹を切り、武士としての名分を保ったまま死んでいけた事でしょう。下手人が誰であれ、監獄舎の職員ならば短刀一本、他人の目を盗んで牢へ投げ込む事ぐらい容易にできた筈。ですが、本件ではわざわざ粥に毒を盛るという実に回りくどい方法で梟首を避けとります。いくら何でも、これは変だ」

「確かにな」

海老の天麩羅をしっぽまでがりりと噛み砕き、江藤は頷いた。

「他に楽な方法があるというのに、わざわざそんな手段を採るとも思えん。これもなしだ」

「だから困ッとるのですよ。私が考え得た可能性は以上の三つ。内二つはどうにも納得しかねるモノだ。結局は一周回って元の場所に戻ってきてまッた訳です」

「いや、何も君が悩む必要はないぞ」

江藤は箸を置いた。

「これではっきりしたではないか。下手人は槇村で間違いない。平針の口から長州閥の悪業が洩れるのを恐れ、早々に口を封じたのだろう。槇村は職員の目を盗んで配膳室へと忍び込み、平針の飯に毒を盛った。これが真相だ――よし」

江藤はばんと立ち上がる。

「以後、我々は槇村を縛に付けるための証拠収集を行う。あの阿呆が自らの意思で行動したとは思えん。恐らく東京から指図があった事だろう。私は府庁を中心にその痕跡を探す。君は再度監獄舎を調べたまえ。槇村に絞って調べれば、必ず何か出てくる筈だ。職員の証言も、隅から隅までいま一度調べ上げるのだ。おい主人、銭はここに置いておくぞ」

二人分の蕎麦代を卓上に置くと、江藤はさっさと出て行こうとする。まだ蕎麦の残っている師光は慌てて立ち上がった。

「お、お待ちを！　江藤さんが府庁に行かれるんでしたら、私もお供を」

「要らん」

朗々たる江藤の声に、師光はその場に釘付けとなった。

「こうしている間にも、証拠が消されるかも知れん。二人いるのならば、同時に二箇所を調べた方が良い。これは司法卿としての命令である。君は監獄舎へ行き、何としても証拠を見つけて来るのだ！」

立ち竦《すく》む師光を一人残して、江藤は颯爽《さっそう》と店外へ出る。そして、陽も傾き始めた昼下がりの東堀川通を、南へと歩み去るのであった。

五

処は戻って六角神泉苑の府立監獄舎。万華署長の先導で、師光は傘を突き突き、板張りの廊下を歩いていた。

それにしても、と万華は云う。

「真逆《まさか》、平針が殺されるとは思ってもおりませんでした」

「ほう、そうすると署長は、平針の死が自害ではないとお思いか」

万華は慌てて首を振る。

「いえ、断言する訳ではございません。ただ何と申しますか、そう感じた次第で」

沈黙。二人は廊下を進む。

「そう云えば」

暫く進んだ後、ふと思い出したように師光が云った。

「平針の刑手は円理くんが任されとりましたが、彼は自ら志願したんですか？」

はい、と万華は低い声で答える。

「志願と云うと少しばかり異なりますが、まあ似たようなものでございます。円理にとって、平針六五が父親の仇である事は周知の事実でございましたので、平針が此処に檻送されました頃には、自然と円理が担当する流れになっていたのです。尤も、『公務で平針を斬っても、それは務めを果たしただけに過ぎない。縄で後ろ手を縛られた相手を斬ったところで、決して仇を討った事にはならぬ』と、当初は遠慮をしておりました。何と申しますか、実に生真面目な男でございます」

「成る程ね」

能面のような円理の顔を思い浮かべ、師光も苦笑した。

「そうは云っても父親の仇。最後には『私が斬ります』と、毎晩此処の裏庭で藁束を斬って鍛錬をしておりました。刑の執行に万一の事があってはことです。仮令仇討ちの一件がなかったとしても、恐らく円理に刑手を命じた事でしょう」

「新撰組にいた経験を買ってですか」

左様で、と万華は頷く。

「首を斬るというのは、なかなか大変なものでございます」

首の骨は、人が思っている以上に硬い。そのため切腹の介錯《かいしやく》然り斬首然り、人間の頭を斬り落とすのは決して容易な事ではないのだ。骨の節と節の間に上手く刃を滑り込ませねば、刀は撥《は》ね返されるばかりでいつまでたっても首は落ちない。一度でも失敗すれば罪人は痛みに悶え苦しみ、正確に斬る事が余計に難しくなる。噴き出る鮮血に染まりながら、焦った斬手が幾度も刀を振り下ろす図がこの上なく見苦しいのは、云うまでもないだろう。

それにしても、と師光は云った。

「私がこんな事を云うのもおかしな話だが、どうして署長は平針に腹を切らせてやらせんかったんです?」

先を歩む万華の背に、師光は続けた。

「署長なら、脇差の一本でも密かに渡す事は容易でしょうに」

万華は低く笑った。

「よもや、司法少丞にあられる鹿野先生からそのような言葉を耳にするとは思いもしませんでした。と致しますと、鹿野先生は私が毒を盛ったとお考えですか」

いんやと師光は否定する。

「署長が下手人なら、こんな回りくどい事はせんでしょう。だからこそ訊きたいんですよ。どうして、平針に武士らしい最期を用意してやらんかったんです?」

「……平針は、絶望していたのでございます」

暫くの沈黙の後、万華はゆっくりと口を開いた。行く手には、監獄棟の大きな外戸が見え始めた。

「奴が檻送されてから、一度だけ牢越しに言葉を掛けた事がございます。鹿野先生の仰る通り、『腹を切れ』と脇差を渡すつもりで……。仮令その首を晒されるとしても、せめて武士らしい最期を遂げさせてやりたいという、私なりの配慮でございました。ですが」

万華は外戸の前で立ち止まり、のろのろと振り返る。

「平針は黙って首を振るばかりで、何も受け取ろうとはしませんでした。最早自害する気力も、あ奴には残っていなかったのでございましょう。怒りも哀しみも通り越した、果てしない絶望……。一切を諦《あきら》め、為されるがままに身を委ねると決めたのだと、私の目には映りました。殺されたと私が申します所以《ゆえん》は、そのためなのでございます」

鹿野先生、と万華は呼び掛けた。

「平針が自害したとも、斬首直前の罪人を殺す者がいるとも到底思えない。私にはもうわかりません。本当に、下手人なぞいるのでしょうか?」

「だが、現に平針は死んでいる」

師光は云った。

「人の死には必ず理由があります」

万華は目を伏せると、鍵を外戸に差し込み、捻った。
がちゃりと大きな音を立てて、扉は開かれた。

万華が立ち去った後、師光は牢前の椅子に腰掛け、薄暗い獄内を見詰めていた。

「……平針は殺された」

自らに云い聞かせるように、師光は呟いた。そして、ゆっくりと目を瞑る。

「平針六五は殺された。誰に？　いや、なぜ……？」

師光のなかで、自害説は既に消えていた。署長の言葉を鵜呑みにした訳ではないが、江藤に指摘された毒混入時機の問題がある。何より自身が目の当たりにした平針の死に様を考えるに、どうもそれらしくは思えないのである。

「それに、槇村は下手人じゃアない」

平針の自害が信じられないのと同様、槇村が毒を盛ったという考えにも師光は懐疑的であった。

「確かに、あの状況下で平針が毒殺されれば一番疑わしいのは槇村だ。だが、いくら政府から命じられたッちゅうても、京都府大参事ほどの役職にあるもんが自ら手を汚すか？」

『わしは京都府大参事だぞ』。そう怒鳴る槇村の声を、師光は思い起こす。何も高官だから人殺しをしないというのではない。師光の経験則上そういった輩ほど自分の手を汚すことを厭《いや》がり、他の者に実行を命じて、自らは安全圏内でのうのうと過ごしたがるものなのだ。

槇村も決して例外ではあるまい。自ら毒を盛るなどという危険な方法をわざわざ選ばずとも、監獄舎の職員を一人捕まえて、密かに平針の飯に毒を混ぜるよう命じればいいだけの話である。

「ほんでも、それだとちッとおかしな事になる」

師光は額に手を当てた。

「若し槇村がその方法を選んどッたなら、命じられた職員の口から、同日に平針の首が斬られる事実が伝わっとッた筈。ほうなれば、毒殺計画自体が立ち消えになッとらなおかしい……」

しかし、現に毒は盛られている。そうなると、槇村は矢張り刑執行の事実を知らず、自ずから毒を盛ったという事になる。

「平針の口を封じるッちゅう目的と、京都府大参事としてそれが露見した時の代償は、あんまりにも不釣り合いだ」

槇村のほかに平針の毒殺を試みた者がいる可能性も、師光は考えていた。監獄舎内を再調査中、厨房で飯炊きの下女を見かけた際にふと思い浮かんだことがあったのだ。

「若しも、あの下女が平針をこの上なく憎んどッたとする。それこそ、円理と同じように親を殺されたなどで、だ。平針は国事犯として捕まり、首を斬られて、晒される。だが、それは飽くまで他人の手によってだ。男なら代わりに刑手を名乗り出る事もできよう。だが、女ともなるとそうはいかァせん。ほんでも何とか、この手で平針を殺してやりたいと思った場合、女はどうするだろうか？」

女は飯に毒を盛るだろう。刑執行の前に、平針を自分の手で殺すために。

「これなら、斬首直前の罪人を毒殺する動機になる。毒を盛る機会ならいくらでもあったろうが、人を一人殺めるんだ、逡巡《しゅんじゅん》したと思えば、ここまで遅れたとしても不思議じゃアない」

そこまで考えて、師光はふっと嗤った。この考えにも無理がある。

「昼餉に毒が混ざっとッたら、飯炊きの下女なんぞ真っ先に疑われる。敢《あ》えて自分が疑われるような手段を、わざわざ採るとも思えせんな」

高窓から差し込む陽光は、徐々に赤みを増していく。もう一度備品室を見に行こうか。師光が椅子から立ち上がりかけた、その時だった。

「あッ」

或る一つの考えが、師光の脳裏を過《よぎ》った。

浮かした腰をそのままとんと落とし、雨傘の柄《え》を両手で押さえる。頭のなかでもう一度考えを纏め始めた師光は口を真一文字に結び、彫像のように動かない。

どれほどの間そうしていただろうか。すっかり陽も落ちて、監獄舎全体が夜の底に沈む頃になって漸く、師光は立ち上がった。

傘をこつこつと突きながら、師光は静かな廊下を一人進む。窓から差し込む蒼白い光のなかで、どういう理由か、その顔は憂いに充ちていた。

六

蒼白の月が夜の京を照らしている。空を見上げながら、灯りは要らないなと円理京は思った。細長い布の包みを左手に携えて、円理は監獄舎の裏木戸を潜《くぐ》った。時は既に九つ（午前零時）を過ぎており、通りに人影はない。

円理が寝泊まりをしている長屋は烏丸上立売《かみだちうり》、大聖寺宮の裏手にあった。東堀川通を上った後、上立売を折れて東に進めば半刻もかからない道のりである。

包みを持ち直して、円理は一歩、足を踏み出そうとした。その時である。

「こんばんは」

背後から声を掛ける者がいた。円理は思わず振り返る。

「遅くまでご苦労だね」

「……鹿野先生」

塀の角には、例の傘を突いて、鹿野師光が立っていた。

「捜査はもうよろしいのですか？」

「その件で、君にもちッと話が聞きたいんだ」

師光は短い足で、ちょこちょこと円理に歩み寄る。

「君の家は、確か烏丸上立売だったね。私たちの宿は百万遍なんだ。ちょうどええ、途中まで一緒に行こまい」

円理の冷ややかな視線も意に介さず、師光は並んで歩き始めた。

前を向いたまま、円理は云う。

「こんな時刻までお待ち頂かずとも、御用でしたらこちらから伺いましたのに」

「イヤイヤ、君にも仕事があろう。それに、私も色々と回っとッたしね。ところで」

師光は円理の手元に目を遣《や》る。

「そりゃ何だい？　随分と長いが」

円理は包みをわずかに持ち上げて見せる。

「備前長光《びぜんながみつ》——父の形見でございます。平針を斬る為、手入れをしておりましたが、最早監獄舎にあっても仕方のないもの。持ち帰り、また床の間に置かせて頂きます」

そうかい、と師光は口を閉ざす。円理も何も云わず、二人は沈黙のなかで猪熊《いのくま》の辻を抜けた。

「それで」

円理は師光を見た。

「私に何をお訊《たず》ねになるのです？　あの日の事ならばもうお話しした筈ですが」

「ああ。イヤ、そうじゃない。新しく確認したい事がちッとできたんだよ。まァ違っとッたら云うて欲しいんだが」

師光はゆっくりと円理の顔を見返す。そして、

「平針の飯に毒を盛ったのは、円理君、君じゃアないのかい」

静かにそう問い掛けた。

月の光は冴《さ》え冴《ざ》えと、夜の六角通を照らしている。二人の間に言葉はなく、静かに並んで通りを歩いていく。

「君以外に平針に毒を盛った奴がおるとは、どうにも考えられせんのだ」

師光は淡々と云った。

「いきなり何を仰るのです」

円理は低く嗤う。

「私が平針を殺した？　莫迦莫迦しい。平針は父を殺した男なのですよ。刑の前に平針を殺し、仇討ちの機会をわざわざ棒に振って、私に何の得があるのです」

「そうじゃない」

師光は厳《おごそ》かに云《の》った。


「或る退っ引きならない理由から、君は平針を殺さなければならんかった。——君は、平針を殺したくない、殺したくないから殺したんだ」


冷たい夜風が一陣、二人の間を抜けていった。

「……仰る意味がわかりません。殺したくないから殺す？　そんな、矛盾しているじゃありませんか」

多分に怒気を含んだ、それでも努めて平静な声で円理は続ける。

「どのみち、その日の夕刻には平針の首を斬る事が出来たのです。わざわざ先んじて毒を盛る必要なんて、私には」

「違う」

師光は、円理の言葉を遮った。

「その日の夕刻だからさ」

西堀川通を越えた二人は小橋を渡り、六角の角で曲がった。こつこつという、師光の傘を突く音だけが通に響く。

「こう云った方がいいのかな」

夜空を見上げながら、師光は続ける。

「君は平針斬首の刑手として、きちんとその首を斬り落とせるか自信がなかったんじゃないのかい」

雷に打たれたように、円理はその場で立ち竦んだ。数歩進んだところで、師光も足を止める。

「だから君は、刑の執行に先んじて平針の毒殺を企てた。刑手としての役目を、已《や》むを得ぬ事情で以て免《まぬが》れる事。その『已むを得ぬ事情』こそが、平針が毒殺された本当の理由なんだと私は考えた。——刑手として、国事犯たる男を斬る。しかもその男は、かつて自分の父を殺した憎き相手。仇討ちでもあるその斬首に於いて、首を落とし損じる事がどんだけ不名誉な事か。ここでくどくど述べるまでもないだろう」

「……冗談じゃない」

蒼白な面持ちのまま、絞り出すように円理は叫んだ。併せて、戦慄《おのの》く指は包みの上を這い、紐を摘んで結びを解く。布の合間から、黒い柄《つか》が現れた。

「酷《ひど》い空論だ。そんな、己の腕に自信がないから殺すなんて、私がそんな臆病者だとあなたは云うのですか」

背を向けたままの師光に気付かれぬよう、円理は右手でしっかりと柄を握る。

「そうじゃアないよ」

師光は首を振った。

「臆病者だなんてよう云わん。確かに君にとって、平針六五はお父君を殺した憎むべき相手だったろう。でも、『やっと仇が討てるな』と周囲から祭り上げられ、退《ひ》く事も出来なくなった君の苦悩は――」

その時だった。円理は鞘《さや》を抜き捨てると、両手で柄を握り締め、そのまま二、三歩踏み込んだ。そして、上段の構えから一息に師光の後頭部を目がけて白刃を振り下ろす。が――

「あっ」

一瞬の事であった。師光が腰を捻ると同時に、銀の閃光が一筋、斜めに走るのを円理は見た。がちんと大きな音がして、円理の手から抜き身が弾《はじ》き飛ぶ。その衝撃に倒れ込んだ円理は、痺《しび》れる左手を押さえたまま、信じられぬような目で相手を見た。

「踏み込みが甘い。これじゃア人は斬れェせんぜ」

手にした傘――柄から伸びる白銀の刃を煌《きら》めかせながら、師光はそう云った。

「仕込み傘……！」

円理の呻くような声。傘の心棒が鞘の役割を果たしていたのか。刃渡りは、太刀《たち》のそれと変わらない。

「獄舎のなかで云ったろう。だから、いつ降ってくるかもわッかァせんのだ」

ゆっくりと刀を下ろしながら、師光は云った。

「西国のなかでも、特に京は政府に不満を持つ輩の巣窟。司法卿が丸腰で歩くにゃア物騒だ。臨時裁判官や事務補佐もそうだが、何よりも江藤さんの身辺警護こそが、今回の私の仕事でね」

がくりと、円理は頭を垂れた。

かちんと音を立てて、師光は刃を傘に戻す。そして、項垂《うなだ》れたままの円理を見遣った。

「あん時、私が牢の前になんぞおらんかったら、この事件はここまで複雑にはならんかっただろう。毒を嘸まされた平針の死に様を見るのは、本来ならば飯を運んだ君一人だけの筈だった。『処刑の事を話したら、平針は政府に対する恨みを述べた後、隠し持っていた毒を自分の目の前で嘸み干した』。後はこんな風に、都合の良い説明をでっち上げて報告すればよかった。斬首直前の罪人を毒殺する者がいるとは誰も思えせん。君の言葉はすぐに受け容れられた事だろう」

あの時の円理の蒼醒《あおざ》めた顔を思い浮かべながら、師光は続けた。

「牢前に居座る私の姿を見た時、君は酷く慌てたに違いない。他に証人がおッたんじゃア、嘘の証言は出来ィせんからな。だが、粥のなかには、既に毒が入れてあった。今更引き返すのは不自然すぎる。仕方なしに、君は毒の入った粥を平針へ差し出した。それが、実に不可解な結果を生み出すであろう事を承知の上で、だ」

「鹿野先生が獄舎区域に入られている事は、私も知っていました」

嗄《か》れた声で、円理は呟く。

「平針の様子を見に行かれたのだと、鍵を借りに行った時に教えられたのです。私は、その理由なら長居もされないだろうと考えました。しかし鹿野先生、あなたは留まっていらっしゃった。平針の牢の前に。頭のなかが真っ白になりました。兎に角気取られないようにと必死で、どうやってあの場を立ち去ったのかも覚えてはおりません。後になって、わざと盆を落とせば、不都合なく新しい粥を用意出来た事に気付きましたが、もう、仕様もありません」

円理が下手人であるならば、今まで師光を悩ませてきた時機の問題にも容易に説明がつく。

「平針の斬首、併せてその刑手を君が担当する事は、随分前から決まっとッた。加えて、平針の飯を運ぶのは君の仕事。毒を盛る機会なら、それこそ幾らでもあっただろう。にも拘わらず、なんで君はこんな直前まで平針を殺さなんだのか——今でこそ腕に自信はないが、鍛錬さえ積めばきっとその不安も払拭出来る日が来る。君はそう信じていたんだろう？」

「……私は弱い人間です」

俯《うつむ》いた円理の顔から、ぽたりと一滴、膝の上に滴《しずく》が落ちた。

「万華署長から執行の事を聞いた時、まず思い浮かんだのは父の顔でした。やっと仇が討てる喜びのためではありません。首を落とし損じて、『円理佐々悦の子でありながら』と誹《そし》られる事への恐怖でした。いくら鍛錬を積んでも、私には己の腕が信じられなかったのです。それほど私にとって、父の名は大きく、重い。息も詰まる重圧のなかで、気が付けば私は備品室に出向き、鼠取りの器《うつわ》を手に取って――」

か細い声で、円理は呟き続ける。

「殺そうとまでは思っていなかった。だから、懐紙に包んだのは、ほんの二さじでした。平針が倒れて、執行が延期になればいいと思ったのです。明日になれば、明後日になれば、自信を持って刀を握れるかも知れない――そう思ったのです」

師光は地面に落ちた刀を拾うと、鞘へ収め、震える円理にそっと差し出した。円理はのろのろと立ち上がり、黙って受け取る。

月明かりの下、二人はゆっくりと歩み始めた。

「イヤ、心のどこかでは、死んでしまえばいいと思っていたのかも知れない……」

円理の小さな呟きを、師光は隣で黙って聞く。

鹿野師光と円理京。二人の間に言葉はなく、夜に沈んだ東堀川通をゆっくりと上っていくのだった。

七

「おい鹿野君、帰るぞ」

翌朝。起きたばかりの師光に、江藤は開口一番こう云った。

「ようやく槇村を捕縛する算段がついた。後は司法省に戻り、必要な書類を用意するだけだ」

顎を撫でながら、江藤は呵々《かか》と笑った。

「帰るって、東京にですか？」

訳が分からないのは師光である。

「それじゃァ、槇村さんが下手人だッちゅう決定的な証拠でも見つかったんですか⁉」

いいや、と江藤はあっさり否定する。

「既に処分されたのだろうな。府庁には最早、東京からの指示を思わせる文書は、何も残っていなかった」

「ほんなら……！」

まァ待てと江藤は制する。

「先に云った通り、私は府庁に於いて槇村の周辺を探った。そうしたら鹿野君、もっと都合の良い事案が見つかったのだ」

にやりと笑って、江藤は続けた。

「京に小野《おの》組という商家がある。調べたところ、槇村は京都府大参事として小野組の為替《かわせ》取り扱いを違法に制限しているようだ。これを行政の横暴と云わずして何と云おう？　既に小野組の番頭は云いくるめておいた。後は司法省に戻り、訴えを待つまでだ。いくら京都府大参事であろうと、訴えさえあればこちらのもの。司法省の権限で身柄を拘束できる」

「で、ですが……」

食い下がる師光に、江藤は面倒臭そうに手を振った。

「君もしつこい男だな。下手人は槇村で違いないのだ、あれほど東堀川の蕎麦屋で検討したろう。小野組の一件で捕縛した後にでも、きりきり絞り上げて吐かせればよい。決定的な証拠がなかろうと、自白さえ得られればこちらのものだ。さァ、君も早く仕度をしたまえ。東京へは大阪から海路で戻る手筈となっている。のんびりしている暇はないぞ」

そう云って背を向ける江藤に、師光は掛ける言葉もない。目的のためならば手段も選ばぬ江藤の、恐ろしいまでの徹底ぶりにただただ呆れるばかりだった。

「まったく、この人は本当に」

その時だった。師光の脳内を、稲光のように一つの考えが走った。

蕎麦屋、監獄舎、堀川通。師光は平針が毒殺された理由について、多くの可能性を検討してきた。斬首直前の罪人を毒殺する――この一見無意味な殺人に対して、師光は己の頭脳で以て挑んだ。そして、結果として師光は何とか真相に到達する事が出来た訳だが、その過程で検討した可能性は、全てが「平針を殺す目的で毒が盛られた」という発想を前提としたものであった。しかし、本当にそれだけなのだろうか。

「殺そうとまでは思っていなかった」。昨夜は何気なく聞き流した円理の言葉が、師光の脳内で急に反響し始める。殺すためではなく、むしろ、生かす目的で毒を盛る可能性だってあるのだ。

　一見すれば矛盾に満ちたこの発想も、こう考えれば不思議はない。つまり、もし斬首直前の罪人に、致死量には至らぬが、それでも生死に関わる程度の毒が嚥まされたら、一体どうなるか？　瀕死の罪人を無理矢理引っ張って来て、そのまま首を斬るとは思えない。恐らく刑の執行は延期され、罪人の回復が待たれる筈だ。そして、それこそが円理の目的だった。執行が延期されれば、その分鍛錬を積む時間が出来る。何より、仮令一時のこととしても、その間は耐えがたい重圧から解放される。

　それ故に円理は毒を盛った。殺さないように、それでも異変は起こるように、ほんの二さじ、昼餉に毒を混入させたのだ。

　しかし、粥には多量の毒が混じっていた。それこそ、犬ならば一口で悶死する量の毒が——

そして、平針は死んだ。

　当然、円理が偽りの証言をしている可能性もある。むしろその方が高いだろう。しかし、師光は気づいてしまったのだ。平針の斬首が一時的に延びた結果、得をするのは、決して円理だけではないということに。

「斬首が延期されれば、司法省だって平針の取り調べを続行出来るんじゃアないのか……！」

取り調べの時間が得られるだけではない。「平針の口を封じるため、痺れを切らした長州閥が遂に毒殺を敢行した」という筋書きに仕立て上げさえすれば、頑《かたく》なな平針も、さすがに憤然として過去の所業について語ったかも知れないではないか。そしてそれが、それこそがもう一人の下手人の目的だったとしたら。

師光は、自身が潔白である事を知っている。そして、あの男が目的のためならば手段も選ばぬ冷血さを持っている事を――何より、事件当日には監獄舎内部を自由に動き回れた事実を知っている。

平針の毒殺――あれは、理由は違えど同じ目的を持った二人の人間が、別々に毒を盛った結果ではないのか。

「え、江藤さん、あなた……！」

遠ざかるその背中へ、師光は思わず声を掛ける。

絞り出すようなその声に江藤は立ち止まり――そして、振り返った。

桜

「市政局次官、五百木辺《いおきべ》典膳《てんぜん》の武者小路《むしゃこうじ》室町下《さが》ルの妾宅《しょうたく》にて、主《あるじ》と女中が刺殺され、妾《めかけ》がその賊を撃ち殺したる事件の顚末《てんまつ》、以下の通りに御座候」

――「京都府司法顧問　鹿野師光報告書」より――

一

隣から寝息が聞こえ始めたのを確認して、沖牙由羅《おききばゆら》はそっと身を起こした。

枕頭に置かれた硝子火屋《ガラスほや》の洋燈が、座敷のなかをぼんやりと照らしている。由羅は手を伸ばし、抓《つま》みを捻《ひね》って火を小さくした。

半身を起こしたまま顔を右に向ける。隣の布団では、五百木辺典膳が胡麻塩《ごましお》頭を船底枕に乗せて熟睡していた。そっと顔の上に手を翳《かざ》してみるが反応はない。由羅は静かに布団から抜け出す。

染み入るような寒さだった。柳色の寝衣に包まれた細い肢体を大きく一度震わせて、由羅は布団の上に膝《ひざ》を突く。枕元には簞笥《たんす》型の煙草盆が一つ。そろそろと引き出しを開け、なかから短銃を取り出した。

かたん。

台尻が引き出しにぶつかって小さな音を立てた。素早く五百木辺に目を向けるが、目を覚ます気配はない。由羅は短銃を懐《ふところ》に仕舞い込んで立ち上がった。

由羅の目線が、床の間に飾られた一振りの太刀《たち》に向けられる。由羅は足音をたてないように近寄ると、躊躇《ためら》いなく白鞘《しらさや》を摑《つか》んだ。御維新の際に或る大名家から巻き上げた名刀だと五百木辺が自慢していた事を思い出す。重さは二十両程度だろうか。由羅の腕でも十分に振る事が出来る。

刀身を抜きながら、ゆっくりと五百木辺の布団に近付く。邪魔になる鞘は己の布団に投げ捨てた。

五百木辺は、依然として平和に寝息をたてている。片手に刀を提《さ》げたまま、由羅は布団の脇に立った。黙って五百木辺を見下ろす。何か言葉を掛けようかと思ったが、何も出てこない。由羅は両手で柄《つか》を握り締め、胸の位置を確かめてから布団越しに突き下ろした。

一瞬の出来事だった。五百木辺は目を見開き、びくりと大きく痙攣《けいれん》した。開かれた口から低い呻《うめ》き声が漏れる。

どれほどの間、その体勢でいただろうか。五百木辺の胸上に屹立する刀を握ったまま、全身を震わせる己の様子に由羅は気が付いた。柄を強く握り締め、一気に刀を引き抜く。

切っ先から落ちた血の滴《しずく》が、赤い染みとなって畳の目に広がった。由羅はその場で太刀を振るう。血の飛沫《しぶき》が畳と布団の上に飛び散るが、気には掛けない。どうせ直《す》ぐに次の血で汚れるのだ。

足元の五百木辺は動き出す気配もなく、完全に事切れていた。由羅は屍体から離れて、刀身を火影に翳す。ぬらぬらと反射する血脂《ちあぶら》に、由羅は布団の裾《すそ》を摘《つま》んでしっかりと刃を拭《ぬぐ》った。完全に脂を落とすためには研がねばならないが、この掛布団のように目の粗《あら》い布なら、触れただけでは分からない程度には擦《こす》り落とす事が出来る。

洋燈の抓みを捻り、火を少しだけ大きくした。淡い蜜柑《みかん》色の光が、座敷内を幽《かす》かに照らし出す。由羅は明かりを頼りに己の姿を検分するが、一通り見たところ寝衣に血痕は見当たらない。続けて屍体を覆っている掛布団に目を遣《や》る。冬用の厚手布団だった事が幸いしてか、まだ血も表側には滲《にじ》み出していなかった。すうと息を吸い込むと、由羅は或る細工に取り掛かった。

「これでよし」

洋燈の火を今度はぎりぎりまで絞る。座敷は再び闇苅《くらがり》に沈んだ。布団から覗《のぞ》く五百木辺の顔は陰翳を深め、今も眠っているように見える。くんと鼻を動かすが、布団のなかに籠もっているのだろうか、血の臭いも特には感じられない。尤《もっと》も、自分の感覚が麻痺しているだけかも知れないが。

由羅は改めて室内を見廻した。十畳ほどの座敷であって、北に床の間と違い棚、西には押入の戸、南が廊下に面した襖《ふすま》となり、障子と雨戸で仕切られた東は庭に面している。家具の類《たぐ》いも少なく、枕頭に置かれた洋燈や煙草盆、小振りの薬罐《やかん》と湯呑みの載った丸盆を除けば、炭の冷えた火鉢が北寄りに置かれているだけだ。布団は、廊下から見て手前に五百木辺の物が、その奥に由羅の物が敷いてある。

由羅は襖を開け、そっと廊下へ出た。抜き身の刀を携《たずさ》えたまま暗い廊下を足早に進む。向かう先は玄関脇にある女中部屋だ。

気配を殺して部屋の前に立つ。手を伸ばそうとするより早く、不意に襖が横に動いた。咄嗟《とっさ》に刀を後ろへ隠す。

「奥様？」

隙間から覗く白い小さな顔が、驚いたように由羅を見た。

「日々乃《ひびの》、まだ起きていたの」

平静を装いながらも、由羅は動悸が速まるのを感じた。

「喉《のど》が渇いたので、お水でも頂こうかなあ、と」

まだ少し寝惚けているのか、舌の回りきらない口調で日々乃は答えた。

「あの、何かございましたか？」

まだ幼さの残る日々乃の顔を、由羅は黙って見詰めた。今年で幾つになるのだったか。一年ほど前から住み込みで炊事洗濯の世話をしてくれている、よく気の回る快活な娘だった。

日々乃、と改めて呼び掛けると、彼女は不思議そうに小首を傾《かし》げた。

由羅は柄を強く握り締め、襖と柱の隙間から日々乃の腹部を狙って刀を突き刺した。あっと叫び声を上げ、日々乃は弾《はじ》かれたように倒れ込む。手応えはない。寝衣と脇腹を少し斬っただけだろう。由羅は素早く襖を開け放して、月明かりの差し込む座敷へ足を踏み入れる。

「お、奥様、いったい何を」

流れ出る血で畳を汚しながら、日々乃は後ずさる。蒼醒《あおざ》めた顔に、肌の白さが際立つ。由羅は近くの掛布団を摑むと、畳の上を這っている日々乃に投げつけた。きゃっという叫び声と共に、日々乃の姿が布団に覆われる。

由羅は逆手に刀を握り締め、もぞもぞと動く布団に突き刺した。五百木辺を刺した時よりも更に生々しい感触が、両腕を通して全身を駆け巡る。由羅は強く奥歯を嚙みしめた。

膨らんだ布団は二、三度震えたのち動かなくなった。刀を引き抜いた由羅は、蹌踉《よろ》めきながら襖に背を預ける。真白い布団には、じんわりと赤黒い染みが浮かび上がっている。乱れた息を収めながら、由羅はその様子をぼんやりと見詰めていた。

「急がないと」

日々乃が起きていた事は予想外だったが、計画に支障はない。五百木辺の時と同じように、刀身の血脂は布団の端で拭い取った。指先で刃に触れても脂を感じなくなるまで強く擦ってから、由羅は足早に寝所へ戻る。

夜闇に慣れた由羅の双眸《そうぼう》には、座敷を照らす洋燈の仄《ほの》かな明かりすら眩《まぶ》しく感じられた。改めて五百木辺の屍体を見れば、掛布団には徐々に血の染みが広がりつつある。休んでいる暇《ひま》はない。由羅は急いで白鞘を拾うと、刀を収め一先《ひとま》ず布団の脇に置いた。床の間に戻すのは後でもよい。懐に手を遣って短銃の存在を確かめてから再び廊下に出る。

勝手場で草履《ぞうり》を履き外に出た。夜の冷気が一気に由羅の全身を包み込んだ。酷く寒い。込み上げる震えを抑えながら裏庭の古びた納屋まで行くと、由羅は二回に分けて二度、戸を叩いた。

「随分と遅かったな」

戸の向こうから嗄《か》れた声が聞こえた。ゆっくりと戸が開き、なかから黒い着流しの男が姿を現した。背は六尺に近いが、顔色の悪い、酷く痩《や》せた男だった。目は落ち窪《くぼ》み、古傷の残る頬《ほお》もげっそりと痩《こ》けている。頭は蓬髪《ほうはつ》を後ろで一つに括《くく》っていた。

「兄さん」

由羅は四《し》ノ切左近《きりさこん》に呼び掛ける。

「貴方《あなた》は本当に……」

引き摺るように長い刀を差し直していた左近は、手を止めて由羅を見た。凍《い》てつくようなその眼差しに、由羅は思わず顔を伏せる。

「……いえ、何でもありません」

これで終わりだ、と由羅は心のなかで呟《つぶや》いた。

「日々乃に何か持って行くよう云ったのですが」

ああ、と左近は頷《うなず》く。納屋のなかを覗き見ると、乱雑に積まれた古道具の上には大口の徳利《とっくり》と米粒の付いた竹皮の包みが置かれていた。

母屋へ向かう途中、勝手口の前で不意に左近が足を止めた。向けられた目線の先には、塀越しに隣家の寒桜が枝を伸ばしている。蒼白い月明かりの下では、早咲きの花が夜風に散っていた。

「どういたしました」

「もう桜の季節かと思ってな。早いものだ」

はらはらと舞う花片《はなびら》を掌《てのひら》で受けて、左近は小さく呟いた。

勝手場から上がり、二人は廊下を静かに進む。

「五百木辺は？」

「寝ております」

「なら奥の座敷か」

左近は歩調を速めた。左近には屋敷の見取り図を既に渡してある。先導の必要がないのは由羅にとって好都合だった。少しだけ間を空け、影のように従う。

襖の隙間から漏れ出る洋燈の明かりが、廊下の先に見え始めた。左近は手前で抜刀し、そのまま勢いよく襖を開け放った。

「五百木辺典膳」

左近の掠《かす》れた声が薄暗い座敷に響く。

「起きろ。貴様に嬲《なぶ》り殺された同志の仇を討ちに来た」

返答はない。刀を右手に提げた格好のまま左近は一歩踏み込むと、再び五百木辺の名を呼んだ。この期に及んでなお寝込みを襲うのではなく、飽《あ》くまで正面から刀を交えようとする男の意地が、由羅の瞳には酷く滑稽《こっけい》に、哀れに映った。

漸《よう》く異変に気が付いたのか、左近ははたと口を噤《つぐ》んだ。由羅は懐から短銃を摑み出す。

左近は身を屈《かが》めて、布団の端を摑み捲《まく》り上げた。

「これは――」

そう叫んだきり、左近は絶句する。布団の下にどのような光景が広がっているかは、左近に遮《さえぎ》られて由羅からは見えない。

「どうかしましたか」

撃鉄を起こす音を気付かれぬよう、由羅は声を出す。左近は弾かれたように立ち上がり、猛然と振り返った。

「由羅！　これは――」

左近の胸に銃口を向ける。この瞬間《とき》のために、幾度も練習を重ねてきた。外す事は絶対に許されない。

「兄さん、貴方が悪いのよ」

由羅は引金を引いた。

左近の息の根が止まった事を確認して、由羅は最後の仕上げに取り掛かる。

短銃を畳に置いて、五百木辺の屍体に寄った。煙草盆の引き出しを開けてから、薬罐と共に足蹴《あしげ》にする。灰が吹き上がり、薬罐は冷茶を撒き散らしながら壁際まで転がっていった。

次いで、由羅は五百木辺に掛かったままの布団を捲る。溢《あふ》れ出た血潮は、敷布団までぐっしょりと赤黒く濡らしていた。血の臭いが一気に立ち上る。胸底から吐き気が込み上げ、由羅は咄嗟に口元を覆った。

「……あと少し」

　そう己を励ましながら、由羅は自分の掌が汚れないように布団越しに五百木辺の両腕を掴む。右手は横に投《は》げ出し、左手は胸の上に置いた。

　幾度も込み上げてくる吐き気に何とか抗《あらが》いながら、今度は左近の屍体に寄る。銃撃に弾け飛んだ左近は布団の上に大の字に倒れ、胸に空いた銃創からは今も血潮が滲み出ていた。流れ出る黒い血は、屍体の胸に、そしてその下の布団にじわじわと染み込んでいく。

　左近の手から太刀を取ると、由羅はその場で膝を突き、血塗《ちまみ》れの掛布団に刀身を擦り付けた。白刃がべっとりと血脂で汚れた事を確かめてから、左近の傍らにその刀を置く。

　最後に、畳に放り出したままにしていた五百木辺の太刀を掴み上げる。素早く目を走らせるが、白い鞘や柄に汚れた箇所は見当たらない。抜き放った刃にも血や脂は残っていなかった。由羅は小さく頷くと、太刀を鞘に収め床の間に戻した。

　廊下に出て、今一度座敷のなかを見渡す。乱れた布団と五百木辺の屍体。乱闘の跡を思わせる煙草盆と薬罐。仰向けで倒れる左近の屍体。その脇に転がっている血で汚れた太刀。薄い橙《だいだい》の光が照らす惨状は、全て由羅が思い描く通りになっていた。

　由羅は再び短銃を手に持ち、硬い表情のまま廊下を進んだ。そろそろ門の外を夜間警邏《けいら》中の邏卒が通る筈《はず》だ。その者たちに助けを求める事で、由羅の描いた計画は締め括られる。

　裸足のまま玄関へ下り、戸を開けて外へ出る。夜露に濡れた土は足裏が痛くなるほど冷たい。何者かの話し声が冠木《かぶき》門《もん》の向こうから聞こえた。躊躇うことなく由羅が門扉を開けて飛び出すと、そこには二つの人影があった。

二

その夜、江藤新平は酷く酔っていた。

頭は重く、手脚も怠《だる》い。下戸にも拘《かか》わらず、遅くまで盃《はい》を重ねた事が原因だろう。

「江藤先生、大丈夫ですか」

隣を歩く本城伊右衛門が、江藤の腕を摑む。知らず知らずの内に歩みが左に寄っていたようだ。

「問題ない」

江藤はしかめ面のまま本城の手を振り払う。遠くの方で、犬の鳴く声が聞こえた。

明治六（一八七三）年三月。処《ところ》は京都、室町通の一角である。

江藤と本城の二人は、今出川室町のかっぱ洞《どう》という酒楼《しゆろう》で夕餉《ゆうげ》を済ませたのち、出水通《でみずどおり》の宿屋へ帰る途上にあった。本城や店の者は駕籠《かご》を呼ぼうとしたが、江藤が酔い醒ましに歩くと云って聞かなかったため、仕方なく夜の小路へ繰り出し今に至る。

時の司法卿、そして一等勅任《ちよくにん》の身である江藤新平がこうして京洛の地で酔歩を踏んでいるのには理由があった。東京から姿を消した江藤第一の部下、鹿野師光を連れ戻すためである。
事の始まりは二月ほど前。東京、丸ノ内は大名小路の司法省に一通の太政官《だじょうかん》通達が届いた事に遡《さかのぼ》る。

「従五位下鹿野師光ヲ京都府司法顧問ニ任ズ」

漆塗《うるしぬ》りの文箱《ふばこ》に入れられ、官吏によってしずしずと運び込まれた通達には、太政大臣・三条実美の印と共に右の一文が記されていた。

司法省内は蜂の巣を突いたような騒ぎになった。司法省の職員が顧問として地方の府県に出向き、その地で法制度の拡充に協力する慣例は確かに存在する。しかし、本来その人員を選定する権限は司法卿の江藤が握っている筈であり、頭越しに太政大臣から直々《じきじき》の命が下る事など前代未聞であったのだ。しかも間の悪い事に、事情を糺《ただ》そうにも当の師光は先月から休暇を取っていた。

当然江藤は烈火の如く怒り、直ぐに西ノ丸の太政官に乗り込んで三条に迫った。詰問《きつもん》に近い三条との面会、そして後日半ば強引に執行した太政官内部の捜査の結果、江藤ら司法省幹部陣は或る事実を探り当てた。今回の異動辞令は、どうやら師光自身が画策した物のようであった。

直属の上司である江藤ですら知らなかった事だが、師光は尾張藩公用人時代の繋《つな》がりを基にして、その手中に官庁や官位、果ては藩閥をも越えた幾つもの伝手《つて》を収めていた。鹿野師光はそれらを駆使して、三条から今回の異動辞令を引き出した——そう考えざるを得ない痕跡が幾つも残っていたのである。

師光の暗躍を知った江藤は急ぎ麴町《こうじまち》の鹿野邸に向かったが、彼の姿は既になかった。「仕事で東京を離れるがまた戻ってくる」と住み込みの老女中に云い残し、愛用の雨傘と法律書だけ携えて東京を発《た》った後だった。

自ら上洛し師光を連れ戻すと江藤が云い出したのは、太政官の調査が終了してから一月後の事だった。

「それにしても、江藤先生はよくよく京に縁が御座いますな」

本城は手元の提灯《ちょうちん》を揺らした。空には月が皓々と輝いているが、両脇に迫る軒《のき》が白光を遮り、明かりがないと足元は聊《いささ》か心許ない。

「平針の件でいらしたのは昨年の秋でしたか」

「私だって来たくて来ている訳ではない」

白い息を吐き、江藤は不機嫌な声を返した。

京に到着したのは、今日の夕刻の事。江藤はその足で直ぐに府庁へ乗り込んだが、師光と相《あい》見《まみ》える事はここでも叶わなかった。応対に出た役人曰《いわ》く、師光は昨夜伏見役所で起きた或る殺人事件の捜査のために丁度府庁を発ったところだと云うのだ。

そこで江藤は一先ず市内に宿を取り、一泊してから伏見へ出向くことにした。本城が同行しているのは、突然の司法卿上洛《じょうらく》に慌《あわ》てた府が、取り急ぎ邏卒隊の大隊長たる彼を護衛に付けさせたのである。

「しかし、司法卿が単身ご上洛とは、一体何事なのです」

「三条公より直々に下された命だ、おいそれと口に出来るか。――そんな事より本城」

空咳《からせき》を一つして、江藤は本城にちらりと目を向ける。

「京都府には鹿野君が赴任している筈だが、どうだ、上手くやっているか」

鹿野殿ですか、と本城は大きな掌で顎《あご》を撫《な》でた。硬い髭《ひげ》がぞりぞりと音を立てる。

「制法の方面に関しては詳しく存じませぬが、府の大事に係わる事件の際にはいつも陣頭に立って捜査の指揮を執《と》られています。聡明さは司法顧問になられても変わらず、些細な手がかりからいつも驚くような事実を引っ張ってこられますよ」

しかし、と本城は低く笑った。

「私は予《かね》てからそのお人柄を存じ上げておりましたが、府庁の者は皆、最初は不安だったようですな。痛めた脚の杖代わりとは云え、室内でも雨傘を突いておられますから」

「府の幹部には、かつて弾正台《だんじょうだい》に籍を置いていた輩《やから》が多いと聞く。大曾根の下で働いた奴らにとって、鹿野君は云うなら目の敵みたいなものだろうに」

「確かに鹿野殿の活躍を快《こころよ》く思っていないお方も一定数はおりますが、鹿野殿も今の所は波風立てずに上手くいなしておられる様子です。ご安心下さい」

江藤はふんと鼻を鳴らす。

「別に心配している訳ではない」

装った無関心とは裏腹に、江藤は胸の奥が冷たくなるのを確かに感じていた。

「そうか、元気にやっているのか」

独り呟く江藤の胸の内では、西洋雨傘を携えた師光の小さな後ろ姿が鮮明に浮かんでいた。

監獄舎の事件ののち、京都から戻った師光は少し様子がおかしかった。仕事の話をする時や、退庁後に連れ立って食事に行く時など、江藤はすぐ目の前にいる師光が、分かり易い変化があった訳ではないが、強いて挙げるのならば余所余所《よそよそ》しさであろうか。酷く遠くを見詰めているような感覚に襲われる事が一度ならずあった。

師光に何があったのか──小さな疑念の埋《うず》み火は瞬《また》く間に燃え上がり、江藤の胸をじりじりと焦がしていく。堪《こら》えきれず、師光の真意を問い糾そうとした事もあった。しかしその度に、今までありとあらゆる人間を云い包《くる》めてきた筈の江藤の舌は不思議なまでに強張《こわば》り、喉元まで出掛かった言葉は生唾と共に飲み下されていった。そして、「どうせ長旅で疲れただけだ」という、何十回自答したかも分からないその答えで以て無理矢理己を納得させるのだ。

師光が司法省を去った時も、江藤は彼の身勝手な行動に驚き怒る一方で、こうなる事は前から分かっていたように酷く冷静に判断している己にも気付いていた。師光が三条に掛け合ったのは、太政大臣が司法卿より上位だからだろう。太政大臣の命とあっては、江藤でもそう簡単には覆《くつがえ》せない。師光らしい遣り方だと江藤は思った。

それでも江藤は師光の後を追った。仕事も全て放り出し、遙《はる》か京都まで連れ戻しに来た。たかが一人の部下のために何をしているのだと己の愚かさに呆《あき》れながらも、そうせずには居られなかったのだ。

しかし、師光に掛けるべき言葉を、未だ江藤は見つけられていない。胸の底で焦げ付く絶望とも憤怒ともつかぬ感情を鎮《しず》めるため喉の奥へ無理矢理流し込んだ清酒が、江藤を今宵《こよい》の酔歩に至らせていた。

「なあ本城、鹿野君の事なんだが」

師光の様子について江藤が更に質問を重ねようとした矢先、一発の銃声が宵闇を震わせて鳴り響いた。

江藤は反射的に周囲を見廻す。同じく本城も四方に目を遣って、腰の柄に手を当てていた。だが、その拍子に揺れた提灯が二人の影を伸び縮みさせるほか、通りには何人《なんぴと》の気配も感じられない。

「江藤先生、今のは」

「銃声だな」

二人が立つのは武者小路の辻を少し過ぎた辺りで、右手には高い板塀が長く続き、左手には商家の蔵や古色蒼然とした町屋が建ち並んでいる。銃声は塀の向こうから聞こえてきた。

すたすたと塀に沿って進む江藤を、本城は袴《はかま》の裾を翻《ひるがえ》して追い掛ける。二間《にけん》も行かない内に小ぶりな冠木門が姿を現した。江藤は躊躇いなく門扉に手を伸ばす。

「お待ち下さい」

本城は慌てて江藤を押し留めた。

「危のう御座います。一体何を為さるお積もりですか」

「捜査に決まっているだろうが。何もない屋敷から銃声は聞こえん」

「それはそうですが、何も先生自ら入られる事は御座いませんでしょうに。急がずとも夜間警邏中の部下が参ります。後はその者にお任せを」

本城が押し殺した声で説得をする最中《さなか》、俄《にわか》に門の内側から慌ただしい足音が聞こえた。二人の視線が同時に門に向く。

音を立てて門扉が開くのと、江藤が本城に突き飛ばされるのはほぼ同時だった。江藤が二、三歩ふらつく間に、本城は抜刀の構えで門に向き直る。

門扉の隙間からは、柳色の寝衣に身を包んだ若い女が蹌踉めきながら姿を現した。

「お、お助け下さい……！」

女はふらふらと本城に歩み寄る。

「賊が押し入って、旦那様が、旦那様が」

柄を握った姿勢のまま、本城は強張った表情で一歩下がった。江藤は女の様子を素早く検《あらた》める。年は二十を越した程度だろうか、髪は乱れてこそいるものの月下に艶《つや》めいている。血の気の引いた肌は透き通るように白く、戦慄《おのの》く細い手には黒い短銃が握られていた。

「随分と物騒な物を持っているな。先ほどの銃声はお前か？」

ぐいと一歩踏み出し、江藤は強い口調で問い掛けた。女は小さく叫び声を上げて銃を放り投げた。

「何があった。名はなんと云う」

漸く刀から手を離した本城は、女の細い肩をがしと摑む。女は震えながら沖牙由羅と名乗った。

江藤は彼女が落とした短銃を拾い上げる。回転式の弾倉には、一発分抜けた六発が充塡されていた。銃身に顔を近付けると、硝煙の臭いが鼻を突いた。

「重要な証拠だ、君が預かっておき給《たま》え。さあ沖牙という女よ、現場へ案内するんだ」

本城に短銃を押しつけると、江藤は由羅の手を引っ張って門を潜《くぐ》る。

「お待ちを、いま部下を呼びます」

二人の後を追いながら、本城は呼び子を鋭く吹き鳴らした。

江藤たち三人と駆けつけた邏卒二名の計五人で現場となった座敷へ向かう。

「此方《こちら》です」

沖牙由羅の案内で辿《たど》り着いた座敷には、洋燈に照らされて二つの屍体が転がっていた。仰向けで上半身を覗かせる壮年の男の屍体と、大の字で倒れる男の屍体。共に屍体は血に塗れ、畳や布団もべったりと汚れている。

「五百木辺殿ではないか」

一方の屍体を覗き込んだ本城が大声を上げた。

「府の役人か？」

「市政局次官の五百木辺典膳殿です。参ったぞ、これは大事だな」

狼狽《ろうばい》する本城を余所に、江藤は由羅を見る。

「お手前は奥方かね」

「違います」

座敷の隅で震える由羅は、蚊の鳴くような声で答えた。

府庁へ走るよう本城が命じているのを傍耳《かたみみ》に、江藤は屍体の検分を始めた。左胸には深い刀傷が一つ、斬られたというより刺されたような痕である。まず間違いなくこれが致命傷だろう。胸の上には、傷を探るように左手が置かれていた。争った痕跡だろうか、煙草盆や薬罐が灰に塗れて壁際まで転がっている。

江藤は屍体の腰辺りに掛かったままの布団を捲った。布団は血を吸って随分と重い。臭いが更に濃くなる。

足音を立てて、廊下から黒い隊服姿の邏卒が駆け込んできた。本城に屋敷内の捜索を命じられていた男だ。

「江藤閣下、本城隊長、玄関脇の座敷でも娘が一人殺されております」

「日々乃だわ！」

由羅は叫び声を上げて、その場に頽《くずお》れた。

「そんな、日々乃まで殺されたなんて」

「直ぐ確かめに行く。手を触れるなよ」

立ち上がりながらそう命じた江藤は、男の屍体に目を移した。

男は酷く痩せている。年のほどは三十半ばか、かっと目を見開いた死に顔は何かに驚いているようにも見える。腰に鞘だけが残されており、抜き身は屍体の近くで掛布団に刺さったまま転がっていた。

「襖の開く音がして目が覚めたのです」

江藤や本城を見上げながら、由羅が震える唇《くちびる》で説明を始めた。

「顔を向けると、見覚えのない男が廊下に立っていました。叫び声を上げたのかも覚えておりません。ただ、目を覚まされた旦那様が半身を起こして銃を取り出すのと同時に、男も刀を抜いておりました」

「銃は何処《どこ》に仕舞ってあったのだ」

「そこの二段目です」

江藤の問い掛けに、由羅は白く灰に塗れた煙草盆を指した。

「助けを呼ばなければと思いました。ですが、賊の脇から這うようにして廊下へ出た時、後ろで旦那様の叫び声が聞こえたのです」

由羅は顔を伏せた。

「振り向くと、旦那様の胸を賊が刺しておりました。それで、その手から落ちた銃が私の目の前に転がって……」

「思わず撃ったと」

由羅は何も答えなかった。顔を伏せたままなので表情も窺《うかが》えない。江藤は腕を組んで再び賊の屍体に目を落とす。黒い着流しの左胸には、確かに血に濡れた銃創が認められた。江藤は床の間に寄る。流石《さすが》にここまでは血飛沫も飛んでいない。

飾られた太刀を一瞥《いちべつ》する江藤の背後で怪訝《けげん》な声が上がった。

「こいつは四ノ切⁉」

顔に似合わぬ素《す》っ頓狂《とんきょう》な叫び声を上げて、本城が屍体の側に寄る。

「何だ、賊もお前の知り合いなのか」

江藤の呆れた声に、本城は慌てた調子で頭を振る。

「この男、昨年の四月に監獄舎から脱走した徳川残党の人斬り、四ノ切左近に間違い御座いません！」

三

翌日、由羅は縁側に膝を折り、早春の庭をぼうっと眺めていた。赤い花がほころぶ梅の枝では、鶯《うぐいす》が朗らかに啼《な》いている。

平穏な庭の様子とは対照的に、背後からはどたどたと動きまわる足音が聞こえてくる。調査を続ける邏卒に交じって、五百木辺の家から遣わされた男たちが汚れた畳の後片付けをしているのだ。

五百木辺と日々乃の屍体は、早朝の内にそれぞれの家へ運ばれていった。左近の屍体は邏卒が運び出したが、行き先までは由羅も知らない。五百木辺の本家からは先ほど家令を名乗る男がやって来て、数日の内に屋敷から出て行くようにと金を置いていった。

終わった。由羅は小さく息を吐く。しかしその胸には、大仕事を終えた達成感も、犯した罪への懼《おそ》れも不思議と一切ない。気怠い満身のなかで、ただ心中だけが荒涼としていた。

温かな風が由羅の頰を撫でる。庭先に目を遣ると、苔《こけ》むした地面に白い桜の花が落ちていた。自然と左近の事が思い出され、由羅はそっと目を閉じた。瞼《まぶた》の裏に浮かぶのは、左近の最期の姿である。左近は驚愕に顔を歪《ゆが》め、ゆっくりと倒れていく。呻く声で果たして何と云ったのか、由羅には分からない。

「兄さん」

ゆっくりと目を開く。白く柔らかい春の陽差しは、由羅には少し眩し過ぎた。

四ノ切左近は、由羅の父が開いた伏見の町道場に通う若侍の一人だった。筋が良いという事で父から目を掛けられ、沖牙家にも頻繁に出入りをしていた。

幼い由羅にとって、十近く歳の離れた左近は初め近寄り難かった。左近の事で今でも思い出すのは、埃《ほこり》舞う道場で汗の玉を飛ばしながら稽古に励む姿であり、激しい掛け声と共に相手を打ち据える姿だった。

由羅とて武家の娘である。幼い時分から四書五経を学び、薙刀《なぎなた》も習っていた。決して蝶よ花よと育てられた訳ではないが、その由羅も気後れするほど、左近の稽古は激しいものだった。

重ねて左近は元来寡黙な質《たち》だった。今思えば師の娘にどう接してよいのか左近は左近で思い倦《あぐ》ねていたのだろうが、四六時中難しい顔をした左近を、由羅は避けるようにしていた。

そんな左近の印象が由羅のなかで変わったのは彼女が九つの時。飢えた野良犬が庭から沖牙の屋敷に上がり込む騒動がきっかけだった。

目を血走らせた狂犬は屋敷中を暴れ回り、遂には女中によって奥の座敷に匿《かくま》われていた由羅たちの元まで躍《おど》り込んできた。抱き合いながら震える由羅と女中に、黒く大柄な犬は牙を剝《む》き飛び掛かる。刹那《せつな》、もう一方の襖が開き、一本の木刀が矢のように飛んだ。駆け付けた左近が投げ付けたのだ。切っ先で横腹を強《したた》かに打たれた犬は、悲鳴を上げて飛び退《の》いた。左近は素早く木刀を拾うと、再び襲い掛かる犬の頭目掛けて真っ直ぐに振り下ろした……。

全てが一瞬の出来事だった。由羅が呆然と見詰める先では、頭を割られた犬の死骸を前に、左近は片頰に血の滴を飛ばして黙然と佇《たたず》んでいた。

「無事で良かった」

左近は由羅を見遣ると、座敷から出て行った。なんて強い人なんだろう。由羅は心の底から思った。由羅に流れる武家の血がそんな思いを抱かせたのか。左近の背を見送る由羅の心に浮かんだのは、揺るぎない畏敬の念だった。

由羅が左近の印象を改めたのはその一件以降である。由羅は彼に、思慕や恋情より、むしろ憧憬に近い感情を抱いた。敬意を持って左近と接するようになり、彼も不器用ながら由羅に剣の手ほどきをするようになった。そうして由羅のなかで左近は、いつしか強く逞《たくま》しい兄へ変わっていった。

その後、左近は東町《ひがしまち》奉行所の番方に勤め、同心として京の安寧《あんねい》のために昼夜を問わず働いた。由羅も年頃の娘となり、そろそろ縁談をとなった頃——御維新が起きた。

徳川幕府崩壊の戦火は、由羅から何もかも奪っていった。父と母は砲弾の火に焼かれ、家人たちも離散した。徳川の兵として出陣した左近の行方も杳《よう》として知れないまま、身寄りをなくした由羅は流転を重ね、この世が善人ばかりではないという事を身を以て知った。そして、元号が明治と変わる頃には、島原《しまばら》に身を堕としていた。

それから四年。五百木辺に身請けをされるまでの日々は、由羅も強いて思い出さぬようにしている。恥辱に塗れながら《ながら》も生き存えたのは、決して何か望みがあったからではない。死ぬ気力すら湧かなかったのだ。

木偶《でく》のように何もする気が湧かないのは、五百木辺の妾となってからも変わらなかった。由羅の心はふやけたように何も感じない。喜怒哀楽の全てがすっぽりと抜け落ち、胸中に浮かぶのは在りし日の情景だけだった。父の姿、母の笑顔、家族の団欒《だんらん》、そして逞しい左近の後ろ姿。

由羅は一切を受け容れていた。否《いな》、抗う事を諦めていた。こうして、砂を嚙むような日々が老いさらばえるまで続くのだろうと思っていた。去年の春先の晩、左近と再会するまでは——。

「あのう」

背後から聞こえる遠慮がちな声が、由羅を回想から引き戻した。振り返ると、廊下には若い下男が立っていた。

「邏卒の旦那たちが玄関にいらしてやして、また話を聞きてえって」

由羅は立ち上がる。

「客間へお通しして頂戴」

「お待たせ致しました」

客間には二人の男が居た。昨夜と同じ二人組——確か額《ひたい》の広い方が江藤で、老《ふ》け顔の方が本城と云ったか——である。江藤は昨夜と変わらず羽織に袴だが、本城は黒い隊服姿に着替えている。

「この度はとんだ事でしたな。少しは落ち着かれましたか」

由羅が相対するように腰を下ろすと、本城が口火を切った。

「ええ、まあ」

厳《いか》つい顔に似合わぬ丁寧な口調を、由羅は少し意外に感じた。

「お疲れのところ申し訳ないが、二つ三つ確認させて貰いたい事がありまして」

「私にお答え出来る事でしたら」

では、と本城は膝を進める。

「賊の事なのだが、奥方は」

「沖牙で結構でございます」

由羅はぴしゃりと遮った。本城は少し面食らった顔になる。

「これは失敬。では沖牙殿、貴女は賊である四ノ切の事をご存じか」

「いつでしたか、旦那様の口から伺った事が御座います。謀叛《むほん》を企てた廉《かど》で捕えられ、しかし六角獄舎から逃げ出したのでしたか」

本城は頷く。

「元は奉行所の同心だったが、徳川方の兵として出陣した鳥羽伏見での敗走ののち、同じ徳川の残党と共に仇討ちと称して京都太政官の面々を斬って回った大罪人です」

本城の隣で煙管《きせる》を吹かしていた江藤が、そこで漸く口を開いた。

「京で蜂起して戦の端緒を開こうとした連中は、当時弾正台京都支台に勤めていた五百木辺典膳の指揮の下、その大半が捕らえられた。多くはそのまま監獄舎送りになり斬首、若《も》しくは牢内で嬲り殺され、一派は文字通り壊滅する事となる」

江藤はじろりと由羅に目を向け、薄い煙を細く吹き出す。

「その時は逃げ果《おお》せた四ノ切も、翌明治四年の冬に逃亡先の松《まつ》ヶ崎《さき》村で遂に捕縛される。既に弾正台は解体されていたが、執念深い五百木辺は取り調べに名乗りを上げたそうだな？ その結果、四ノ切は拷問に次ぐ拷問で殆《ほとん》ど半死の状態まで追い込まれた。……しかし、生への執着とは恐ろしいものだ。四ノ切は隙を突いて獄卒二名を縊《くび》り殺し逃亡。とは云っても、既に満身創痍であって、逃げたところで野垂れ死ぬだけだと思われていたようだが、しぶとく生き延び復讐の機会を探っていたのだろう」

由羅は顔を伏せ、左近と再会した夜の事を思い出す。

粘っこい春の闇を裂いて、日々乃の悲鳴が響き渡った。

自室で漢書に目を通していた由羅は驚き、急ぎ庭へ出て声の聞こえた納屋へ向かった。そこでは一人の男が、蒼白な顔で立ち竦《すく》む日々乃の喉元に尖《とが》った枝先を突き付けていた。それが、左近だった。

初めは、由羅もその男が左近と気付かなかった。髪や髭が伸び、黒く汚れた凶暴な顔付きに、かつての面影はなかった。殺される、と由羅が息を呑んだ時、男の血走った目が大きく見開かれた。

「由羅」

掠れきってはいたが、その声には聞き覚えがあった。力尽きたように頽れていく目の前の男が何者か理解しながら、由羅は血の気が引いていくのを確かに感じていた。

後日分かった事だが、左近も由羅が居ると知って忍び込んだ訳ではなかった。闇夜に紛《まぎ》れ半死半生で逃亡する最中、意識が途切れる寸前で忍び込んだのが、この屋敷だったのである。

五百木辺がいつ訪ねて来るかも分からないので、屋敷に上げる事は出来ない。日々乃には先の戦で生き別れた実兄と説明して布団などを用意させ、納屋に匿いながら由羅は看病を続けた。行方の知れなかった間の事を訊《たず》ねようにも、左近は長らく目を覚まさなかった。医者を呼ぶ事も出来ず、由羅にとっては、ただ不安を募《つの》らせる日々が続いた。

事態が急変したのは、左近との再会から七日程のちの事だった。

「監獄舎から罪人が一人逃げ出してな。まったく忌々《いまいま》しい」

酌《しやく》をする由羅に、五百木辺がそう零《こぼ》した。

「旦那様がお取り調べになった者ですか」

銚子《ちょうし》を傾《かたむ》けながら五百木辺の顔を窺う。苦い顔で頷く五百木辺に、由羅は得心がいった。この数日、五百木辺は妙に落ち着きなく苛々していた。豪傑を装いながら根が小心者のこの男は、脱獄囚からの復讐を恐れているのだ。

普段の五百木辺は、由羅のいる屋敷には週に二、三度しかやって来ない。しかしここ数日は、毎晩のように由羅の元を訪れている。左近の存在が知られるのではと由羅は肝を冷やしていたのだが、漸くその理由が分かった。本宅に居るより、あまり知られていない妾宅の方が安全だと五百木辺は判断したのだろう。それなら筋が通る、と由羅は醒めた眼差しで五百木辺の横顔を見詰めていた。

由羅の考えている事なぞ露知らず、五百木辺は乱暴に盃《さかずき》を干す。

「政府に楯突く大悪人だ。徳川の残党で四ノ切左近と云うのだが」

危うく銚子を落とすところだった。びくりと肩を震わせた由羅を、五百木辺は不審げに見る。

「……変わった名前ですね」

素っ気なく答えながらも、由羅は早鐘のように胸打つのを確かに感じた。

その後、五百木辺が寝入ったのを確認した由羅は納屋へ向かった。

「由羅」

左近は目を覚ましていた。高窓から漏れ入る月明かりの下、何とか半身を起こそうとする彼に由羅は駆け寄り、そっと腰に手を添えた。

「お久しゅう御座います」

伝えたい事、訊きたい事は山ほどあった。しかし咄嗟に出たのはそれだけだった。左近は顎を引き、深く頷く。

「お伝えせねばならぬ事が御座います」

由羅は口早に云った。

「ここは五百木辺典膳の屋敷です。兄さんならその意味はお分かりでしょう」

左近が目を大きく見開いた。

「由羅、お前若しやあの男に」

「私の事などどうでも良いのです。ここは危険です、直ぐにお逃げ下さい」

左近は立ち上がろうとする。その形相に、由羅も慌てて腰を浮かした。

「兄さん、いったい何を」

「五百木辺を斬る。刀を寄越せ」

蒼白な顔で左近は呟く。由羅は腕を強く引いた。

「何を仰《おっしゃ》るのです。まだ怪我も癒《い》えきっていないのですよ」

左近は蹌踉めき、壁に手を突いた。どんと納屋が揺れる。由羅は身を強張らせた。

左近は壁に寄り掛かったまま、荒い息を吐いている。彼の額に浮かんでいる玉のような汗は、決して春夜の暑気だけが原因ではないだろう。

「お願いです。今は一先ずここを出て、何処かにお隠れ下さい」

声を押し殺して懇願する由羅に、左近も遂に頷いた。


「五百木辺は近々、民部省に転籍する事になっていたそうだな」

江藤の問いに、由羅は面《おもて》を上げた。

「ええ、大層悦《よろこ》んでおいででした」

「五百木辺の転籍は一部の者しか知らされていなかった。何者かがそれを四ノ切に伝え、奴もこの機会を逃してはならぬと決心し此度《こたび》の事件が起きたのかも知れないな」

全く以てその通りだ、と由羅は心のなかで頷く。

「納屋に食い止《さ》しの握り飯と酒が残されていた。共に新しく、徳利はこの家の食器棚から持ち出された物だった。これらに心当たりは？」

由羅は頭を振る。

「それらが四ノ切に供された物ではないかと我々は考えている。つまり、この屋敷の何者かが、裏で四ノ切左近と通じていたという事だ。四ノ切に転籍の事実を伝えたのも、恐らくその者だろう」

「日々乃が、ですか」

由羅はさも自然に驚いてみせた。

「そんな莫迦《ばか》な。何て事を仰るのです」

戸惑う由羅をじっと見詰めながら、江藤は再び紫煙を吹き出す。

「勿論《もちろん》まだそうと決まった訳ではない。どうだろう、お手前から見て、あの娘に怪しい素振りはなかったか。例えばそうだな――妙に外出が多いとか、男の影を纏《まと》っていたとか」

由羅は考える振りを見せ、頭を振った。屋敷を出て洛西仁和寺《にんなじ》街道沿いの廃寺へ身を隠した左近に、由羅は日々乃を遣って金や食糧を届けさせていた。恐らく日々乃は道中で姿を誰かに見られているだろう。人伝《ひとづて》にそれを聞いたとここで証言すれば、彼女への嫌疑は深まるかも知れない。しかし、出過ぎた真似は足元を掬《すく》われるもとだ。由羅はそう考えて自制した。

しかし、江藤の返答は予想外のものだった。

「私もおかしいと思う。あの日々乃と云う女中が四ノ切の協力者だと考えると、どうにも辻褄《つじつま》が合わんのだ。四ノ切は五百木辺を刺し、その後でお手前に撃たれて死んだ。とすると、四ノ切が日々乃を殺したのは当然五百木辺のそれより前という事になるが、これは少し妙だ。口封じに日々乃を殺すまでは分かる。しかし、それは五百木辺を始末した後でもよい筈だろう。迂《う》闊《かつ》に手を出して先に騒がれでもしたら、肝心の五百木辺暗殺に支障をきたす。そうなっては本末転倒だ」

「何か諍《いさか》いでもあったのではありませんか」

由羅はゆっくりと返す。そんな些細な事どうでもいいではないか。

「まあ、そんなところかも知れんな」

火皿の灰を煙草盆に落として、江藤は次の質問に移った。

「短銃についてだが、あれは五百木辺が護身用に買った物で違いないか？」

「以前東京で、長州のお役人様が数人の賊に襲われた事件があった事かと存じます。旦那様も剣の腕に自信はおありでした。しかし、その事件のように大人数が相手では不利だと仰って、伏見の商人を通じてお買い求めになったのです」

広沢《ひろさわ》参議の事件かな、と江藤の後ろに控える本城が呟いた。

「それにしても」

指先で刻み煙草を丸めていた江藤が、手元に目線を落としたまま由羅に話し掛ける。

「女の腕で正確に胸を撃ち抜くとは大したものだ」

何気ない口調だが、ちらりと見遣った江藤の目の鋭さに由羅は気付いていた。そうですね、と由羅は素っ気なく返す。

「旦那様手ずから、幾度かこの庭で教えて頂きましたから。物騒な世情ゆえ、お前もこれぐらいは使えるようになっておけ、と」

元々は五百木辺の射撃自慢に付き合わされていただけだったが、左近の殺害を決めてからは、由羅自ら申し出て射撃の練習を重ねるようになった。当初は五百木辺も訝《いぶか》しんでいたが、いざという時に主人の身を護れるようにという由羅の云い分を聞くと、成る程と嬉しそうに頷いていた。

「あの晩は、目の前に短銃が転がってきたので無我夢中で賊を撃ったと云っていたな」

「左様で御座います」

「という事は、お手前は腰を落としたまま四ノ切を撃った訳だ」

由羅には江藤の質問の意図が分からなかった。

「ええ、立ち上がる余裕はなかったと思いますが」

左近に向けて引金を引いた時、由羅は確かに立っていた。しかし、這って逃げたと答えた手前、途中で立ち上がってはおかしい。

それは妙だな、と雁首《がんくび》を炭火に近付ける江藤の目が光った。

「銃弾の向きが合わん」

由羅を見据えたまま、江藤は煙管を咥《くわ》える。

「四ノ切の屍体は直ぐに腑分けをさせた。その結果分かったのだが、銃弾は左胸から背の近くまで一直線に撃ち込まれていたらしい」

「……仰る意味が分かりませんが」

「四ノ切の正面に立って撃たないと、銃弾の軌道は真っ直ぐにならない」

由羅は言葉を失った。江藤はゆっくりと煙を吐き出す。

「お手前の云う通り腰を落とした状態で撃ったのなら、弾は胸から斜めに入り込む筈だ。しかし、屍体に残った痕は違う。発砲から屍体発見まで何者かが細工をする暇もない。つまり、お手前は腰を落としたままではなく、立ち上がって狙いを定めてから四ノ切を撃った訳だ。大したものだな、随分と肝が据わっているじゃないか」

「そうとは限らないでしょう」

由羅は真正面から江藤を見詰め返す。

「私が銃を撃った時、賊の男も前屈みにこちらを向いていたのなら、弾は真っ直ぐ撃ち込まれるかと思います」

「では四ノ切は前屈みだったのか？」

追い被せるように問い返す江藤に、由羅は微笑《ほほえ》んでみせた。

「覚えておりません。ですが、屍体の傷が真っ直ぐだったと仰るのなら、そうなのではありませんか？　だって私は腰を抜かしていたのですから」

由羅と江藤の視線が虚空でぶつかる。江藤の後ろで本城が何か云おうと口を開き掛けた時、江藤は唐突に立ち上がった。

「確かにお手前の云う通りだ」

江藤はそのまま由羅に背を向ける。

「邪魔をしたな。また色々と確かめさせて貰うかも知れんが、これも全て捜査のためだ。悪く思うな」

江藤の後を本城が慌てて追い掛ける。由羅は二人が出ていくのを確認して、小さく息を吐いた。その時、

「一つ訊き忘れていたが」

廊下から江藤がぐいと顔を覗かせた。

「お手前の顔には見覚えがあるのだが、以前に何処かで会ったろうか？」

由羅はじろりと其方《そちら》を睨む。

「……今回が初めてかと思いますが」

「なら本城とは？」

「初めてお会いしました」

柳眉《りゅうび》を顰《ひそ》める由羅に、江藤は結構と真顔で頷き、今度こそ歩み去っていった。

由羅は目を閉じ、再び息を吐きながら平静な顔に戻ると、軈《やが》て何事もなかったかのような顔で立ち上がった。

四

「江藤先生、よろしいのですか」

冠木門を潜り通りへ出る江藤の背に、本城が声を投げ掛けた。

「あの女が何か隠している事は間違いありません」

「そんな事は分っている。だが、真逆《まさか》ああも物怖じなく返すとは思わなかったのだ」

江藤はすたすたと足を進める。

「二、三の揺さぶりを掛ければ直ぐにでも襤褸《ぼろ》を出すだろうと思っていたが、なかなかどうして手強い女じゃないか」

「私にはこじつけにしか聞こえませんでしたが」

「それでも一応筋は通っている。咄嗟に思いついたにしては悪くない」

本城は憮然《ぶぜん》とした顔で腕を組んだ。兎《と》に角《かく》、と江藤は手を打ち鳴らす。麗《うらら》かな青空に高い音が響いた。

「迂闊に此方の手の内を明かすのも得策ではない。なに、鹿野君が戻るまでまだ間はある。じっくりと他の手を考えれば良い」

事件から一夜が明け、五百木辺暗殺の凶報は府庁を大きく揺るがしていた。

市政局は山城《やましろ》一国の訴訟検断や警察業務を管掌《かんしょう》する機関であり、五百木辺はそこの次官であった。知事や大参事にも次ぐ役職の男が殺されたのだから、騒動になるのも無理はない。況《ま》してや、下手人が監獄舎から逃げ出した徳川の残党であって、更には捕縛前に撃ち殺されていると云うのだから当然である。

速やかな真相解明と事態の処理が叫ばれるなか、江藤は誰よりも速く行動を起こしていた。

左近の屍体が府庁に運ばれるのを見送ってのち、江藤はその足で府知事である長谷信篤《ながたにのぶあつ》の屋敷へ向かった。そして報《しら》せに動揺する長谷を説き伏せ、考える暇《いとま》すら与えずに捜査権を掠め取ったのである。

「乗りかかった船だ。それに、鹿野君に恩を売るのも悪くない」

早暁《そうぎょう》の長谷邸を辞する際、江藤は本城にそう語った。府の高官たる五百木辺が殺された今回の事件は、本来ならば司法顧問が扱うべき事件である。既に師光がいる伏見に向けて早馬が送られていたが、其方の案件を片付けない事には彼も戻る事が出来ないだろう。

更に、江藤は五百木辺の出自にも注目した。五百木辺は元々、弾正台京都支台に籍を置いていた。つまり、師光の施策に何かと難癖をつけている旧弾正台の一派も、この事件の成り行きには大きな関心を寄せている筈なのだ。事件を解決する事が出来れば、後々の話し合いを有利に進められるかも知れない——江藤はそう考えたのである。

府庁に戻った江藤と本城は、そのまま物置部屋の一つに入った。左右に高い棚の据えられた十畳程の板張りの間である。中央には茣蓙《ござ》が敷かれ、その上には黒褐色に変わった血染めの布団や短銃、左近の太刀など、現場から運ばれた証拠品の数々が並べられていた。立ち籠める異臭を物ともせずに、江藤は茣蓙の縁を歩きながら一つ一つを見て回る。

「これが四ノ切の懐にあったのだな?」

その場で膝を突き、茣蓙の隅に固められている一群に手を伸ばした。並んでいるのは擦《す》り切れた紙入れと矢立、それに手垢染みた印籠《いんろう》の三つである。印籠を拾い上げて覗くと、なかには黒い丸薬が十個程固まっている。紙入れの方には十数枚程度の汚れた懐紙が束になって仕舞われていた。

「玄関脇の女中部屋から五百木辺の殺されていた寝所までの廊下に血の跡はなかったな？」

印籠を戻しながら江藤が問うた。

「はい、見付かっておりません」

「ならば屋敷内に紙は捨てられていたか？」

懐紙だ、と江藤は振り向く。

「血の着いた懐紙が、女中部屋の屑籠《くずかご》や他の場所から見付かってはいないか」

「今の所、そんな報告は入っておりませんが」

「よく調べさせろ」

本城は足早に退出した。江藤は立ち上がり、血染めの布団に近寄る。折り畳んで並べられた敷布団と掛布団が三組。五百木辺、由羅、それに日々乃の物である。

手近にあった由羅の掛布団を広げてみる。じろりと満遍《まんべん》なく見廻した江藤の目は、或る一点で止まった。黒褐色の染みに紛れて見えにくいが、掛布団の上部には小さな穴が空いている。

「四ノ切の刀が刺さった跡か」

そう呟いた江藤は、掛布団を戻すと今度は敷布団に手を伸ばした。

敷布団を広げて見るが、穴は見当たらない。江藤は広げた敷布団の上に掛布団を重ね、例の穴を覗いた。下に見える敷布団の白い生地には、糸の解《ほつ》れひとつ見当たらない。

江藤の眉間《みけん》に皺《しわ》が寄る。掛布団の穴は、撃たれた衝撃で左近の手から落ちた刀が開けたものだ。しかし、冬用の厚い掛布団を貫く程の勢いにも拘わらず、下の敷布団には一切の傷が見当たらない。江藤はその差異が気になった。

ふむと唸《うな》りながら立ち上がった江藤は、そこで初めて五百木辺と由羅の掛布団が同じ柄である事に気が付いた。今までは血の汚れで気付かなかったが、柄が同じならば、即《すなわ》ち入れ替えが可能という事になる。

「掛布団が入れ替えられているとすれば、これは沖牙の物ではなく、本来五百木辺が使っていた物という事になる。元々刀傷があったのは五百木辺の掛布団だった。その状態を隠すため、何者かが掛布団を交換した。……ああそうか」

布団を掛けた時、穴の位置は丁度胸の辺りにある。江藤には掛布団に弄《ろう》された仕掛けが見え始めてきた。

「下手人が隠そうとしたのは、五百木辺の掛布団に空いた穴。そしてそれが示す『五百木辺典膳は寝込みを襲撃された』という事実だ。胸を一刺しされた五百木辺が布団のなかで息絶えたとすると、当然銃を取り出す暇なぞなかった筈。そしてそれは、奴の証言と大きく食い違う事になる」

満足そうに呟きながら再び目線を落とした江藤は、穴の穿《うが》たれた掛布団の隅に奇妙な血痕を見つけた。短い帯のように二箇所が汚れていて、その汚れは鏡で映したように全く同じ形をしている。江藤は残り二つの掛布団も検め、日々乃の物にも同じ跡が残されている事を認めた。より詳しく確かめようと掛布団を摑むと、小さな欠片《かけら》のようなものがぽろりと落ちた。布団を脇に置き、膝を折って指先で摘み上げる。

酷く萎《しな》びた茶褐色の屑だった。布団の血が固まるのに併せてこびり付いていたのだろうか。指で押せばふにふにと柔らかく、掌の上に載せてみると薄く楕円の形に広がった。桜の花片だ。

江藤は五百木辺邸の裏庭の様子を思い出す。納屋の脇の高い塀越しには、隣家から大振りな桜の枝が伸びていた。納屋から勝手口に向かう途上で、四ノ切の衿にでも紛れ込んだのだろうか。

「お待たせしました」

本城が足早に戻ってきた。江藤は萎びた花片を戻して立ち上がる。

「一応再度の捜索を命じましたが、矢張り、血の着いた紙類はなかったと部下も申しております」

「本城、これを見ろ」

江藤は日々乃の布団に残された例の血痕を指し示した。本城は近寄り、怪訝な顔で見下ろす。

「これは……刀の血を拭った跡ですか」

「四ノ切は懐紙を持っていた。しかし、どういう訳か刀身を拭うのに布団を使っている。そして更に不可解な事に」

江藤の指先が横の掛布団に向けられる。

「同じ跡が五百木辺の布団にも残されている」

物問いたげな本城を無視して、江藤は莫蓙の周囲を歩き始める。俯《うつむ》きがちに歩き回る江藤は、頭のなかで様々な事件の要素を吟味し検討を繰り返していた。

「あの、江藤先生」

ぶつぶつと呟きながら徘徊を続ける江藤に、本城が躊躇いがちに声を掛けた。

「実はもう一つご報告する事が御座いまして。伏見の鹿野殿より、先生宛ての文が届いております」

江藤は弾かれたように顔を上げた。慌てて本城の側に駆け寄ると、彼が携えていた紙片を引ったくった。

事件の捜査をお願いしたい――挨拶も抜きに、師光は冒頭からそう書き認《したた》めていた。これは本来ならば司法顧問が扱うべき案件ですが、伏見の事件が思いのほか長引いており、まだ戻れそうもありません。かと云って高官の暗殺事件を放置する事も出来ず困っていたところ、幸い江藤さんが京都に出張中と小耳に挟みました。しかも事件の第一発見者だそうじゃありませんか。もし良ければ、私の代わりに捜査の指揮を執って呉れませんか。尤も、江藤さんが出るとなれば当然騒ぐ連中もいるでしょう。ですが、責任は全て鹿野師光が取ると云えば奴らも文句は云えない筈。お手間を取らせて申し訳ないですがどうかよろしく頼みます云々《うんぬん》。

「鹿野殿は何と？」

本城の声に、江藤ははっと顔を上げた。

「……伏見の事件の処理に手間取っているらしい。直ぐには戻れないから、代わりに事件の調査を頼むと書いてある」

素っ気なく答え、紙片を本城に押し付ける。

「私は少し部屋で考える。何か新しく見つかったら報告に来い」

強張った顔で、江藤は物置部屋を出る。足早に廊下を進む江藤の頭のなかで、事件の事は既に片隅に追い遣られていた。

かつて己に向けられた、驚愕と絶望の綯《な》い交ぜになった師光の眼差し。ただそれだけを江藤は思い出していた。

五

薄曇《うすぐも》りから射す陽光のなか、舞い散る桜は雪のように白い。黒髪に咲く花片を払い落とそうともせず、由羅は黙って花の散る様を見上げていた。

事件から二日を経たが、この屋敷を出てからの事は未だ何も決めていない。落ち着きを取り戻しつつある日常は仮初《かりそ》めに過ぎないという自覚は由羅にもあったが、だからと云って何か行動を起こす気力は既になかった。

しかし、入れ替わり立ち替わり屋敷を調べ廻っていた邏卒の数は着実に減ってきている。漸く只の暗殺事件という事で落ち着いたのだろうか。あの江藤とかいう男は油断ならない気配を漂わせていたが、幾度己の計画を思い返してみても、由羅には何か決定的な手落ちがあるとは思えなかった。唯一の気掛かりだった寝所の太刀も、昨晩、邏卒が皆帰ったのちにしっかりと研いでおいた。白刃には最早《もはや》一抹の曇りもない。

つむじ風が地表の桜を舞い上げた。ひらひらとはためく袖を押さえ、由羅は髪に手を遣る。摘み取った薄桃色の花片を眺めていると、由羅は急に胸の底が重たくなるのを感じた。全てが虚しく、自ら胸を引き裂いてしまいたいような感情が頭を擡《もた》げ始めた。

「あの奥様」

背後から由羅を呼ぶ声が聞こえた。振り向くと、そこには繋ぎで雇った女中が困惑した顔で立っている。

「奥様に御用がおありと云って、司法省のお役人様がお越しなのですが」

あの男だ。由羅は乱暴に花片を投げ棄《す》てた。

江藤新平は奥の寝所で腕を組み、開け放たれた障子から東の庭を眺めていた。本城や邏卒の姿は見当たらない。歩み入った由羅は膝を折り、江藤の前に正座する。取り替えられたばかりの畳は青々として、真新しい藺草《いぐさ》の香りがした。

「また何かお調べにいらしたのですか」

「如何《いか》にも」

腕を解き、江藤は由羅の方を向く。

「上手くいけば下手人を捕えられるかも知れない」

由羅は小首を傾げる。

「聞き間違いでしょうか。賊はもう死んでいる筈ですが」

「三人を殺したのはお手前だろう」

江藤は静かに云った。由羅はじろりとその姿を睨み上げる。

「失礼ですが、何を仰っているのです」

「今回の事件を企てたのはお手前だ。違うか？」

莫迦莫迦しい、と由羅は立ち上がる。

「申し訳御座いませんが、斯様《かよう》な世迷い言に付き合っている暇は御座いません。失礼させて頂きます」

「私は今まで、お手前が四ノ切と通じ合っていたのだろうと考えていた。四ノ切に日々乃と五百木辺を殺させた上で、用済みとなった奴を銃殺したのだ、と」

寝所を出ようとする由羅の背に、江藤は語り続ける。

「前にも説明した通り、納屋に残された食糧から見て、この屋敷に四ノ切の協力者が居たのは相違なかろう。しかし、日々乃が通じ合っていたと考えた場合、殺された順序の辻褄が合わない。更に、彼女が自室で殺されていた事も気に掛かる。口封じのためなら、それこそ納屋で襲えばよい。機会は何度もあった筈だ」

「たったそれだけの理由で、私があの男に二人を殺させたと仰るのですか」

呆れた顔で振り返った由羅に対して、江藤は首を振る。

「日々乃も五百木辺も四ノ切が殺したのではない。二人を殺したのはお手前だ」

淡々とした江藤の口調に、由羅は咄嗟に何も返せなかった。江藤は座敷内を歩き始める。

「四ノ切が下手人だとすると、殺されたのは日々乃、五百木辺の順になる。問題となるのは、日々乃を刺殺して女中部屋から出た後の事だ。廊下に血痕は残っていなかった。つまり奴は、日々乃を殺した際に付着した刃の血を拭き取り、鞘に収めた状態でこの座敷へ来た事になる。まあ当然だな。そのまま鞘に戻せば、血が固まって次に抜く時に差支える。武士として至極真っ当な事だろう。そして、四ノ切は懐紙の束を持っていた」

「それが何だと――」

由羅の言葉が止まった。その隙を突いて江藤は言葉を繋ぐ。

「この屋敷内で血の着いた懐紙は一枚も見付からなかった。代わりに、日々乃の掛布団から血を拭った跡が見付かったのだ。さてこれは一体どういう訳だろうか。どうして四ノ切は懐の紙を使わずに、わざわざ布団を選んだのか」

「手近にあったからではないのですか。気に掛ける程の事とは思えません」

他の血痕に紛れるだろうと高を括っていたのが仇《あだ》になったか。しかし今更後悔しても遅い。

「日々乃の場合は兎も角として、問題は五百木辺の布団にも同じ跡が残されていた事だ。四ノ切は五百木辺を刺した直後、お手前に撃ち殺された。当然刀を拭う暇などなかった筈だろう」

つまり、と江藤は指を二本立てる。

「考えられる事は次の二つ。日々乃を殺し、次いで五百木辺を殺した四ノ切は、偶々《たまたま》手近にあった布団で刀を拭った後に撃ち殺された。若しくは、四ノ切ではない懐紙を持たぬ者が刀を振るって二人を殺した……。前者の場合お手前は四ノ切を撃った事に関して偽りの証言をしていた事になり、後者の場合その下手人はお手前だという事になる」

由羅は嘲る調子で笑った。

「くだらない。落ちた刀が布団の上で転がって、偶々そんな跡が残ったかも知れないではありませんか」

「そんな云い逃れが通用すると思うのか」

「そうではないと、どうして云い切れるのです?」

小首を傾げる由羅を、江藤はじっと見詰め返す。

開け放たれた障子から、涼やかな風が流れ込んできた。静けさを縫《ぬ》って、小鳥の囀《さえず》りが遠くに聞こえている。

「四ノ切は何も知らされていなかったのだろう」

江藤の低い声が沈黙を破った。

「五百木辺と日々乃を殺し、お手前はその足で納屋に潜む四ノ切を迎えに行った。五百木辺を斬るつもりの四ノ切は勇んでこの座敷へ躍り込み、そして屍体を見つける。お手前は、驚く四ノ切の胸を短銃で撃った」

口元に笑みを浮かべたまま、由羅はゆるゆると首を振った。

「確かに筋は通っているかも知れませんが、全ては江藤様が頭のなかでお考えになった事で御座いましょう？　私が本当に五百木辺と日々乃を殺したと仰るのなら、その刀は何処にございます」

江藤は床の間にある太刀を指した。

「真逆、その太刀を使ったとでも仰るのですか」

「違うのか」

「呆れた。でしたらどうぞお調べ下さい」

由羅は冷たく云い放つ。江藤は黙って床の間に歩み寄り、鞘を摑んで持ち上げた。すらりと刀が抜かれる。江藤は高々と刀身を掲げ、切っ先からはばきまで素早く視線を走らせている。しかし、由羅の見る限り白々とした刀身には一抹の汚れもない。

「どうです、これでご満足頂けましたか」

江藤は何も答えない。その視線はいつの間にか刀を外れ、手元の鞘に落とされている。

「……もう一度訊く。事件当夜、誰もこの太刀には触れていないのだな」

「勿論です」

「すると、これは一体どういう訳だ」

江藤が振り返り、由羅の鼻先にぐいと鞘を突き出した。

由羅は息を呑んだ。眼前の鞘は白く何の汚れも——否、目を凝らすと、白い鞘の地には同じく白色の紙切れのような物が貼り付いている。硬まった由羅を見据えたまま、江藤はもう片方の手を動かした。親指と人差し指でその切れ端をゆっくりと引き剝《は》がす。

脳天を殴られたような衝撃が由羅の全身を走った。桜の花片だ。そして、剝がされた花片の下には、真っ赤な汚れがはっきりと残っていた。

「そんな……」

暗闇で刀を振るう己の姿。刀身から白鞘へ飛ぶ一滴の血。銃声に遅れて倒れる左近。その身体から密かに舞い落ちる一枚の花片。絶句した由羅の脳裏を、幾つかの情景が早馬のように駆けていった。あの時、太刀は何処にあったか。そうだ、確か布団の脇に——。

「あの晩、血飛沫も床の間までは飛んでいなかった。況してや花片の付いていた側は、壁を向いていた。どう考えても、ここに飾られたままで血痕も花片も着く筈がない。事件当夜、この太刀は動かされていたのだ」

江藤は太刀を鞘に収め、床の間に向かう。由羅はその背を見るともなく、蒼醒めたまま立ち尽くしていた。何か云わなければと頭では考えるものの、開いた口からは震える吐息しか漏れてこない。どうして昨夜の時点で気が付かなかったのか。後悔だけが心に浮かんでいた。

「四ノ切と何処で知り合ったのかは知らんが、上手く使ったものだ」

江藤の声が遙か遠くに聞こえる。

「島原から身請けをされたそうだな。そんなに五百木辺が憎かったのか」

何も答えない由羅に、江藤もそれ以上は訊ねてこなかった。

「来い」

項垂《うなだ》れる由羅の腕を、不意に誰かが摑んだ。のろのろと振り返ると、隊服姿の本城が険しい顔で立っている。その脇には同じ隊服姿の邏卒が二名控えていた。

ぐいと腕を強く引かれ、由羅は思わず蹌踉ける。外に顔を向けている江藤が、低い声で本城の名を呼んだ。

「この女もこれで仕舞いだ。最後に紅ぐらい直させてやったらどうだ」

本城が目を見開く。江藤はちらりと由羅の顔を見遣った。

「尤も、お手前が望まんのなら別にいいのだがね」

本城は渋々といった態《てい》で腕を離す。由羅は江藤に向き直り、小さく頭を下げた。

「……お心遣い感謝します」

由羅が再び頭を上げると、江藤は変わらず由羅に背を向け、窓の外を眺めているようだった。

由羅は後ろ手に襖を閉めた。監視役の邏卒の舌打ちが、襖越しに聞こえる。由羅は覚束ない足取りで進み、小窓際の鏡台に向かって膝を折った。

鏡台に掛かった紫の覆いを取る。曇りのない鏡面に映るのは、紙のように白い己の顔である。

由羅は笑った。そんなに五百木辺が憎かったのかという江藤の問いが、由羅には可笑《おか》しかったのだ。

そうじゃない、と由羅は目を閉じる。由羅が本当に殺したかったのは五百木辺ではない、左近だ。由羅は、四ノ切左近を殺すために五百木辺典膳を利用したのだ。

「貴方は、もう昔の四ノ切左近ではなかった」

そんな呟きが、自然と口を突いて出る。再会を果たした夜の、痩せ細り刀を握る事すらままならぬ左近の姿を、由羅は心に思い浮かべる。あんな弱った身体では、五百木辺を斬る事など到底《とうてい》叶わない。由羅には、哀しいほどそれが分っていた。

「それなのに、どうして貴方は」

深く息を吐き、由羅は両手で顔を覆う。由羅は左近を――仮令《たとえ》その命を奪ってでも――止めなければならなかった。それは誰でもない、由羅自身のために。四ノ切左近が負ける事など、由羅には絶対に認められなかった。若しそんな光景を目の当たりにしたら――由羅にはそれが耐えられなかった。かつて左近が由羅に抱かせてくれた憧憬だけが、由羅の心を繋ぎ留める最後の楔《くさび》だった。それだけは、絶対に壊す訳にはいかなかったのだ。

己の身体がとうに限界を迎えている事は、左近にも分かっていた事だろう。しかし、左近の決意は揺るがなかった。それでも勝てると思っていたのか、それとも死に場所を仇敵の刃の下に求めていたのか。今となっては分からない。

由羅は幾度となく左近を宥《なだ》めた。しかし、五百木辺の上京が決まり、それを左近が知った時には何もかも遅かった。由羅の諫言《かんげん》にも一切耳を貸さず、遂にあの晩を迎えたのだ。

当然、左近だけを殺す事も可能だった。差し入れる食糧に毒を盛れば、事はもっと容易に済んだ事だろう。しかし、最期の願いを叶えてやろうという思いが由羅の胸にはあった。その手で五百木辺を斬る事は叶わずとも、傍目《はため》にそう思える状況で五百木辺を殺してやれば、あの男も少しは浮かばれる事だろう。最早左近は、その程度の情けを掛ける男としか由羅の瞳には映らなかった。

故に由羅は五百木辺を殺した。恨みがあった訳ではない。元より五百木辺には何の感情も持ち合わせていなかった。日々乃にまで手を掛けたのは、どうしても内通者の存在が必要だったからだ。

「……それでも、私は」

顔を覆っていた手を離し、由羅は鏡台の引き出しを開ける。

紅の塗られた小皿や水差し、漆塗りの小筆などの隣に、見慣れぬ紫色の包みが置かれていた。怪訝に思い包みを持ち上げる。その重量、そして布越しに感じる硬い手触りは覚えのあるものだった。真逆、と戦慄く指先で開いた布の合間からは、黒光りする短銃が姿を現した。

「どうして……」

見間違える訳がない。手元にある短銃は、あの晩、左近を撃ち殺すために使った短銃である。証拠品として押収された筈だ。何故ここに……？

襖から陰になるよう短銃を隠し、手元で弾倉を確かめる。弾薬は一発分だけ残されていた。銃把を握り締める手が、徐々に汗ばんでくる。由羅はそっと短銃を引き出しに戻した。右に置かれた紅皿や小筆。左に置かれた黒い短銃。それら二つを黙って見詰めながら、由羅は再び、己の犯した罪に思いを馳せた。

由羅は左近が許せなかった。自分が何よりも大切にしてきた胸中の左近を壊そうとする、目の前の左近が許せなかった。

かつての左近ならば、こんな無謀な企ては決してしなかった事だろう。自分の願いを、ああも冷たく撥《は》ね除《の》けはしなかった事だろう。由羅を絶望させたのは傷ついた左近の姿ではない。彼の心の荒《すさ》みきった様が由羅には哀しく、そして許せなかった。

だから殺した。在りし日の憧憬をこの手で護り通す事が出来れば、仮令主《あるじ》を失い再び島原に身を堕としたとしても、その誇りを胸に独りで生きていける。由羅はそう信じていたからだ。

それ故、由羅の胸には一片の後悔もない。確かにこの双手《もろて》は血に濡れた。それでも、己が誇《ほこ》りを護り通す事が出来たのだから何を悔いることがあろう。引金を引く際、由羅は一瞬も逡《しゅん》巡《じゅん》しなかった。左近を殺したあの晩、引金を引いたあの瞬間まで、由羅の心は決して揺らがなかった。

顔を上げ、由羅は小さく呟く。

「悔いはない」

寂しげに微笑む鏡面の己に、由羅はそう語りかける。

ゆっくりと伸ばされた手は、紅皿の方へ向かっていった。

六

「江藤さん」

江藤が振り返ると、茜《あかね》差す府庁の長い渡り廊下の向こうに、黒羽織に袴姿の人影が雨傘を携えて立っていた。

「鹿野君」

人影はぺこりと頭を下げる。

「先ほど伏見から戻りまして。本城さんから大まかな話は聞きましたよ。お手数を掛けましたね」

夕陽を浴びて、師光は黒と朱に染まっている。江藤は険しい顔で向き直った。

「沖牙由羅は、思った以上に従順な態度で受け答えしているようだ。これで事件も解決だろう」

「そりゃ何よりです。ところで、今回の一件を報告書に纏める上で確認したい事が二、三あるんですよ」今ここでちッとお訊ねしてもええですか？――

穏やかな笑みを浮かべたまま、師光は問い掛けた。江藤は表情を変えず、黙って頷く。

「ええと、江藤さんは殺害の順番を知った時点で、只の暗殺じゃアないって気付いとッたそうですね。沖牙の事はいつから怪しいと睨んどッたんです」

「最初からだ」

当たり前といった口調で答える江藤に、師光はほうと目を丸くする。

「最初ッちゅうと、屍体を発見した時からですか？」

「あの女と出会った時からだよ」

江藤は静かに訂正する。

「沖牙は門から出て直ぐ本城に助けを求めた。しかし、よく考えると、それは少し妙だ。どうして奴は、私と本城を五百木辺襲撃の一味だと思わなかったのだろうか？」

師光はああ、と得心いったように声を上げる。

「あの晩、本城は紋服姿だった。一目で邏卒と分かるような格好でなく、しかも門が開いた時の彼は柄に手を掛け抜刀直前の姿だった。そんな人影を見れば、普通は賊の一味と考えて逃げ出すものだろう。しかし、沖牙は迷わず助けを求めた。その時思ったのだ。若しかしてこの女は、賊には仲間がいない事を予《あらかじ》め知っていたのではないかとな。後で確認したが、沖牙と本城に面識はない。益々《ますます》怪しく思えた訳だ」

師光は手を叩いた。

「流石は江藤さん。確かに、広沢参議の事件を知ッとる筈の沖牙が警戒せんのは不自然ですね。いや素晴らしい」

しかし、と続ける師光の目が光った。

「ほうだとすると分からんな。初めから沖牙を怪しいと思ッとッたのなら、どうしてさっさと捕まえんかッたんです？」

江藤の眉間に皺が寄った。陽が更に傾き、いつの間にか師光の首から上は完全に影のなかに沈んでいる。闇苅から声は続けた。

「司法卿のあんたなら、どんな手だって使えた筈だ。さっさと沖牙を捕え、拷問でも何でもして自白を引き出す事も出来た筈でしょう。江藤さん、どうしてあんたはそれをせんかッたんです」

「莫迦莫迦しい」

江藤は吐き捨てるように云った。

「それは君が一番よく知っている筈だろう。私は、決してそんな横暴を許さないために司法省を創ったのだ」

二人の間を冷たい風が走り抜けた。庭の木々が騒々《ざわざわ》と揺れる。江藤さん、と師光は何気ない口調で云った。

「ところであんた、その傷はどうしたんですか」

江藤は咄嗟に左手の親指を握り締めた。腕ごと袖の陰に隠そうとして、そこで気が付いた。師光の位置からでは、あの傷痕が見える筈がない。

嵌《は》められたと、江藤は思わず奥歯を噛み締めた。師光が一歩踏み出す。再び朱色に染まるその顔は、もう笑っていない。

「五百木辺の鞘に残ッとッた真紅の血痕、ほんでそれを覆い隠しとッた白い桜の花片。この二つが決め手になったと、おれは本城さんから聞きました。……だが、それはおかしい」

　師光は真正面から江藤を見る。

「事件から二日も経ッとるんです。それなのに、どうして血は赤いままだったんでしょう。どうして花片は萎れずに白いままだったんでしょう」

江藤はもう親指を隠そうとはしなかった。左手親指の腹には、真新しい切創《きりきず》がはっきりと残っていた。

　師光は哀しげな顔をして、深く息を吐いた。

「……加えて、おれはもう一つ気になる話を本城さんから聞きました。逮捕後、由羅の鏡台から短銃が見つかったそうなんです」

　暗い翳の刷《は》かれた双眸が江藤を見詰める。

「証拠品として押収した、府庁で厳重に保管されとッた筈の短銃がね。前日の夜までは確かに短銃は物置部屋にあったと、本城さんの他、複数の邏卒が証言しとります。つまり、あれはあんたたちが由羅の捕縛に向かった今日持ち出された事になる」

　江藤は低く笑った。

「私がやったと云うのか。莫迦莫迦しい、そんな事をして何の得になる」

「若し沖牙にあの短銃を使われとッたら、五百木辺殺しは下手人に自害されて終わりました。捕縛も出来ず、その結果は間違いなく失敗だ。勿論、陣頭で指揮を執った江藤さんも糾弾された事でしょう。ですが、そのあんたに捜査の依頼をしたそもそもの担当者、司法顧問の鹿野師光も当然不始末の責任を負わされます」

江藤は目線を庭に遣った。朱色に染まる木々の合間からは、宵闇が今もひたひたと迫っている。

「弾正台から転籍した者たちは、それこそ鬼の首でも獲ったようにおれを責め立てる事でしょうね。その失敗はあまりに大きく、いくら太政大臣の命といえども、顧問職は解かれ元の司法省へ戻るほかありません。ねえ江藤さん、あんたはそれを見据えてわざと沖牙を部屋に——予め短銃を忍ばせとッた部屋に戻させたんじゃアありませんか」

「莫迦な」

江藤は嗄れた声で一蹴した。視界の隅で、師光が首を振るのが見えた。

「あんたは本当に賢い人だ。五丁森の事件の時からそうでした。転んでも只では起きず、目的のためなら手段を選ばん。あんたが目指す理想のためなら、そうでもせんといかんのでしょう。それは分かります」

ただ、と師光は小さく呟いた。

「やり過ぎですよ、あんたは」

師光はゆっくりと背を向ける。

「おい、鹿野君」

思わず駆け出した江藤の眼前で、空を斬る音と共に灼金《やきがね》のような光が走った。驚いて立ち止まった江藤の喉元には、振り向き様に抜き放たれた仕込み傘の切っ先が迫っていた。

「き、君は」

江藤は師光を凝視する。

「……おれはもう、あんたと同じ道は歩めせん」

朱色に輝く刃を突き付けた姿勢のまま、師光は低い声で云った。江藤は息を呑む。

「忘れるな。今度会った時、あんたはおれの敵だ」

ゆっくりと腕を下ろし、顔を伏せたまま師光は刃を傘に収める。動けない江藤の頰を、冷たい汗が伝っていった。

再び江藤に背を向け、師光がゆっくりと歩き始める。江藤は引き留めようとするが、舌が強張って動かない。夕闇に遠ざかる師光の背を、江藤はただ呆然と見送る事しか出来なかった。

そして、佐賀の乱

一

明治六（一八七三）年十月、東京太政官《だじようかん》に於《お》いて、五名の参議を筆頭に五百人以上の官吏、軍人が一斉に下野する事件が勃発した。

のちに明治六年の政変と呼ばれるこの一大事変は、武力に因《よ》って朝鮮を開国せしむるべしという征韓派と、外征よりも富国強兵や殖産興業が最優先と謳《うた》う内治派の争い——所謂《いわゆる》、征韓論争に端を発する。

御維新以降、朝鮮と日本の関係は悪化の一途《いつと》を辿《たど》っていた。

明治元年、木戸孝允の発案で、京都太政官は朝鮮に対する新政権樹立の報告と国交を望む打診を早々に行っていた。一から全てを建て直す事となったこの国に於いて、一先《ひとま》ず隣国とは良好な関係を保つべしという外交的判断に拠《よ》るものである。

使節には長らく朝鮮外交の窓口を務めてきた対馬藩の宗《そう》氏が選ばれ、朝鮮に対しては最大限の礼を以て王政復古の通告が為された訳であるが、意外にもその返答は拒絶に近いものだった。

鎖国攘夷《じょうい》を方針とする朝鮮にとって、徳川以来三百年の旧例をあっさりと棄《す》て、事もあろうに夷狄《いてき》の慣習に宗旨替えする恥知らずな隣国は侮蔑の対象でしかなかったのだ。

以降、日本は幾度となく朝鮮に使節を派遣したが、尽《ことごと》く門前払いを受けた。それどころか、朝鮮は背後に控える清国の強大な力を恃《たの》みに日本を愚弄し続けた。結果、日本国内に於いて朝鮮討つべしという気運が次第に高まっていったのも宜《むべ》なるかなという具合であった。

当時、内治派の岩倉具視や大久保利通は使節団を率いて欧米を外遊中だった。留守政府を任された薩摩の西郷隆盛や土佐の板垣退助《いたがきたいすけ》らは朝鮮の横暴に憤慨《ふんがい》し、武力で以て目に物を見せてやろうと息巻いた。

勿論《もちろん》、内治派もそのような事態になるであろう事は予見しており、大久保は出国前、太政大臣の三条実美に対して内政外政に拘《かか》わらず重大事の駒は決して進めぬよう釘を刺していた。しかし、この優柔不断な公家《くげ》あがりの政治家に維新の豪傑たちを抑え込む力がある筈《はず》もない。内治派が欧米諸国で近代化の何たるかに蒙《もう》を啓《ひら》かれる一方で、国策の舵《かじ》はあれよあれよと云う間に征韓の方向へ切られていった。そして岩倉や大久保が帰国した時には、全権大使を朝鮮に派遣し、万が一その者に対して無礼な振る舞いがあれば、それを口実に朝鮮を討つという所まで決まっていた。

内治派は必死に巻き返しを図ろうとしたが時既に遅く、公使派遣の閣議決定も為されて征韓派の勝利かと思われた。しかし十月十七日深夜、事態は急変する。三条が倒れたのである。

この色白で誠実な、しかし気の弱い太政大臣は、政権第一位の存在でありながら内治派と征韓派の双方から責められ続けていた。岩倉や大久保からは征韓派に勝手を許した事を問い詰められ、一方で西郷や板垣からは派遣を早めるよう日々責《せ》っ突かれる。心労が極まり憔悴《しょうすい》しきった三条は、十七日の晩、遂に意識を失って人事不省に陥るに至った。そして、それを契機として内治派の逆襲が始まる。

政権の第二位として代理の太政大臣に任ぜられた岩倉はその足で太政官へ出向き、急遽《きゅうきょ》集められた参議に向けて声高にこう宣言した。

「これより参内《さんだい》し、帝《みかど》に公使派遣の議を奏上しようと思う。しかし、再三申し上げている通り私は此度《こたび》の派遣に反対である。従って、帝には卿《けい》らの意見と私の意見の二つを奏上し、その上で勅裁《ちょくさい》を仰《あお》ごうと考えている」

征韓派は大いに驚きその独断を糾弾《きゅうだん》したが、岩倉は頑として聞き容れず二派は遂に決裂した。結果として朝鮮への公使派遣は無期限延長となり、内治派の大逆転という形で一先ず征韓論争は落着する。

政界にほとほと嫌気の差した西郷は太政官を辞し、板垣ら他の征韓派参議たちも次々と政府を去った――そして、そのなかには元司法卿の参議、江藤新平も名を連ねていた。

二

明治七年一月十三日。東京、大名小路の司法省の一室にて。

「江藤君を止められなかっただと」

司法卿・大木《おおき》喬任《たかとう》は大きな拳で机を叩いた。西洋卓を挟んで立ち並ぶ三名の部下は、大木の怒声に思わず背筋を伸ばす。

「も、申し訳御座いません。一足間に合わず、既に汽船が出てしまいまして――」

「それがどういう事か理解しておるのか。いま江藤君が佐賀に戻れば、戦《いくさ》は避けられんのだぞ!」

普段は温厚な大木の変貌ぶりに、三人は目を白黒させる。大木は分厚い掌を額《ひたい》に当て、深く溜息を吐《つ》いた。

参議を辞した江藤が国に帰ると云い出した時、同じ佐賀の出自である大木は考えを改めるよう説得を試みた。

当時、佐賀では政府の方針に不満を燻《くすぶ》らせる旧士族たちが県庁との小競《こぜ》り合いを繰り返していた。憂国党と征韓党の二派に分かれた彼らが、武器を手に決起するのも最早《もはや》時間の問題だろう――大木に限らず、東京の太政官では冷静にそう判断をしていたのだ。

政府と袂を分った江藤がいま佐賀に帰れば果たしてどうなるか。旗頭として不平士族たちに担ぎ上げられる事は火を見るよりも明らかだった。帰郷を取り止めるよう大木は口酸っぱく掻《か》き口説《くど》いたが、当の江藤は彼の忠告を笑って一蹴するだけだった。

「君は心配が過ぎる。この江藤新平がそう易々《やすやす》と他人の口車に乗せられると思うか。案ずるな、私は彼らを鎮撫《ちんぶ》するためにも佐賀に戻るのだ。火消しが火を着ける道理もなかろう」

大木とて、江藤新平という男が当代随一の理論家であることは十分理解している。確かに江藤が旧士族たちに唆《そそのか》されるとも思えない。しかし、だからと云って全く心配がないとも思えなかった。

腕を組み渋い顔のまま黙り込んだ大木を諭《さと》すように、江藤は少しだけ語調を弛《ゆる》める。

「何でも陸軍省の連中は、佐賀を威圧するために熊本鎮台の兵を増強する事も視野に入れているそうだ。莫迦莫迦しい、何百という兵を使わずとも、私一人出向けば済む話だ。佐賀で乱は起きん。否《いな》、起こさせんよ」

結局その時は大木も引き下がったが、彼の胸底には澱《おり》のような不安が残った。それ故、江藤が病気療養を理由として帰郷すると知った時、大木は部下を横浜《よこはま》港へ向かわせ、多少強引な手を使ってでも引き留めようとしたのだった。

「次の便に乗った二名が、江藤閣下の後を追っております。海上で追いつくことは出来ずとも、閣下が下船されてからは直《す》ぐに追跡が可能です」

部下の一人が、恐る恐るといった調子で口を開く。

「……江藤君が乗った船の寄港予定地を調べ、出向中の職員に電信を打っておけ。詳しく書く必要はない。追って指示を出すから、直ぐ動けるようにだけ備えさせるのだ」

大木の命令に、部下たちは急いで部屋から飛び出していった。

人気のなくなった執務室で、大木は再び息を吐いた。現時点で出来る限りの手筈を整えながらも、打つべき次の一手が見つからない。ひとたび東京を離れてしまった江藤をどうすれば引き戻せるのか、大木には思いつかなかった。

どれほどの駿馬を使ったとしても、陸路からの先回りは最早不可能だろう。従って大木が採るべきは、出向している司法省職員を汽船の立ち寄る先々に待機させ、寄港中の短い時間を使って江藤を説得させる方法だけだった。しかし、どれほど弁の立つ官吏を向かわせたところで、あの江藤新平を翻意させられるとは到底《とうてい》思えない。武力行使で無理矢理江藤を船から引き摺り下ろすなど以ての外だ。騒動になれば、下野した征韓派参議を疎《うと》ましく思っている大久保らが、それに乗じて何を仕掛けてくるとも分からない。

大木は唸《うな》り声を上げ、天井を仰いだ。

しかし、或る事件をきっかけに、様相は急変する。

翌十四日の晩、赤坂《あかさか》の仮皇居にて奏上を終えた太政大臣代理の岩倉具視が、帰路で刺客に襲撃される事件が発生した。世に云う赤坂喰違《くいちがい》の変である。

幸い岩倉は闇に紛《まぎ》れて逃げ果せ、一命を取り留めた。しかし、不平士族たちが遂に行動を起こした事実に政府が受けた衝撃は大《おお》きく、事態を重く見た大久保は、予《かね》てより考案中であった東京警視庁を翌日には発足させて下手人の行方を追わせていた。

「下手人、若《も》しくはその関係者が居ないか探るため、警視庁は事件の前後で東京を発《た》った客船や俥《くるま》を一つ一つ調べております。どうやら、江藤閣下の乗られた汽船も神戸《こうべ》港にて人員検査を受ける模様です」

部下からの報告を受けた大木は思わず膝《ひざ》を打った。停泊期間が延びれば、その分を説得に割《さ》く事が出来る。場合によっては、大木自身が神戸へ出向く事も不可能ではない。

「待てよ。そうか、神戸か」

大木の脳裏に一人の男の顔が浮かんだ。神戸からほど近い京都には、かつて江藤の下で働き、今は司法顧問として京都府に出向している男が居る。大木も面識があり、この太政官に於いては珍しく、傲岸不遜《ごうがんふそん》で人付き合いの悪い江藤新平の手綱を上手に扱える男だった。説得のため彼に出向いて貰《もら》えば、流石《さすが》の江藤も帰郷を思い留まるかも知れない。

大木は勢いよく立ち上がり、部下に大声で命じた。

「京都府の鹿野師光に至急電信を送るんだ！」

三

一月十五日の夜、京都府庁の顧問室にて。硝子火屋《ガラスほや》の洋燈が仄《ほの》かに照らす室内には、二人の男の姿があった。

「先遣した部下より、本日の午後に江藤先生が神戸を発たれたと報告がありました」

鹿野師光は西洋椅子に深く腰掛けたまま、ゆっくりと顔を上げた。扉の近くでは、邏卒《らそつ》隊大隊長の本城伊右衛門が直立不動の姿勢で立っている。

「出航を待たず、陸路で佐賀へ向かったのか」

いいえ、と本城は首を横に振る。

「それがどうやら、江藤先生はこの京へ向かわれているようなのです。下野の挨拶でもされるお積もりなのか、恐らく途中で一泊され、明日には入洛《にゅうらく》される事でしょう」

師光は目を瞑《つむ》り押し黙ったのち、神戸行きは中止する、とだけ云った。

「追跡は続けさせとるな？　ほんならええ」

うっすらと目を開け、書類の山から一枚の紙片を引き出した。東京の司法省より、大木喬任司法卿の名で届いた電信である。そこには江藤下野の経緯が簡略に纏《まと》められていた。

「次に会う時は敵同士だと云ったんだがな」

怪訝《けげん》そうな顔をする本城には目もくれず、師光は電信を卓上に放った。

「莫迦な人だ」

深く椅子に凭《もた》れ掛かり、師光は呟《つぶや》いた。

四

一月十六日の昼下がり、京都は六角通の府立監獄舎西棟獄舎区域の長い廊下を、江藤は独りで歩いていた。

建ち並ぶ古びた牢格子《ろうごうし》の向こうには相変わらず人影もない。高窓から差し込む陽は白く、獄舎内はしんとして冷たかった。

自然と溜息が口を突いて出る。目まぐるしく過ぎていったここ最近の騒動を思い返すと、江藤にとっては久々に味わう静寂だった。

今回の一連の騒動は、完全に江藤の読みから外れたものだった。

国内法制度の拡充を第一に考える江藤にとって、朝鮮問題など本当はどうでも良かった。それにも拘わらず敢《あ》えて江藤が征韓論争に加わったのは、両者の対立を煽《あお》る事で主流派たる薩摩や長州を纏めて政府から一掃出来ればと目論《もくろ》んでの事である。結果として薩長の勢力を大きく削《そ》ぐ事が出来た訳だが、その代償に江藤自身も身を引かねばならなくなった。西郷や板垣が辞表を出している手前、同じ征韓派として論陣を張った自分だけ政府に残る事は流石に許されなかったのだ。

しかし、江藤にはこのまま在野で余生を過ごす積もりなど毛頭ない。諸法の改定や編纂《へんさん》をはじめ、司法制度確立のためにやらねばならぬ事は未だ山積している。そして、それらが決して自分抜きでは仕上がりきらぬ大事業だという自負が江藤にはあった。仮令《たとえ》ここで太政官を辞したとしても、直ぐに向こうから復職してくれと乞うだろうと踏んでいたのだ。

大木など佐賀閥に属する者たちは、しきりに江藤の帰郷を止めさせようとしていた。確かに、佐賀では旧士族の叛乱の兆しがある。江藤が帰郷すれば向こうから接触を図ってくるであろう展開は容易に想像が出来た。しかし、江藤はむしろそれを好都合と考えていた。

参議を辞した当初から、江藤は休養のため佐賀に戻るつもりでいた。特に体調を崩した訳ではないが、疲れは着実に溜まっている。此処《ここ》等で一度帰郷し、嬉野《うれしの》温泉にでも浸かって骨休めするのも悪くないと思っていたのだ。

不平士族の義憤に江藤は端《はな》から何の興味もない。仮令決起を持ち掛けられたとしても、所詮相手は頭に血の上った無学の徒である。あしらう事など赤児の手を捻《ひね》るより容易《たやす》いだろう。江藤の頭には或る方策があった。己が弁舌で以て不平士族を鎮撫する事が出来れば、政府に於いて江藤の評価はより上がるのではないか。再び参議として太政官に戻る日のため、息抜きのついでに箔《はく》を付けておくのも悪くない。江藤はそう目論んでいた。

それ故に江藤は佐賀への帰郷を決めた。更にもう一つ理由を付け足すのならば、大木たちの軽挙妄動を戒《いまし》めるような口調も江藤には気に入らなかった。善意から為される言葉という事は、流石に江藤も理解している。しかし、忠告を受ける度に宥《なだ》めすかすような周囲の口調が癪《しゃく》に障り、だったら見ていろと、むしろ江藤のなかでは帰郷への決意がより強まっていったのである。

長崎行きの汽船で以て西下すべく、江藤は二名の書生を連れて横浜港へ向かった。

江藤が船路を選んだ理由は二つある。一つは、陸路と比べて断然早いこと。自分が帰郷する前に戦の端緒が開いてしまっては、折角の計画が水泡に帰してしまう。

そしてもう一つは、陸路の場合、必ず京を——鹿野師光の許《もと》を通らねばならないからだ。

喉元《のどもと》に突き付けられた訣別《けつべつ》の刃の煌《きら》めきは、今も江藤の瞼《まぶた》の裏に焼き付いている。

江藤には江藤の奉ずる正義がある。それは師光とて同じ事だろう。師光が抱く正義がどのようなものなのか、江藤には分からない。ただ一つ云えるのは、それが江藤の進む道とは決して交わらないものだったという事だ。

江藤には、他人に理解して貰おうという気持ちは元よりない。人と足並みを揃《そろ》えて遅れるくらいなら、端から独りでよかった。それは、仮令師光が相手であっても同じ事だ。

だが一方で、江藤にとって、かつて師光と共に司法省で過ごした日々が胸の片隅に引っ掛かっている事もまた事実だった。傲岸不遜な性格は、当然江藤にも自覚がある。師光もこんな自分によく付き合ってくれたものだと、江藤は今頃になって漸《よう》く、寂しさの入り交じった驚きを感じていた。

胸中で渦巻く感情を押し殺し、江藤は船路を選択した。

しかし、神戸での一件がその選択を大きく揺るがせた。停泊中の船に乗り込んできた官憲たちから岩倉の遭難を、そして捜査のため投錨《とうびょう》期間が延長される事を知って、江藤の足は自ずと京へ向かう俥屋に向いていた。官憲たちは乗客全員に港での待機を厳命していたが、元参議の江藤が相手では当然強くは出られない。江藤も江藤で端から相手にせず、連れの二人を宿に待機させ単身上洛した。道中山崎《やまざき》村で一泊したのち京に入った江藤は、師光が現在、本城と共に或る罪人の取り調べで監獄舎へ向かった事を府庁で知る。二人の後を追って江藤も監獄舎へ向かった。

監獄舎に着いて、江藤はまず署長の万華呉竹を訪ねた。そして師光の仕事が終わるまでの間を使い、監獄舎西棟へ入る許可を万華から得た。師光もこの西棟の一室で取り調べを行っているとの事だったが、此処にはもう一人、江藤が会っておきたい男がいたのだ。付き添うと云う万華の申し出を断り、獄舎区域へ入るための外戸の鍵だけ預かって、江藤は単身西棟へ乗り込んだ。

江藤は通路の突き当たりまで進むと、牢の前に立った。

「これは珍しい客人だ」

薄暗い牢の奥から嗄《か》れた声が響く。

立て膝を突いた姿勢のまま、大曾根一衛はにやりと江藤を見上げた。

「府庁でお前が生きていると聞いた。とうの昔に処断されたものと思っていたんだがな」

腰の柄《つか》に手を当てて半歩下がり、江藤は牢格子から距離を取った。格子越しに刀を取られないように、と万華が注意していた事を思い出したのだ。

「私に死なれると困る連中がいるのだろう。先月までは奈良にいた」

素っ気ない口調で答える大曾根の姿を、江藤は改めて観察する。灰色の髪は乱れ顔も黒く汚れているが、頑強な体つきに変わりはない。

「それで？　太政官のお偉い様が、わざわざ何のご用かな」

「用なぞない。お前の無様な姿を見に来ただけだ」

東京での征韓騒動、そして江藤の下野を大曾根が知る筈もない。成る程な、と声を上げて笑う大曾根を見下ろしながら、江藤はこの男が師光と長い付き合いである事を思い出した。

「おい大曾根」

気付けば、思いが口を突いて出ていた。

「お前から見て、鹿野師光とはどういう男だ」

大曾根は怪訝な顔で江藤を見返す。逡巡《しゅんじゅん》のもち、江藤は続けて口を開いた。

「彼の正義は、鹿野君の奉ずる正義はどんなものなんだ」

大曾根は背後の壁に凭れ掛かり、じろじろと江藤の顔を見る。

「急に何を云うかと思えば」

大曾根は含みのある様子で唇《くちびる》の端を歪《ゆが》める。江藤は大曾根を睨《にら》み付け、牢に背を向ける。少しでも何か期待した自分が愚かだった。

「罪には罰を」

立ち去ろうとする江藤の背に、大曾根の冷たい声が飛んだ。

「師光がよくそう云っていた。それだけは、昔から変わらんだろう」

振り返った江藤を揶揄《やゆ》する調子で大曾根が続けた。

「なあ江藤。少し見ぬ間に、随分と血生臭い男になったな」

思わず顔が歪む。何か云い返そうと江藤は口を開きかけたが、唇からは何の言葉も結ばれない。

口を固く結び直し、再び歩き出した江藤の背後でくぐもった笑い声が聞こえた。声は次第に高く、遂には耳を劈《つんざ》くばかりになる。

獄中に響き渡る哄笑《こうしょう》のなか、足早に進む江藤は二度と振り返らなかった。

西棟自体はそれ程広くないが、通路が複雑に入り組んでいるため、獄舎区域の最奥から出入口まで戻るのに十分は掛かる。

陰鬱な面持ちで廊下を進んでいた江藤は、時刻を確かめようと懐中時計を取り出した。針は一時四十七分を指している。取り調べも四十分頃には終わる筈だと万華は云っていた。

胸の内が重たくなるのを感じながら江藤は黙々と足を進める、その時だった。

微《かす》かな異臭が鼻をついた。思わず足を止め周囲を見廻す。妙に生々しいその臭いは、江藤が嗅《か》ぎ覚えのあるものだった。

臭いの元を追って、江藤は引戸の前に辿り着いた。異臭は戸の向こうから漂ってきている。戸の横には備品室と書かれた小さな板が掛けられていた。

引戸を開けると、明かり取りの窓もないのか室内は酷く暗い。目を凝《こ》らして見れば広さは十畳ほどであり、板敷の床の上には一抱えもある行李《こうり》や木箱が幾つか置かれている。だがそれよりも江藤の目を釘付けにしたのは、床を濡らす夥《おびただ》しい量の血潮だった。むわりと込み上げる錆《さ》びた鉄のような臭いに混じって、辺りには焼け焦げたような臭いも漂っている。

「これは一体」

多量の血は、壁際に置かれた黄色い行李の合間から伸びている。行李の陰を覗《のぞ》き込むと、壁に背を預けた姿勢で一人の男が頽《くずお》れていた。顔を伏せているため表情までは窺《うかが》えないが、検《あらた》めるまでもなく、それが屍体である事は明らかだった。

江藤は首を突き出し、男の様子を子細に眺める。かつての徳川歩兵隊、若しくは鳶《とび》職を思わせる出で立ちで、上は筒袖襦袢《つつそでじゆばん》に兵児帯《へこおび》を締め、下は段袋に地下足袋《じかたび》を履いていた。上下共に黒い生地のため目立たないが、どちらも血でぐっしょりと濡れている。

江藤は床の血痕を乱さないよう屍体に寄った。鼻腔を突く焦げ臭さはぐっと強くなる。

屍体の首筋に触れてみる。指先から感じる冷たさに、江藤は思わず顔を顰《しか》めた。屍体には幾度となく出会《でくわ》してきたが、これればかりは慣れそうにない。

行李を動かして壁際に膝を突く。屍体の顔を覗き込むが、江藤には見覚えのない男だった。歳の程は四十半ばといった所だろうか。中肉中背で、顔立ちにも特にこれという特徴はない。見開かれた両眼は、今も投げ出された脚の辺りに視線を落としている。喉の奥から溢《あふ》れ出たのであろう黒い血は、口元をべっとりと汚していた。

屍体を起こし、胴体を調べる。右の脇腹には刀傷が残されていた。屍体を前方に傾《かたむ》け確認したが、傷は背中まで貫通している。その他には特に傷の類《たぐ》いも見当たらないので、恐らくこれが致命傷だろう。

汚れた指先を袴《はかま》の裾《すそ》で拭《ぬぐ》いながら江藤は立ち上がる。白い漆喰《しっくい》の壁には、一際《ひときわ》大きな血痕が華のように咲いていた。血痕の位置は、おおよそ江藤の腹部に当たる。血の華からは、下に向けてずるずると血を擦《なす》り付けたような跡が残っていた。

「真正面から刺され、そのまま壁を背に頽れたといった所か」

江藤は腰を屈《かが》め、壁の血痕に顔を近付ける。よく見れば、血痕の中心は漆喰が崩れ、穴に何かが挟まっていた。爪を引っ掛けてみると、ぱらぱらと落ちる白い粉に交じって、ごく小さな銀色の金属片が転がり出た。

江藤は小さな三角形を掌《てのひら》に載せてしげしげと見詰める。鈍色《にびいろ》に輝く先端は鋭く、刀の欠片《かけら》のようだ。脇腹を貫いた刀が勢い余って壁を突き、切っ先が欠けて壁に残ったのだろうか。

江藤は金属片を袖に仕舞って、改めて屍体の周囲に目を配る。近くには、鞘《さや》に収まったままの小太刀《こだち》が転がっていた。屍体の腰に差さっていたのだろう、江藤は拾い上げて鞘を払ってみるが、刃は冴《さ》え冴《ざ》えとして血の曇《くも》りも見られなかった。

江藤は左側の行李を見遣る。行李の上には、黒く焼け焦げた手拭いが一枚残されていた。異臭の原因はどうやらこれのようだ。指先で摘《つま》むとぼろぼろと生地が崩れていくが、ところどころ焼けずにじっとり湿っている。触れた指の腹は赤黒く汚れていた。ざらざらと目の粗《あら》いこの布は、どうやら下手人が刀の血を拭き取るのに使われた物らしい。

そこまで惨状を検めたところで、江藤はふと我に返った。勝手に捜査を進めていたが、下野した自分にそのような権限はない。早くこの事を万華に報《しら》せなくては。

手拭いから目を離した刹那《せつな》、辺りが暗くなった。何かが廊下からの明かりを遮《さえぎ》ったのだと理解すると同時に、背後から聞き覚えのある声がした。

「何をしている」

振り返ると、備品室の入口には二つの人影があった。黒羽織に袴姿の師光と、黒い隊服姿の本城である。

「ああ鹿野君、丁度よかった。万華に報せに行こうとしていた所なのだが、見ての通り人が死んで——」

「待て」

一歩踏み出す江藤を、師光はぴしゃりと遮った。後ろにも他に人がいるのか、師光は背後に向けて何か命じると、ゆっくり江藤の方を振り返った。

「それは、あんたがやったのか」

言葉を失う江藤の脇を、本城が足早に抜ける。

「いけません、死んでおります」

本城の戸惑った声に、江藤はますます混乱する。

「おい鹿野君、私は」

「江藤新平」

師光の目は、そこで初めて江藤の顔に向けられた。漆《うるし》を塗ったように黒い、冷ややかな眼差しだった。

「あんたが殺したんだな？」

江藤はごくりと唾を呑み込む。

「……そんな訳が、ないだろう」

絞り出すような声でそれだけ返すのが精一杯だった。

「本城、この男を牢へぶち込んでおけ。それと、邏卒を集めてこの場の調査を早急に始めろ」

師光は江藤から目を逸らし、硬い声で本城に命じた。

「しかし鹿野殿、それは」

「命令だ」

狼狽《うろた》える本城の声を冷たく遮って、師光は江藤に背を向ける。江藤は本城に腕を摑《つか》まれながら、こつこつと音を立てて遠ざかる師光の後ろ姿を呆然と眺めていた。

五

監獄舎東棟の薄暗い座敷のなかで、江藤は腕を組み座していた。

座敷の広さは六畳にも満たないが、家具の類いが一切ないため妙にだだっ広く感じる。土壁で囲まれた室内は埃《ほこり》っぽく、傷んで毛羽立った畳はひやりと冷たかった。

「どうしたものかな」

漸く落ち着きを取り戻した江藤は、顎《あご》を撫《な》でながら呟く。元参議という肩書きが物を云って、何とか入牢だけは免《まぬが》れていたが、今も襖《ふすま》の外には邏卒が立っており、障子窓は竹格子が設えてあるため軟禁状態に変わりはない。大小の刀や懐《ふところ》の時計も、ここに入れられる迄に皆取り上げられてしまっていた。

尤《もっと》も、江藤には逃げ出す積もりなど毛頭ない。自分はいったい何に巻き込まれてしまったのか、それとも誰かに陥れられたのか、そもそも殺された男は何者なのか。それらが分からぬまま、黙って引き下がる男ではなかった。

西棟に入った時の事を思い出す。入口には二名の守衛が立っていた。獄舎という建物の特性から云っても、無関係の者が彼らの見張りを潜《くぐ》り抜けてあの場所まで迷い込んだとは考え難い。職員の一人と考えるのが妥当だが、屍体の纏っていた衣装は監獄舎職員のそれとは異なっていた。

「失礼します」

襖の向こうから聞き覚えのある声がして、本城が神妙な面持ちで入ってきた。

「久しいな本城」

本城は黙って江藤の前に腰を下ろすと、ご無沙汰《ぶさた》しております、と頭を下げた。

「僭越《せんえつ》ながら、取り調べはこの本城が担当致します」

「ほう、鹿野君ではないのか」

本城は頷《うなず》く。

「死んでいた男の身元を太政官に確認するため、河原町三条の西京電信局へ向かわれました。その際、先生からお話を伺っておくようにとの指示を承《うけたまわ》ったのです」

「すると、屍体が何者か分かったのだな」

膝を乗り出す江藤を、本城をじっと見詰める。

「江藤先生」

「何だ」

「正直にお答え下さい。奴を殺したのは貴方《あなた》なのですか」

莫迦か、と江藤は強く舌打ちした。

「本城、貴様は邏卒の隊長を務めて何年だ。人を殺した奴とそれ以外の見分けもつかんのか」

江藤に一喝され、本城の浅黒い顔は困惑の色が強くなる。

「江藤先生は殺されたあの男が何者かをご存じですか」

「知る訳ないだろう」

江藤は憤然と腕を組み直した。

「……屍体の素性は内務省警保寮の密偵で、名を吹上虎市《ふきあげとらいち》と云います」

沈黙に押し負けて口を開いたのは本城だった。聞き覚えのない名前に、江藤は片眉を吊り上げる。

「恐らく、江藤先生の後を追うように命じられた輩《やから》でしょう。内務省にも確認をしておる最中ですが、身分証と江藤先生に関する種々の資料を懐に隠し持っておりましたので、まず間違いはないと思われます」

考えてみれば、内戦の火種になりかねない元参議を内務省が見過ごす筈もない。成る程な、と江藤は苦笑した。

「お前の云わんとする事は分かった。確かにその吹上と云う男、私にとっては厄介な存在だ」

政府にとって、いつ不平士族と結託するかも分からない元参議の存在は目障りでしかない。そのため密偵を付けて四六時中監視下に置き、少しでも政府に害意ありと判断出来たならば直ぐにでも拘引する魂胆だったのだろう。否、内務省ならば状況によっては在りもしない罪名を捏《でっ》ち上げ、無理矢理逮捕することさえ辞さなかったかも知れない。かつて司法の世界に身を置いていただけあって、江藤はその辺りの機微には聡《さと》かった。

「しかしな本城、誇《ほこ》れた話じゃないが、お前に教えられるまで私は追われている事さえ知らなかったのだぞ。仮令密偵に気付いていたとしても、わざわざこの場所で殺さんだろう」

「それは、仰《おっしゃ》る通りです」

「加えて刀の問題もある。屍体に残された傷痕を見るに、吹上を刺したのは刀身の長い太刀の筈だ。私から取り上げた刀の刃を確かめてみろ。血で汚れては――」

江藤はそこではたと口を噤《つぐ》んだ。屍体の脇に残されていた手拭いの事を思い出したのだ。

「そうか。傍目《はため》には私が吹上を刺殺し、丁度刀の血を拭い終えて立ち去ろうとする場面のように映った訳か」

「手拭いを燃やした後で、ですな」

本城は遠慮がちに云い添えた。

「燃え残った手拭いには灯皿の油の染みがありましたから、火が着くのも早かった事でしょう。そして、先生の所持品を確認させて頂きましたが、火打金《ひうちがね》をお持ちで、尚且《なおか》つ手拭いは御座いませんでしたね」

「冗談じゃない。汗をかく時期でもないから、わざわざ持ち歩かんだけだ。府庁に預けた荷物のなかにはちゃんと入っておるわ。それに火打金ぐらい、煙管《きせる》を吸う者なら誰でも携《たずさ》えているだろうが。たったそれだけで私を下手人扱いするのか、お前は」

「勿論違います」

江藤に向けられた本城の双眸《そうぼう》はどこか辛そうだった。

「ご存じの通り、西棟の入口には二名の守衛が見張りに立っております。その者らに確認を致しましたところ、今日西棟に出入りした者のなかで太刀を帯びていた者は江藤先生、貴方だけなのです」

江藤は啞然とした。本城は唇を結び、ゆっくりと一度だけ首を縦に振る。確かに目の前の本城は隊服姿で寸鉄も帯びてはいない。思い起こせば、師光も万華も腰には小脇差を差しているだけだった。小脇差の長さでは人体を貫くには到底足りないだろう。

待て、と江藤は思わず畳を叩く。

「仮令帯刀していたのが私だけだったとしても、そこから直ぐに下手人と決めつけるのは乱暴だろう。予《あらかじ》め西棟内に太刀が隠されていた場合だって考えられるではないか」

「仰る通りで御座います。そのため、先ほどから邏卒ら二十名に命じて西棟内部を隈《くま》なく調べていますが、今のところ報告は上がっておりません」

「探し方が足りんのだ」

江藤は叩きつけるように云った。本城は何も答えず、ただ黙って頭を下げる。

暫《しばら》く石のように押し黙っていた本城は、軈《やが》て意を決したように顔を上げた。

「江藤先生、もう一度お訊《たず》ねします。貴方は本当に吹上を殺してはいないのですね」

江藤は呆《あき》れた顔で溜息を吐く。

「しつこい男だな、お前も。知らんと云っておるだろうが」

本城は懐に手を入れ、折り畳まれた紙片を取り出す。

「分かりました。それならば万が一西棟内部から太刀が見付かった場合、下手人はこの本城伊右衛門ということになりましょう」

「……どういう意味だ、それは」

本城は畳の上に紙片を広げ、江藤に向けて静かに差し出した。

「こちらをご覧になれば、先生にもその意味がお分かり頂ける筈です」

紙の上には墨《すみ》で四本の棒が引かれ、それぞれの左端に名が付記されている。

「本日西棟に出入りした者の行動を記した一覧です。各々の動きを見る限り、吹上を殺す事が出来たのは江藤先生か、若しくは私だけなのですよ」

江藤新平、鹿野師光、本城伊右衛門、そして万華呉竹。吹上の屍体が見付かった午後一時五十分迄の間で西棟に出入りしたのはこの四人と、師光たちの補佐として取り調べに参加した左《さ》近寺《こんじ》という邏卒を加えた五人だった。守衛の二人に関しては、西棟の出入口が中棟の詰所《つめしょ》から見える位置にあったため、その場から動いていないという証言が複数の職員から既に得られていた。

「尤も、左近寺は常に鹿野殿か私と共におりまして、単独行動は一切とっておりません。そのため下手人の候補から外してもよいでしょう」

本城の太い指が四人の名を順に指していく。横の棒は十分ごとに区切られた時間軸を表しており、いずれも一定部分が朱墨《しゅぼく》で重ねて塗られている。

「順を追って説明致します。まず十二時三十五分、江藤先生が監獄舎を訪問されます。正門から中棟に入り、そのまま万華署長を訪ねられたのでしたね。それとほぼ同時刻、我々三人は入れ替わるように中棟の裏から出て庭伝いに西棟へ入りました」

「この朱色に塗られた部分が、それぞれの西棟にいた時間帯という訳か」

目線を落としたまま本城は頷く。

「鹿野殿はそのまま取調室に入られ、私は左近寺と共に奥の獄舎へ出向きました。罪人を連れて取調室に戻ったのは、ここに御座います通り十二時五十五分です」

「よくそんな細かい時刻を覚えているな」

「取り調べの開始時刻は規則で記録せねばなりません。それに、仕事柄時計も持っておりますから。さて、取調室に戻った際、江藤先生が監獄舎にいらしたと鹿野殿から告げられました。何でも、我々が獄舎区域にいる間、万華署長が先生の来訪を告げに西棟まで来られたそうなのです」

そうだったな、と江藤は顔を上げる。

「万華の奴、私が来た事に酷く驚いておってな。『すぐ鹿野顧問をお呼びします』と飛び出していったのだ。仕事を邪魔する積もりはなかったから一応は止めたんだぞ。むしろ、鹿野君を待っている間に大曾根一衛と話がしたいと云ったのだが、『兎《と》に角《かく》お待ち下さい』と私を残して出て行った訳だ」

「万華署長が西棟に入られたのは十二時四十分。取調室にて鹿野殿と二、三分お話をされ、再び西棟から出られたのは五十分と、記録帖に残っています」

西棟に入ってから取調室までは歩いて三分程なので、確かに記録と合致する。

「その後で西棟に入ったのが私か」

江藤は少し首を傾け、その時の事を思い出そうとした。

「署長室に帰ってきた万華から獄舎区域に入る鍵を受け取り、独りで西棟へ入った。あれは何時頃の事だったか」

「午後一時丁度です」

本城は紙面上の一箇所を指し示す。江藤の名前の横に引かれた棒に沿って塗られた朱色の線は、確かに一時の地点から始まっていた。

「その後どう行動されたかは先生の口からご説明頂くしかありませんが、大曾根に会いに行かれたのですよね？」

「そうだ。真っ直ぐ奥の獄舎に向かい、そこで奴と話をした」

「因《ちな》みに、大曾根には何のご用だったのですか」

「特に用があった訳ではない。まあ何だ、様子が気になっただけだ」

江藤は本城から目を逸らした。

「大曾根の元に居たのはおおよそ三十分程度だったと思うが、その辺りの事は奴にも確認すればよい」

その時、襖が開いて一人の邏卒が足早に姿を現した。膝を折って一礼すると、本城の側に寄り耳打ちする。

「分かった。捜査を続けろ」

本城の命を受け、邏卒はもう一度頭を下げると座敷から退出した。

「何か新しい事でも分かったか」

「また後で説明を致します。話を戻しましょう、大曾根と会われていた時の話ですね」

ああ、と江藤は頷く。

「獄舎区域までは歩いて十分程度だから、私が大曾根と会ったのは恐らく一時十分頃。そこから三十分間話をしたとすると一時四十分か。獄舎を出たところで時計を確認した際は一時四十七分を指していたから、もう少し長く話をしていた事になるな」

本城は黙ったまま、曖昧《あいまい》な表情を浮かべている。裏付けとなる他の証言がない現時点では、江藤の証言を鵜《う》呑《の》みにする事は出来ないのだろう。

「お前たちの方はどうなんだ。十二時五十五分からずっと閉じ籠もって取り調べを続けていたのか」

いいえ、と本城は首を振る。

「私が一度だけ席を外しております。一時十分から十分程度、厠《かわや》に行っておったのです。出入口の脇にある厠ですな。一時四十五分に取り調べが終了し、罪人を獄舎へ戻す途上であの現場に出会したという次第です」

江藤は紙面に目を落とす。

「お前たちの動きはよく分かった。それで？　一番肝心な事がここには書かれていないじゃないか。吹上の行動は一体どうなっているんだ」

「奴の動きを全て把握出来ている訳では御座いません」

本城の顔付きが険しくなる。

「正門を通ってはおりませんので、恐らくこの監獄舎敷地には塀を乗り越えて侵入したと思われます。そして先ほど報告がありましたが、取調室のすぐ横にある納戸の窓が外から破られていたそうです。誠に情けない話ではありますが、奴は其処《そこ》から侵入したのでしょう」

「おい、ここは仮にも獄舎だろう。そんな簡単に侵入を許していいのか」

本城は溜息を吐いて頭上を仰ぐ。釣られて見上げた天井には、幾つもの黒い染みが広がり、四方では蜘蛛《くも》の巣が幾重にも張り巡らされていた。

「かつての六角牢獄も、今ではこの有様で御座います。修繕する金もなく、廃《すた》れる一方なのですよ。獄舎区域でしたら流石に侵入など許しませんが、納戸とあっては無理もない。破られた窓も、木枠自体が腐っていたそうです」

ゆっくりと顔を戻しながら本城が云った。

「従って、吹上がこの西棟に侵入した正確な時刻は分かりません。しかし、吹上が江藤先生を追って監獄舎に来たのであれば、おおよその目安を付ける事は出来ましょう。つまり、監獄舎の敷地に奴が入ったのは先生が正門を潜られた十二時三十五分以降。そして西棟に入ったのも同様に一時以降となる筈。中棟に侵入しようと様子を窺っていたところ、庭伝いに西棟へ入る先生の姿を見掛け、侵入先を其方《そちら》に変更したのでしょうな」

江藤は口を結んだまま低く唸る。

「確かに、吹上が西棟に侵入した午後一時以降に自由に動ける――つまり奴を殺す事が出来たのは私とお前だけだ」

本城には感情の揺らぎが見られない。能面のような表情だった。

「屍体の見つかった備品庫は、丁度取調室と獄舎区域への入口との中間に位置します。どちらからもおよそ二分強で行ける距離ですから、十分もあれば事は足りるでしょう」

「待てよ。吹上の侵入を許しているという事は、下手人が外から来て外に逃げた可能性も否めないではないか」

「勿論考えられる事です。しかし、そうなると手拭いが燃やされた理由が分かりません」

本城は紙面に指先を伸ばし、一時五十分の箇所を囲むように円を描いた。

「下手人が侵入者だった場合、血を拭った手拭いは一緒に持ち去るか、最悪残しておいてもよい筈。わざわざ貴重な逃亡の時間を削ってまで燃やす必要なんてないのです。しかし、実際のところは油を染み込ませるまでして、丁寧《ていねい》に処理されておりました。つまり」

「下手人は内部の人間で、万が一の場合を考えて血塗《ちまみ》れの手拭いを持ち去る事が出来ず、また放置する事も出来なかった……そういう訳だな」

本城の後を江藤が継いだ。

「こんな事なら手拭いを持ち歩いておくのだった」

顔を伏せ、江藤はがりがりと髪を掻く。江藤先生、と本城が姿勢を正した。

「私が下手人となりましょう」

そう申し出る本城の声は落ち着いていた。江藤は頭に手を遣ったまま何も答えない。

「生憎《あいにく》と私は帯刀しておりませんでしたが、西棟内で太刀の一振りでも見つかればその問題は解消します。何も問題は御座いません。江藤先生、大木閣下からの電信にも御座いましたが、貴方はまだこれからの日本に――」

「本城」

江藤の小さな、しかし勢いのある声が本城を遮った。

「万華に確認したい事がある。直ぐに奴を呼べ」

本城はぽかんとした顔で、しかし慌《あわ》てて立ち上がると、襖を開けて外の邏卒に万華を呼んでくるように命じた。

「あと、大木君からの電信とは何の事だ。京に寄る事を彼には云っておらん筈だぞ」

「先生の乗られた船が足止めを食らうと分かった時点で、大木閣下から鹿野殿に向けて、神戸まで出向いて欲しい旨の電信が入ったのですよ」

襖を閉め、本城は江藤の前に再び腰を下ろす。

「鹿野殿と私は直ぐにでも向かおうとしたのですが、間の悪い事に府の或る高官が自宅の蔵で怪死する事件が起きましてね。急遽その捜査が入ったため、取り敢えず私の部下を二名先遣させたのです。そうしたら、意外にも先生が神戸を発って京へ来られる事が分かり、ここでお待ちする事にしたのですよ」

本城が懐から一枚の紙片を取り出そうとした時、襖が開いて息を切らせた万華が姿を現した。

「お待たせ致しました。ああ本城隊長、先に鹿野顧問より伝言です。矢張りあの男は内務省の密偵で間違いないとのことでした」

肩で息をする小柄な老爺《ろうや》は、額の汗を袖口で拭いながらその場で膝を折った。

「それで閣下、私にご用がおありとの事で」

江藤は静かに膝を進める。

「万華、お前は私の来訪を鹿野君たちに告げるため一度西棟に入ったな」

「はあ、確か十二時四十分頃だったかと思いますが」

「その時、私が待ち時間を使って大曾根に会いに行く事を口にしたか？」

万華は一瞬きょとんとした顔になるが、すぐに大きく頷いた。

「勿論です。そうしましたら、『格子の隙間から刀を取られないようにだけ注意頂け』と云われましたので、閣下にはその旨お伝えしたかと思いますが」

江藤は額に手を遣《や》った。あれは彼の言葉だったのか。視界の端では、本城と万華が顔を見合わせるのが見えた。

「そういう事か」

本城に事件の概要を聞いた時点で、江藤の頭のなかには一つの推理が組み上がっていた。そして、今しがた万華から得られた証言で、その推理も裏付けが為された。

「あの、江藤先生」

本城が狼狽えた声を上げる。

「どういう事です、何かお分かりになったのですか」

彼の問い掛けには答えず、江藤は左手を額から離し袖のなかに入れた。布の合間に指先を滑り込ませると、目当ての物はすぐに見つかった。ひやりと冷たい鉄の感触——例の金属片だ。咄嗟《とっさ》に隠したため、これだけは没収されなかったのである。

探り当てた三角形を弄《もてあそ》び、先端を親指の腹に当てる。鋭い痛みが指先に走り、切っ先は驚くほどすんなりと肉に食い込んだ。

ゆっくりと袖から手を抜く。左手の親指からは、赤い血が玉のように浮かび上がっている。江藤はそれを黙って見詰めていた。

「罪には罰、か」

江藤は本城の方を向き直り、静かな声で命じた。

「皆を集めろ。下手人が誰か分かった」

六

監獄舎中棟の署長室には六人の男が集まっていた。江藤、本城、万華、邏卒の左近寺に、西棟出入口に立っていた守衛の二人だ。

本来万華が座るべき正面の署長卓には険しい顔の江藤が腰掛け、本城と万華はその側で押し黙ったまま立っている。白石《しらいし》に大下《おおした》という守衛と左近寺の三人は、所在なげな顔で入口近くに固まっていた。

誰も口を開こうとはしない。いつの間にか降り始めた小雨の音だけが、静かに聞こえている。どれほどそうしていただろうか。室内に充ちていた沈黙を破るように軋《きし》んだ音を立てて扉が開き、一人の男が姿を現した。

「……待っていたよ」

顔の前で指を組み合わせたまま、江藤は低い声で云った。

「取り調べをしろとは云ったが、本城、こんな勝手は許しとらんぞ」

鹿野師光は不機嫌そうに腕を組んだ。

「ほんで、わざわざおれたちを集めて何をしようッちゅうんですか」

腕を組んだまま、師光は扉近くの壁に凭れ掛かる。江藤はそんな師光を真っ直ぐ見据えたまま、卓上に両手を置いた。

「事件の幕引きだ。吹上虎市を殺したのは誰なのか、私はそれを知っている」

「そりゃええ。自白して下さるんなら手間が省けます」

師光は冷ややかに笑う。

「本城、結局西棟内に太刀は隠されていたのか?」

突然名を呼ばれた本城は、直立不動で江藤の問いに答える。

「いえ、目下再調査の最中ではありますが、現時点では未だ見つかっておりません」

結構、と江藤は再び師光の方に顔を戻す。

「ついでに訊こう。本城よ、お前たちが私を下手人と疑う根拠は何だったね」

「そんな芝居掛かった真似はせんでもええでしょう、あんたらしくもない」

師光が呆れた顔で片手をひらひらと動かす。

「まず、吹上が侵入した午後一時以降で西棟内を単独で行動できたのはあんたと本城だけ。ほんでその内、吹上を刺し殺したと思《おぼ》しき刀身の長い刀を持ッとッたのはあんただけだ。実に単純な問題です。吹上を殺せたのは江藤さん、あんたしかおらんのですよ」

「違うな。その推理は、或る一つの可能性を全く無視している。下手人候補たる男は、もう一人存在する」

江藤はゆっくりと立ち上がった。

「君の推理は、吹上虎市が西棟に侵入したのは午後一時以降という前提で行われている。しかし、それは本当に正しいのだろうか」

「お待ち下さい」

本城が慌てて声を上げる。

「先生が西棟に入る場面に出会さない限り、奴がその道を選ぶとは到底考えられません。流石に疑いようもないのではありませんか?」

そうだな、と江藤は肯《がえ》んじた。

「鹿野君が西棟で取り調べを行っている事も、大曾根が西棟の獄舎区域に収監されている事も、私は此処に来て初めて知った。確かに私は、府庁で大曾根が監獄舎に収監されていると知り、奴に会いたいと口にした。しかし、仮令吹上がそれを誰かから伝え聞き、更には大曾根の牢の場所を知っていたとしても、まず忍び込むのは西棟ではなく、私が正門を潜り入った中棟の筈だ。確かに吹上の目的が私である以上、一時より先に西棟へ入ったと考えるのには無理がある。そう、吹上の目的が私だった場合は、な」

なあ鹿野君、と卓上に両手を突いた姿勢のまま、江藤は真正面から師光を見据える。

「吹上は君に会いにきたんじゃないのかね」


「内務省の密偵が鹿野顧問に？　それは一体どういう訳です」

万華は江藤と師光の顔を交互に見る。師光は肩を竦《すく》めてみせた。

「署長の云う通りだ。説明してまえんですか。突拍子もなくて、おれにも意味が分からん」

「簡単な事だよ。鹿野君、君は意外と有名人なのだ」

江藤は右の人差し指を一本立て、署長室のなかをゆっくりと歩き始める。

「佐賀に帰郷すると太政官に申し出た筈の江藤新平が、それを違えて京に向かっている。彼《か》の地にはかつて江藤の下で働き、そして三条公までも巻き込んで江藤の下から去った男がいる。江藤の目的はどうやらその男のようだとなれば、監視役としては至極気になったことだろう」

顧問就任の経緯は知らなかったのか、本城と万華は共に驚いた顔で師光を見た。師光は腕を組んだまま何も答えない。

「吹上も、私が神戸を発った際に若しやと思った事だろう。そしてその疑念は、私が京へ続く西国街道を選んだ時点で確信に変わった筈だ。私より先に山崎を出たのか、それとも府庁まで私の後をつけたのか。兎に角、吹上虎市は私より一足早く監獄舎に到着した」

「それで鹿野顧問が西棟に入られるのを見て、納戸の窓を破り侵入したと仰るのですか？　そんな莫迦な！　顧問とお話をする機会など、取り調べが終わるのを待てば幾らでもあった筈です。わざわざ危険な方法を選ぶなんて」

「だが吹上はその方法を選んだ。そうしなければならない理由があった」

江藤は立ち止まり、万華の方を向いた。

「奴の目的は私を監視し、少しでも政府に害意ありと判断出来たら即座に私を拘引する事だ。単なる下野の挨拶なのか、それとも何か企てを持ちかける積もりなのか、鹿野君に会いに行く私の目的が奴には分からなかったのだろう。もしも後者の場合、吹上にとっては願ったり叶ったりの展開となる。そして、そこで問題になるのは、鹿野君の立場だ」

江藤は一息吐き、舌で唇を湿らせた。気が付けば、口のなかはからからに乾いている。

「明治六年一月、鹿野君は突如京都府の司法顧問に任ぜられ私の許を去った。お前たちは知らないだろうが、太政官や三条公まで巻き込んでなかなか大きな騒動を起こしてくれたのだ、その男は」

ああ、と呻《うめ》く本城の顔は蒼醒《あおざ》めている。

「つまり吹上は、江藤先生と鹿野殿のご関係を計り、若し使えるならば鹿野殿を懐柔して先生を陥れようとしたのですね」

江藤はゆっくりと頷く。

「鹿野君が今も私の事を快《こころよ》く思っておらず、しかし私はそれに気づかずにかつての同志として企てを持ち掛けたとしたら、吹上にとってこれほど絶好の機会はない。それ故、奴には時間がなかった。私より早く鹿野君に会う必要があったのだ。鹿野師光は江藤新平を陥れるのに使える人材なのか確かめる必要がな」

「長々と下らん説明をご苦労様なことで」

壁に凭れ掛かったまま、師光は退屈そうな声を上げた。

「証拠もあらせん御託を並べて、結局あんたは何が云いたいんです」

「前提の一つが崩れたという事だ」

江藤は低い声で云った。

「吹上が西棟に侵入したのが一時以前、具体的には君が西棟に入った十二時三十五分から一時までの間も含まれるとなると、下手人の候補は私と本城だけでなく、あと二人いる事になる。万華と君だ。そして、出入りの時刻や君と取調室で話していた時間から鑑みて、万華には備品室まで行っている暇《ひま》なぞなかったと判断出来る。――実に単純な問題だな。付け足すべきもう一人の下手人候補とは、鹿野君、君なんだよ」

師光の目がすっと鋭くなった。

「本城と邏卒が獄舎区域から罪人を連れてくる最中、取調室で待つ君を万華が訪ねている。時刻はおよそ十二時四十三分。会話を終えて、万華が取調室を出たのが四十六分。本城たちが戻ったのが五十五分だから、君には九分間、一人きりの時間がある」

「おれがその間に吹上を殺したと？」

鼻で笑う師光を見据え、江藤は、そうだ、と答えた。

「阿呆らしい」

本城と万華、それに今までは事情が呑み込めずにいた守衛と邏卒も、今では蒼醒めた顔で江藤と師光の顔を交互に見ている。

「吹上が納戸を侵入経路に選んだ事が全ての原因だった。その偶然がなければ、今回の一件は起こり得なかっただろう」

江藤は再び部屋のなかを歩き始める。

「納戸は取調室の隣だから、忍び込んだ時点で吹上には万華と話す君の声が聞こえた筈だ。吹上は万華の退出を確認してから取調室に入る。当然君は驚いた事だろうな。しかし奴の説明を聞いて状況を理解し、君は今回の計画を思いついた。獄舎までの距離を考え、本城たちが戻ってくるまで間があると判断した君は、言葉巧みに吹上を備品室まで移動させ、隙を突いて刺殺した」

「お待ち下さい！」

本城の鋭い声が江藤を遮った。

「そこが分かりません。なぜ鹿野殿は吹上を殺す必要があったのです⁉」

「私が監獄舎に居ると予め万華から聞いていたから、そして大曾根に会うため間もなく西棟にやって来ると知ったからだ」

師光の瞳を見詰めて、江藤は一語一語を確かめるように云った。

「万華との遣り取りから、私が刀を帯びている事も分かっていた。これなら罪を被せられると確信したのだろう」

えっ、と万華が驚きの声を上げる。

「鹿野君から、大曾根に刀を取られないようにしろと注意されたのだったな？　若し私が帯刀していなかったら、その心配は要らないとお前は答えただろうさ」

「しかし江藤先生」

本城はなおも食い下がる。

「貴方の説明では、一番肝心な疑問が抜けております。刀はどうなるのですか。鹿野殿は太刀など差して――」

「差していたのだよ、本城」

江藤はそう云って本城を遮ると、守衛二名の名を呼んだ。当の二人は出し抜けに名指しされ、背中に鉄の杭《くい》でも打たれたように直立する。

「二人に訊く。そこに立つ鹿野師光を見て、今日西棟に入った時と何か違う点はあるか」

守衛の白石と大下は慌てて師光の方を向く。師光はじろりと二人を睨むが、やれやれといった調子で両手を広げて見せた。

「いえ、その、特に御座いませんが……」

白石が恐る恐る答える。

「小職も白石と同じく……あ」

大下が何か気付いたように小さな声を上げた。

「大した事ではないのですが、顧問、傘をお持ちではないのですね」

師光の口元に小さな笑みが浮かぶのを江藤は確かに見た。大下の言葉を受けて、白石も併せて頷く。

「そう云えば、先ほどは傘を突いていらっしゃいませんでしたか?」

江藤は一歩踏み出す。

「君の傘の秘密を、皆は知らないのだな」

先の五百木辺の事件の際、本城は師光の傘を杖代わりと云っていた。だから屋内で突いていても何とも思わなかったのだろう。しかし、違うのだ。

「あれが仕込み傘だと知ッとるのは、あんたと円理君ぐらいじゃアないですか」

他人事のように師光は云った。本城と万華は愕然とした顔になる。

「君はいつものように傘を携えて西棟に入った筈だ。白石、大下、間違いないな?」

二人は恐る恐る頭を縦に振る。江藤を備品室から連行するように命じた際、師光は下駄履きでもない筈なのにこつこつと音を立てて遠ざかって行った。あれはいつものように傘を突いていた音だ。あの音を耳にした江藤は、事件の概要を聞いた時点でこの推理に行き着いていた。

「だから何だって云うんです?」

師光は漸く壁際から離れる。

「確かにおれは、傘を持って西棟に入りました。ほんでもそれだけだ。吹上が一時以前の時点で西棟に入ッとッたちゅうのも、飽《あ》くまであんたの想像でしかない。あんたの推理に、確かな証拠は一つもない」

師光は一歩ずつゆっくりと江藤に近付いてくる。

「それに、あんた自身も認めとる通り、その推理は余りにも偶然に頼り過ぎとる。そんな危ない橋を渡らんでも、もっと安全な方法があった筈だ」

江藤は黙って袖口に手を入れ、例の金属片を摘み出した。師光は目を細める。

「……それは?」

「屍体が凭れ掛かっていた壁は、一箇所が崩れていたな? 君たちが来る前に、そこで私が見つけたのだ。漆喰のなかに埋もれていたのだが、私の目には切っ先のように見える」

師光は目を細めたまま、じっと金属片を見つめている。

「私の刀を調べてくれれば、切っ先が欠けていない事は明らかだ。しかし鹿野君、君の傘はどうだろうね」

師光は何も答えない。

「君の仕込み傘を確認して、その切っ先が欠けていたとしたら。そしてその欠けた部分が、私の持っているこの欠片と一致したら。それが何を指すか、云うまでもあるまい」

「その欠片が本当に備品室の壁に埋まッとッたと、どうして云えるんです」

勿論そうだ、と江藤は頷く。

「確かに私以外には証明しようがない。だが、若しそうでないとすると、なぜ君の仕込み傘から欠けた切っ先を、この私が持っているのだ？」

師光は黙って首を振り、小さく笑った。その笑みに、なぜか江藤は冷水を浴びせられたような気持ちになった。

「まァここで云い合っても始まらせん。傘を持ってきて見てまえばええんでしょう？　此処に来るまでに濡れてまッたから、乾かしといてくれって玄関番に預けたんですよ」

肩を竦め、師光はすたすたと扉に向かう。江藤は咄嗟に邏卒の名を呼んだ。

「彼に付いて行け」

師光は振り返り、逃げる訳ないでしょうが、と嘲笑《あざわら》った。

「鹿野君」

署長室から出て行く師光の背に向けて、江藤は思わず叫んでいた。

これで終《しま》いなのか。喉元まで出掛かった問い掛けが、どうしても言葉に結ばれない。喉の奥から漏れるのは、何か引っ掛かったような、熱く苦しい息だけだった。それでも、江藤は訊かずにはいられなかった。

「罪には罰、という訳なんだな」

刹那、師光の顔が大きく歪むのを江藤は見た。面が罅割《ひびわ》れるように、師光の顔を形容し難い衝撃が奔《はし》っていった。

師光の変貌に、江藤は思わず絶句した。しかし次の瞬間には、師光の顔からは表情も消えていた。

「何の事です、そりゃア」

何事もなかったかのように、鹿野師光はふらりと署長室から出て行った。


緊張の糸が切れたのか、江藤は崩れるようにして来客用の椅子に腰を落とした。本城と万華が慌てて駆け寄るが、江藤にはもう何か話す気力はなかった。罪には罰。その言葉だけを頭のなかで何度も繰り返す。一人を殺した罪は、一人を殺した罪で償わせる。その罰のために師光は私に罪を用意したのだろうか――静かな雨音を遠くに聞きながら、江藤はそう考えていた。

そっと掌を広げ、三角形の金属片をぼんやりと眺める。

ごく小さな欠片だった。江藤はそれが、先ほどまで披露していた冗長な推理の、ほんの一部を補うに過ぎない些細な証拠である事を当然理解していた。

師光の指摘した通り、本当にこれが備品室の壁から出てきた物だという証拠は何処《どこ》にもない。傍から見れば、江藤が出鱈目《でたらめ》を云っていると考える者の方が多いだろう。それ故に江藤は、恰《あたか》もこれが決定的な証拠であるかのように振る舞う必要があった。得意とする弁舌で以て周囲を云い包《くる》め、流れを自分の方へ寄せる必要があったのだ。そして、意外にも師光は江藤の想定していたような反論を重ねる事もなく、博打にも等しい駆け引きは一応成功を収めた。

しかし――

江藤は薄汚れた天井を見上げ、胸底に溜まる何かを除き去るように長く息を吐き出す。瞼を閉じると、濃茶を含んだような長く尾を引く苦々しさを口のなかに感じた。

「しかし、先生がそんな物をお持ちだったとは」

本城がぽつりと呟く。

「確かにあの壁には切っ先で突いたような跡が残っておりましたので、若しやと思って調べてはいたのですが」

その時だった。江藤の脳裏を何かが掠《かす》めた。

「確かに、あれは目立つ跡だったたな」

ゆっくりと瞼を開きながら、江藤も釣られて呟く。追うな、という囁《ささや》きが頭のなかに響いた。しかし、気付けば江藤は既に推理の糸を初めから手繰《たぐ》り始めていた。

「そもそも、あの場で手拭いが燃やされていた以上、鹿野君が刃の血を拭ったのは間違いない。どうして、その時に切っ先が欠けている事に気が付かなかったのだろう。欠けに気付けば、真っ先に壁を調べた筈だ」

江藤の眉間《みけん》に皺《しわ》が寄る。考えられる事は一つ。師光は敢えて欠片を残したのだ――しかし、何故？

師光の目的が江藤に罪を着せる事だとしたら、その江藤にとって有利な証拠を敢えて残すとは思えない。江藤の携える太刀が実際に欠けていたのならまだ説明もつくが、仮令そうだとしても、欠片の形が切っ先に一致しなければ意味はなく、そもそも欠けの有無について師光が知る筈もない。そして江藤の刀は現に欠けていなかった。

そこまで考えた江藤は、ふと或る可能性に行き当たった。

「真逆《まさか》」

一気に血の気が引く。手繰り続けた先に待っていたのは、江藤が考えもしなかった、そして考えたくもない一つの推理だった。

江藤は戦慄《おのの》く唇で本城の名を呼ぶ。

「大木君から届いた電信がどんな内容だったか、覚えているか」

本城は頷き、懐から一枚の紙片を取り出した。

「江藤先生にお見せするようにと鹿野殿からお預かりしていたのですが」

ともすれば震えそうになる手で受け取り、素早く文面に目を走らせた江藤の口から、思わず呻き声が漏れた。江藤下野の経緯を簡潔に書き綴《つづ》ったのち、大木はこう締め括っていた。『喰違坂の一件により江藤氏の乗りたる汽船は神戸にて数日停泊の由。佐賀は暴発の恐れありたれば、鹿野氏に於かれては神戸へ赴き、如何なる手段方法で以てしても江藤氏をお引き留め頂きたく呉々《くれぐれ》も宜しくお願い申し上げ候』。

莫迦な、と歪んだ墨字の文章を見詰めながら、江藤は繰り返し呟いた。

徐々に速くなる鼓動に合わせて、全身が熱を帯びていく。しかし一方で、頭だけは冷たく冴え渡り、凄まじい速さで糸を手繰り続ける。

「鹿野君の目的は、吹上殺しの罪を私に着せる事。……しかし、若しそれが」

江藤はごくりと唾を飲み込み、譫言《うわごと》のように続けた。

「佐賀の騒動が鎮まるまで私を牢に入れ、この京に留め置くためだったとしたら」

もう止せ、と心が叫ぶ。しかし江藤の意思に反して、真実を追求する呟きは、唇の合間から止めどなく漏れ出て来る。

「面と向かって『佐賀は危険だから帰るな』と云われたら、仮令相手が鹿野君だったとしても、私は聞く耳を持たず帰郷しただろう。そんな私の性格を知り抜いた上で、彼がこの方法を採ったのだとしたら」

敢えて欠片を残したのは、最終的には江藤が吹上殺しの下手人として罰せられる事を避けるため。府内に留めておく限り、江藤の処遇は司法顧問の権限でどうとでも出来るだろうし、万が一内務省が身柄の引き渡しを求めてきたとしても、あの欠片——下手人は江藤でなく師光だと示す動かぬ証拠——さえあれば、江藤の身の安全は守られる。

師光も、決して最初からここまでの計画を描けた訳ではない筈だ。吹上が現れ、事情を告げられた時点で、眼前の男が江藤を脅《おびや》かす者だと容易に判断が出来た。そして吹上を殺せば、暫《しば》しの間は江藤を政府の監視下から外す事が出来る。その間を稼ぐために吹上を殺し、その直後に今回の計画を思い付いたのか——しかし、江藤にはそれ以上は何も考えられなかった。

「江藤閣下、どうされましたか」

余程顔色が悪いのか、万華が不安そうに江藤の顔を覗き込む。冷や汗はだらだらと流れ続け、瘧《おこり》に罹《かか》ったように震えが止まらない。

「それにしても遅いな」

本城の呟きに、江藤は弾《はじ》かれたように立ち上がった。

「おい、様子を見てこい」

本城に命じられた白石と大下が駆け足で部屋を出て行く。刹那、江藤の脳裏を再び影が掠め飛んだ。

罪には罰を——それが、師光の信じる正義だった。己が信条を枉《ま》げ、人生を賭してまで企てた計画が破れた今、師光の正義が向かう先は——

江藤が駆け出そうとするより先に、署長室の扉が勢いよく開いて大下が駆け込んできた。

「た、大変です、左近寺邏卒がこの先の廊下で倒れております！」

驚き固まる本城と万華、そして扉口の大下を押し退けて、江藤は廊下に飛び出した。左手の角では、ぐったりした左近寺を白石が抱き起こしていた。

江藤は白石の脇を抜けて走った。足袋が滑り何度も転びそうになりながら、何とか玄関まで辿り着く。

「おい、鹿野君を見たか」

荒い息を整える間もなく、驚いて詰所から顔を出した玄関番に向けて江藤は怒鳴った。

「はあ、雨傘を取りに、少し前にお越しになりましたが」

「どちらに行った、出て行ったのか」

畳み掛けるような江藤に目を白黒させながらも、玄関番の男は江藤たちが来た方角とは反対の廊下を指す。江藤は強く床を蹴って再び駆け出した。

倒《こ》けつ転《まろ》びつ廊下を走り、江藤は行く先々の襖を開けては師光の姿を探す。しかし、その姿はどこにも見当たらない。

突き当たりに最後の襖が見えた。江藤は駆け寄って一息に開け放つ。

十畳ほどの座敷だった。

障子越しに薄明かりが差し込む座敷の中央で、鹿野師光は床の間に背を向けて座していた。その双眸は眠っているかのように閉じられ、江藤の後を追ってきた一同の騒々しい闖入《ちんにゅう》も耳に入らぬ様子だった。

静かだった。降りしきる小雨の音も、己の息遣いも江藤の耳には響かない。まるで、師光の満身を濡らす真紅の血が、音という音を吸い込んでしまったかのようだった。

江藤の後を追ってきた本城が彼の脇から飛び出し、師光の肩に手を掛ける。途端、吊していた糸でも切れたように、師光の身体は血溜まりのなかへ頽れた。

確かめるまでもなかった。鹿野師光の手には脇差が握られていた。

背後から人々の騒《ざわ》めきが聞こえる。だが口々に叫ばれる音声は意味を結ぶことなく、江藤の耳を風のように素通りしていった。

覚束ない足取りで江藤は座敷内に入る。そして、足袋が血で汚れる事も気に掛けず、本城が抱きかかえる師光の屍体の側に立った。近くには、見覚えのある黒い西洋雨傘と、その心棒から抜き放たれた白刃が置かれていた。刀の先は——

「鹿野君」

嗄れた声で名を呼ぶ。

「おい、鹿野君」

江藤は、師光の蒼醒めた顔を見る。しかし、目を閉じた小柄な侍の、親友に違いなかった男の顔からは、最早何の感情も読み取る事が出来なかった。

＊

明治七年二月　佐賀ノ乱、勃発。

三月　江藤新平、逃亡先ノ土佐ニテ捕縛。臨時裁判後、斬首セラル。

参考文献

猪飼隆明『西郷隆盛　西南戦争への道』岩波書店（岩波新書）、一九九二年。

一坂太郎『幕末維新の城　権威の象徴か、実戦の要塞か』中央公論新社（中公新書）、二〇一四年。

杉谷昭（著）、日本歴史学会（編）『人物叢書87　江藤新平』、吉川弘文館、一九六二年。

毛利敏彦『江藤新平　急進的改革者の悲劇』、中央公論新社（中公新書）、一九八七年。

京都市（編）『京都の歴史7　維新の激動』、學藝書林、一九七四年。

小沢健志（監修）『レンズが撮らえた幕末維新の志士たち』、山川出版社、二〇一二年。


この物語は史実を下敷きにしたフィクションです。

解説

末國善己

　ミステリーズ！新人賞は、第二回受賞の高井忍《たかいしのぶ》「漂流巌流島」、第三回受賞の秋梨惟喬《あきなしこれたか》「殺三狼」、第十五回受賞の齊藤飛鳥《さいとうあすか》「屍実盛」、第十八回受賞の柳川一《やながわはじめ》「三人書房」など、時代ミステリの名作を世に送り出している。「監獄舎の殺人」で第十二回ミステリーズ！新人賞を受賞した伊吹亜門も、その一人である。

「監獄舎の殺人」は日本推理作家協会編『ザ・ベストミステリーズ2016』と本格ミステリ作家クラブ選・編『ベスト本格ミステリ2016』に収録され、受賞作を含む初の単行本『刀と傘　明治京洛推理帖』は、「ミステリが読みたい！　2020年版」(「ミステリマガジン」二〇二〇年一月号）の国内編第一位となり、第十九回本格ミステリ大賞の小説部門を受賞しているので、まさに鮮烈なデビューを飾ったといえる。なおデビュー作が本格ミステリ大賞の小説部門を受賞したのは、第十八回の今村昌弘《いまむらまさひろ》『屍人荘の殺人』に続き二人目である。

　架空の尾張藩士・鹿野師光と、佐賀藩士で御一新後は近代的な司法制度の確立を進めた江藤新平。二人が京で五つの難事件に挑む本書は秀逸な本格ミステリであり、大政奉還後も徳川中心で国を動かそうとする計画が倒幕派に覆された慶応三（一八六七）年から、下野した江藤が佐賀の乱を起こす明治七（一八七四）年までを追った歴史小説としても楽しめるようになっている。

アメリカの使節ペリーの来航後、初代アメリカ総領事として来日したハリスに通商条約の締結を迫られた幕府は朝廷に勅許《ちょっきょ》を求めるが、攘夷派の大名は勅許の阻止に動いた。大老の井伊《いい》直弼《なおすけ》は勅許なしで条約を締結し、攘夷派の大名、公家らを処罰したため（安政の大獄）、尊皇攘夷は幕政批判の運動となり拡大した。英・仏・蘭・米と戦った馬関戦争に敗れ、イギリスに接近して軍制を近代化した長州藩など現実路線に転換した藩もあるが、尊王攘夷は反幕府のスローガンであり続けた。

戊辰戦争で幕府を倒し新政府を樹立した薩摩藩、長州藩などの武士は、天皇中心の中央集権国家の建設を目指すことで勤王の御旗は守ったが、攘夷を捨て欧米列強と交易する開国路線に走った。また明治になると旧幕時代の武士は士族になるが、廃藩置県、徴兵令などの改革で特権や生活基盤を奪われたため政府への反発を強めた。不平士族には、明治政府に職を奪われた佐幕派、政府の要職に就けなかった倒幕派、開国への政策転換に批判的な強硬な攘夷論者など様々なタイプがおり、横井小楠、大村益次郎、広沢真臣《ひろさわまさおみ》らの暗殺や、佐賀の乱、神風連《しんぷうれん》の乱、西南戦争などの争乱にかかわっていく。本書を構成する五つの事件の背後には、幕末維新期の社会の混乱が置かれており、歴史の流れを知っておくと物語がより深く理解できる。

「佐賀から来た男」は、幕府を武力討伐したい主戦派とそれに反対する非戦派の対立が激化する大政奉還直後の京で、師光の友人・五丁森了介が自身の隠れ家で、血まみれの肉塊にしか見えないほど切り刻まれて殺される事件が描かれる。早くから開国論を主張した福岡黒田藩脱藩浪士で、越前藩主・松平春嶽の非公式な相談役も務める五丁森は、同じ九州の熊本藩士で、春嶽に招かれ政治顧問になった横井小楠がモデルと思われる。

大政奉還にかかわり、幕府の武力討伐に反対する五丁森は、佐幕派からも、倒幕派からも命を狙われていた。隠れ家は師光を除けば、広島藩の多武峰秋水、新発田藩の三柳北枝、大垣藩の上社虎之丞しか知らず、新陰流の達人の五丁森を斬れる者も限られ、数日前から雨が降り続いたのに現場である座敷の奥に向かう犯人の履き物の跡がないなど幾つもの状況から容疑者は限定されていく。

五丁森を介して江藤に出会った師光は、二人で多武峰、三柳、上社から話を聞く。現場の状況と三人の証言を過不足なく使って不可解な謎に合理的な解釈を与えるロジックは圧巻で、そこに有名なトリックをからめた遊び心も面白い。

本作をはじめ本書は師光と江藤が全編にわたって事件について議論した末にそれぞれの真相にたどり着く構成の連作短編集だが、一方の間違いを他方が正すといった単純な収録作はない。同じ犯人に行き着きながらまったく違った動機を浮かび上がらせたり、推理そのものが政治的な暗闘になっていたりする。そのため両者の推理がどのように関連するのか見え難く、最後の一文まで緊迫感が味わえるはずだ。

「弾正台切腹事件」は、鍵のかかる部屋が珍しかった時代の密室殺人が描かれている。

当時の日本には、役人を監察する弾正台と、法務、裁判、警察などを総合的に扱う刑部省という二つの司法機関があり、地方の裁判権は民部省が握っていた。弾正台と刑部省は仕事の区分が明確でなく権限をめぐる争いが絶えず、地方であれば民部省下の地方官が介入する可能性があるなど入り組んでいた。分散している司法権を司法省の設立で一本化したい江藤は、弾正台京都支台の大曾根一衛を探るため、弱みを握った渋川広元に記録の持ち出しを命じる。

　大曾根は頑迷な攘夷論者とされているが、実際に刑部省には御一新後も尊王攘夷を主張する反主流派が集められていたようだ。江藤が渋川に探すよう命じたのは、横井小楠と大村益次郎の暗殺事件の資料だが、これは弾正台の海江田《かいえだ》信義《のぶよし》、古賀《こが》十郎《じゅうろう》らが被害者二人を批判し犯人の減刑を主張、大村の暗殺犯を刑場の粟田《あわた》口《ぐち》へ引き立てながら死刑を中止したこと（粟田口止刑事件）などで、弾正台への不信が高まっていた史実を踏まえている。大曾根のモデルは、岩倉具視の腹心になり、官軍の錦旗をデザインした国学者の玉松操《たままつみさお》ではないだろうか。

　しかし弾正台に対して江藤が一策を講じた矢先、役所の文庫内で、腹と喉を切られた渋川の死体が発見された。引戸には内側から支え棒がしてあり、奥の高窓には十字に竹格子が嵌め込んであったため何者かの出入りは難しく、切腹による自殺と判断されようとしていた。だが報告を受けた江藤は、弾正台が嘘を述べているかもしれないと考え、戊辰戦争後は行方不明になっていた師光とも偶然再会を果たし、二人で事件を追うことになる。

　江藤は、渋川は左利きから右利きに矯正された可能性（武士は左腰に二刀を差す決まりがあり、刀を抜き難い左利きは右利きに矯正された）があるのに、危機に陥っても咄嗟に左手を使わなかったこと、死体と現場の状況、事件前後の関係者の動きと証言から推理を組み立てていく。ただ江藤の最優先事項は、暗殺事件の資料を弾正台から見つけ出すことなので、推理の目的が真犯人を探すことなのか、弾正台捜索の方便なのか判然とせず、この展開が物語をスリリングにしている。伏線を丁寧に回収しながらシンプルなトリックに説得力を持たせる謎解きは鮮やかで、ある人物の特異な思考を使ってどんでん返しを作る終盤には、泡坂妻夫《あわさかつまお》の名作を思わせるテイストがあった。

　死刑目前の囚人が殺されるミステリには、法月綸太郎《のりづきりんたろう》「死刑囚パズル」（『法月綸太郎の冒険』所収）、鳥飼否宇《とりかいひう》「魔王シャヴォ・ドルマヤンの密室」（『死と砂時計』所収）などの名作があるが、「監獄舎の殺人」も同じシチュエーションに挑んでいる。

　萩城下の貧乏藩士の家に生まれながら政府高官にまで登り詰めるも、待遇に不満を持った元奇兵隊などによる山口藩庁の武力包囲（いわゆる脱隊騒動）に参加し、逃亡の末に捕まり死刑を宣告された平針六五。彼のモデルは、尊王攘夷運動を推進した長州藩士で、私塾を開いて多くの門人を育てるが、その一人が大村益次郎を暗殺したため幽閉され、多くの門下生が脱隊騒動に加わったため逃亡した大楽源太郎《だいらくげんたろう》と思われる。

　夕方に斬首される平針の獄舎を、師光と円理京なる青年が訪ねてくる。京は、幕末に平針に暗殺された円理佐々悦の息子で、新撰組隊士だった経験を買われ平針の首切り役を任されていた。京のモデルは、佐久間象山《さくましょうざん》の妾腹の子で、暗殺された父の仇を討つため新撰組に入隊した三浦啓之助《みうらけいのすけ》ではないか。だが京が運んだ昼食を口にした平針が絶命、毒殺と断定される。

犯行に使われたのは、入手が簡単な石見銀山の鼠取り（主成分は亜ヒ酸）で、配膳室の盆には囚人の名前が貼ってあり誰もが毒を入れられる状況にあった。そのため動機面から犯人の絞り込みが行われるが、時代考証を巧みに使って読者をミスリードしつつ、明治初期でしか成立しない犯行理由を作り出した本作は、ホワイダニット・ミステリの歴史に残る傑作といっても過言ではない。卓越したホワイダニットの先にはひねりの利いたオチも用意されており、ミステリのエッセンスがこれでもかと盛り込まれた贅沢な一作となっている。ちなみに、江藤が最有力の容疑者と考える京都府大参事・槇村正直は、東京奠都で人口が減った京都の復興に尽力した実在の人物である。

「桜」はこれまでの三作とは異なり、倒叙ミステリである。

市政局次官の五百木辺典膳に身請けされ妾となっていた沖牙由羅が、五百木辺と女中の日々乃を刺殺、五百木辺の命を狙っていた元同心の四ノ切左近を家に招き入れると射殺し、偶然、近くを通りかかった男たちに助けを求めた。日々乃と五百木辺を刺し殺した四ノ切を自分が撃ち殺したとする由羅の計画は、隙のない完全犯罪に見える。しかし、その通りかかった男が江藤であったことから、計画には歪みが生じる。

時を前後して東京では、太政大臣の三条実美から、師光を京都府司法顧問にするという通達が出されていた。念願の司法省を設立した江藤は、自分の頭ごしに司法省職員である師光の異動が決まったことに激怒、しかも今回の異動は師光自身が画策したことも分かってくる。師光を追って京に向かった江藤が五百木辺殺しを調べることになるのだが、四ノ切の死体に残った銃弾の跡と由羅の証言にある矛盾、五百木辺と日々乃が殺された順番への疑念、なぜ懐紙《ふところがみ》を持っていた四ノ切が人を斬った刀を掛布団で拭《ぬぐ》ったのか、といくつも疑問をぶつけても、由羅は巧みに切り抜けるので息詰まる頭脳戦が続く。同心が没落し、外様藩の下級武士が出世する社会の激変に直面し、戦火にも巻き込まれた由羅の過去が明らかになるにつれ、江藤が戦っていた相手が由羅以外にもいたことが分かり、この暗闘は最終話「そして、佐賀の乱」にもつれこんでいく。

征韓論をめぐり官吏、軍人など五百人以上が職を辞した明治六年の政変で、江藤も下野した。佐賀に帰郷し不平士族と結び付くことを恐れる新政府から行方を追われていた江藤は、師光を訪ねて再び京の監獄舎に現れた。師光が取調べをしている西棟へ入った江藤は、そこで刺殺された男の死体を発見、被害者が江藤を追っていた密偵だった事実も判明する。

犯行が可能な時間に単独で西棟に入ったのは、江藤、師光、二人とは旧知の本城伊右衛門、そして署長の万華呉竹の四名だけ。この中から犯人を探す「そして、佐賀の乱」は、王道的なフーダニットだが、探偵役の二人が容疑者になっており、犯人と動機の意外性が際立っている。

タイトルにある「刀」と「傘」は、師光が持つ刀と西洋雨傘のことで、「監獄舎の殺人」からは重要な場面で何度も登場する。ただ本書のタイトルは師光の「刀」と「傘」だけを指しているのではないのだろう。日本に近代的な司法制度を造る大望を抱き、それを実現するためなら手段を選ばなかった江藤の修羅の生き方を「刀」で、武士の役目は終わったと考え、新政府に出仕し力を発揮するよううながす江藤に戸惑いと親しみを持ちつつも付き添う師光の人生を平凡の象徴として「傘」で表現したように思えてならない。江藤と師光はそれぞれが抱く信念が対立するが、いずれの選択も間違いではない。だからこそ読者はどちらの生き方を選ぶか考えてしまうのではないか。

混迷の明治初期を連作短編ミステリでたどった本書は、『警視庁草紙』や『明治断頭台』といった山田《やまだ》風太郎《ふうたろう》の〈明治もの〉を想起させる。だが時流に乗れなかった〝敗者〟の怨念を掘り起こした風太郎に対し、著者は新時代をどのように生きるべきかを迷いながら模索する人たちをクローズアップすることで、青春ミステリ的な広がりのある物語を作った。その意味で著者は、確実に比較される名作を前にしても怯《ひる》まず、独自路線を構築したといえるのである。

師光の活躍は幕末に遡り、長州藩士の小此木《おこのぎ》鶴羽《つるは》が殺され、逃走した犯人らしき男が鳥居が連なり途中で出入りできない一本道で消えた事件を坂本龍馬《さかもとりょうま》の依頼で調べる『雨と短銃』に受け継がれている。本格ミステリの仕掛けを、謎多き龍馬暗殺にも繋げているので、ぜひともあわせて読んでほしい。

本書は二〇一八年に小社より刊行された作品の文庫化です。

著者紹介 1991年愛知県生まれ。同志社大学卒。2015年「監獄舎の殺人」で第12回ミステリーズ！新人賞を受賞。18年に同作を連作化した『刀と傘』でデビュー。翌年、同書が第19回本格ミステリ大賞を受賞。他の著書に『雨と短銃』『幻月と探偵』などがある。

検印
廃止

刀と傘

2023年4月21日　初版

著者　伊《い》吹《ぶき》亜《あ》門《もん》

発行所（株）東京創元社
代表者　渋谷健太郎

162-0814／東京都新宿区新小川町1-5
電話　03・3268・8231-営業部
03・3268・8204-編集部
URL　http://www.tsogen.co.jp
DTP　キャップス
暁印刷・本間製本

ISBN978-4-488-48121-6　C0193

からくり尽くし謎尽くしの傑作

DANCING GIMMICKS◆Tsumao Awasaka

乱れからくり

泡坂妻夫

創元推理文庫

◆

玩具会社の部長馬割朋浩は
隕石に当たって命を落としてしまう。
その葬儀も終わらぬうちに
彼の幼い息子が誤って睡眠薬を飲み息絶えた。
死神に魅入られたように
馬割家の人々に連続する不可解な死。
幕末期まで遡る一族の謎、
そして「ねじ屋敷」と呼ばれる同家の庭に作られた
巨大迷路に秘められた謎をめぐって、
女流探偵・宇内舞子と
新米助手・勝敏夫の捜査が始まる。
第31回日本推理作家協会賞受賞作。

連城三紀彦傑作集1

THE ESSENTIAL MIKIHIKO RENJO Vol.1

六花の印

連城三紀彦

松浦正人 編

創元推理文庫

◆

大胆な仕掛けと巧みに巡らされた伏線、
抒情あふれる筆致を融合させて、
ふたつとない作家性を確立した名匠・連城三紀彦。
三十年以上に亘る作家人生で紡がれた
数多の短編群から傑作を選り抜いて全二巻に纏める。
第一巻は、幻影城新人賞での華々しい登場から
直木賞受賞に至る初期作品十五編を精選。

収録作品＝六花の印，菊の塵，桔梗の宿，桐の柩，
能師の妻，ベイ・シティに死す，黒髪，花虐の賦，
紙の鳥は青ざめて，紅き唇，恋文，裏町，青葉，敷居ぎわ，
俺ンちの兎クン

連城三紀彦傑作集2

THE ESSENTIAL MIKIHIKO RENJO Vol.2

落日の門

連城三紀彦

松浦正人 編

創元推理文庫

◆

直木賞受賞以降、著者の小説的技巧と
人間への眼差しはより深みが加わり、
ミステリと恋愛小説に新生面を切り開く。
文庫初収録作品を含む第二巻は
著者の到達点と呼ぶべき比類なき連作
『落日の門』全編を中心に据え、
円熟を極めた後期の功績を辿る十六の名品を収める。

収録作品＝ゴースト・トレイン，化鳥，水色の鳥，
輪島心中，落日の門，残菊，夕かげろう，家路，火の密通，
それぞれの女が……，他人たち，夢の余白，
騒がしいラヴソング，火恋，無人駅，小さな異邦人

刑事コロンボ、古畑任三郎の系譜

ENTER LIEUTENANT FUKUIE◆Takahiro Okura

福家警部補の挨拶

大倉崇裕

創元推理文庫

◆

本への愛を貫く私設図書館長、
退職後大学講師に転じた科警研の名主任、
長年のライバルを葬った女優、
良い酒を造り続けるために水火を踏む酒造会社社長——
冒頭で犯人側の視点から犯行の首尾を語り、
その後捜査担当の福家警部補が
いかにして事件の真相を手繰り寄せていくかを描く
倒叙形式の本格ミステリ。
刑事コロンボ、古畑任三郎の手法で畳みかける、
四編収録のシリーズ第一集。

収録作品＝最後の一冊，オッカムの剃刀，
愛情のシナリオ，月の雫

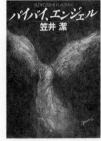

北村薫の記念すべきデビュー作

FLYING HORSE◆Kaoru Kitamura

空飛ぶ馬

北村 薫

創元推理文庫

◆

——神様、私は今日も本を読むことが出来ました。
眠る前にそうつぶやく《私》の趣味は、
文学部の学生らしく古本屋まわり。
愛する本を読む幸せを日々嚙み締め、
ふとした縁で噺家の春桜亭円紫師匠と親交を結ぶことに。
二人のやりとりから浮かび上がる、犀利な論理の物語。
直木賞作家北村薫の出発点となった、
読書人必読の《円紫さんと私》シリーズ第一集。

収録作品＝織部の霊，砂糖合戦，胡桃の中の鳥，
赤頭巾，空飛ぶ馬

水無月のころ、円紫さんとの出逢い
——ショートカットの《私》は十九歳

時代小説の大家が生み出した、孤高の剣士の名推理

Head of the Bride◆Renzaburo Shibata

花嫁首

眠狂四郎ミステリ傑作選

柴田錬三郎／末國善己 編

創元推理文庫

◆

ころび伴天連《バテレン》の父と武士の娘である母を持ち、
虚無をまとう孤高の剣士・眠狂四郎。
彼は時に老中・水野忠邦の側頭役の依頼で、
時に旅先で謎を解決する名探偵でもある。
寝室で花嫁の首が刎《は》ねられ、
代りに罪人の首が継ぎ合せられていた表題作ほか、
時代小説の大家が生み出した異色の探偵の活躍を描く、
珠玉の21編を収録。

収録作品＝雛《ひな》の首，禁苑《きんえん》の怪，悪魔祭，千両箱異聞，
切腹心中，皇后悪夢像，湯殿の謎，疑惑の棺《ひつぎ》，妖異碓氷峠《うすいとうげ》，
家康騒動，毒と虚無僧《こむそう》，謎の春雪，からくり門，芳香異変，
髑髏《どくろ》屋敷，狂い部屋，恋慕幽霊，美女放心，消えた兇器《きょうき》，
花嫁首，悪女仇討《あだうち》